中国当代
作家小说集

陈集益

著

# 吴村野人

WU CUN YE REN

中国文史出版社

z

**图书在版编目（ＣＩＰ）数据**

吴村野人 / 陈集益著. -- 北京 ： 中国文史出版社，
2018.3
（"锐势力"中国当代作家小说集 / 郑润良主编）
ISBN 978-7-5205-0159-0

Ⅰ．①吴… Ⅱ．①陈… Ⅲ．①中篇小说－小说集－中
国－当代 Ⅳ．①I247.5

中国版本图书馆 CIP 数据核字(2018)第 050460 号

责任编辑：全秋生
封面设计：徐　晴

出版发行：中国文史出版社
地　　址：北京市西城区太平桥大街 23 号　　邮编：100811
电　　话：010－66173572　　66168268　　66192736 （发行部）
传　　真：010－66192703
印　　装：北京温林源印刷有限公司
经　　销：全国新华书店
开　　本：787×1092　　　1/16
印　　张：15.5　字数：248 千字
版　　次：2018 年 5 月北京第 1 版
印　　次：2018 年 5 月第 1 次印刷
定　　价：49.80 元

# 目录

# 野　猪　场

## 第一章

　　关于养野猪，我并没有经验。可是汤溪镇的祝小乌同学找到我，跟我大谈特谈养野猪的设想时，我心动了。我想象不出，养上上百头野猪，存上数万块钱，那是一个什么滋味。当时我在县城的一个货场工作，每天有数千斤的货物碾过我的肩背。当我累了一天，回到宿舍，像一张冷却的面饼躺在床上，浑身酸痛，脑子就会生发出一种向往：我要去和祝小乌养野猪，我要发一笔财。

　　于是逢到一个休息天，我坐上了从县城开往汤溪的中巴车。一路上，我看见灰色的工厂，冒烟的烟囱，和被分割成块状的田野，想象着在我的眼前，奔跑着成群的野猪，它们像非洲草原上的角马，穿梭在围墙、烟囱与树木之间。我压抑着我的欢喜：因为每头猪身上长的，都是白花花的钱啊……

　　那一年，我二十岁，祝小乌二十一岁。

　　我们没有费很多唇舌，就达成了基本的协议——

　　"你拿出六千，我拿出六千，这样，办野猪场的第一笔资金就有了。"

　　"六千块钱够了吗？"

　　"够了！"

　　"以后还要拿钱出来吗？"

　　"以后就等着分红吧！"

　　"那真是太好了。"

"是很好。如果不出意外，嘿嘿，三年后我们就可以在城里买房了。"

我听了祝小乌的话，心怦怦地跳个不停。

于是第二天，祝小乌，我，还有祝小乌的女友阿芳，从汤溪动身，搭乘一辆拖拉机到山乡去。因为在山乡，祝小乌同学有个亲戚，该亲戚在山乡政府门口开过饭店，饭店倒闭后，欠钱给他的山乡政府抵了一座荒山给他，祝小乌认为他可以用很少的钱把荒山租过来养野猪。

那时正值五月，站在突突叫的拖拉机上，可以望见山乡的山头一座挨着一座，生机勃勃。三十里路，刮着风就到了。戴鸭舌帽的拖拉机手指着一排高大的建筑物，对我们说：

"看到了吗？那座三层楼房就是山乡政府。"

"能再帮个忙，拉我们过去吗？"

"我得运砖头去了。这里有规定，拖拉机、大卡车什么的不准开进去。"

"为什么？"

"你们没有看见这块牌子吗？上面写得清清楚楚。"

"看来，还真是这样。"

我们只好跟拖拉机手告别了。我们沿林荫道走到尽头，才得知祝小乌的那个亲戚早已被人从山乡驻地赶走，而属于他的那座荒山，坐落在离山乡驻地还有三十里地的吴村。

吴村，是一个普普通通的小山村。关于它，没有什么好说的。它依傍在一座矮山下边，有一条小溪从村前流过，小溪两边是高高低低的梯田。祝小乌问一个端着碗、蹲在门槛上吃晚饭的村民，有没有一个叫"牛化生"的人来这里开垦一座叫"洪坛冈"的山？

他看了看我们，扒了一口饭，等两腮瘪下去，懒洋洋地说："你们问的是那个'一根筋'吗？他又告状去了。"

我和祝小乌吃了一惊："他什么时候回来？"

那个人已经把第二口饭含在嘴里了，他说："不知道。"

我和祝小乌对望了一眼，感觉连站的力气都没有了。我们又走进一家小卖店去问店老板："那个叫什么来着的'一根筋'在不在洪坛冈上？"

他告诉我们："'一根筋'已经有半年没来过吴村了。"

我们再也不想问什么了，我们又累又饿，买了饼干、罐头、啤酒、花生米充饥。小店店主因为我们照顾了他的生意，明显热情了。他问这问那，不到五分钟，就知道了我们大老远跑到吴村来的目的。他转动着一双灰白的小眼睛，问我们：

　　"你们养野猪，怎么养？"

　　"放养呗……"

　　"野猪从哪里来？"

　　"从山上来。"

　　"山上？"

　　"没错，"祝小乌洋洋得意道，"我们只要在山上养上小母猪就可以了。母猪成熟后，山上的野公猪自然会跑来跟它们交配。"

　　"你们的意思是不是让家猪与野猪杂交？"

　　"是这样。家猪与野猪杂交出来的猪，叫杂种猪。肉质鲜嫩香醇、脂肪低，是稀少的健康肉类。"

　　"现在，莫不是连请人上山抓种猪的钱都省下了？"

　　"那是当然。"

　　就这样，谈着谈着，不知怎么的，这一桩发财的"秘密"让小店店主很感兴趣，当他于当天下午带我们去洪坛冈上看看时，"洪坛冈野猪场"成立了。

　　我和祝小乌出钱最多，每人六千块；其次是祝小乌女友阿芳，拿出两千；这些钱按股份制合在一起，构成股权。其余的股份，留给了"一根筋"和小店店主陈德方。原因很简单："一根筋"牛化生是洪坛冈的主人，他不在山上也要给他股份；而陈德方呢，将为我们背粮食上山，还要干最重的活；再说，我们待在吴村也需要他的"势力"。

　　于是几天之后，我和祝小乌，还有阿芳，义无反顾地辞掉了工作，来到洪坛冈，开始了养野猪的生涯。

## 第二章

　　巍巍洪坛冈，绵延起伏，丰厚博大，系仙霞岭山脉、括苍山脉的余支。它像一头巨兽盘踞在吴村的西北方，尽管上山的路陡峭如巨兽的咽喉，山顶开阔处却像平底锅一样平坦。难怪 20 世纪 60 年代，公社曾组织人力来这里开荒、造田。

野猪场的前期工作进行得非常顺利。首先是我们住的地方，由陈德方出面，找来几个工匠，在公社农场的废墟上夯了三间泥房。再砍来一些树，做了桌、椅、床、柜之类的粗糙家具。我们还一起动手，在三间房的旁边砌了一个足以跟小型食堂媲美的柴火灶，开火的第一顿就煮了一只野鸡吃。

然后我们从汤溪镇拉回一汽车仔猪，当然都是母的，一共二十头。数量虽然少了一些，但是很可观了，特别是它们哼哼唧唧到处乱跑的时候，感觉满山都是我们的小母猪。

白天，我们就伺候这些小母猪：割猪草，煮饲料，看护，放养，满山找它们。到了晚上，我们就把小母猪关进木栅栏围成的猪圈。然后，星星就出来了。星星离我们很近，仿佛伸手就可以摘到。我们点起很大的篝火，一边喝酒、吃零食（刚开始陈德方很乐意给我们捎来小店里的东西），一边畅谈野猪场的发展和未来。

这当中，我们总会跑过去看看小母猪们睡着了没有。如果还有醒着的，就把它们抱到篝火边，叫阿芳给它们唱歌。阿芳平时唱歌并不好，可是在夜晚，在海拔两千米以上的洪坛冈，她的歌声听起来异常动听。小母猪们听着听着，果真就睡着了。小母猪睡着后的样子，多么甜美，多么恬静，在银色的月光下，如同躺着几个会打呼噜的矮胖的仙女……

可是，随着日子一天天过去，在山上养猪的日子变得漫长而乏味。因为我们需要的是钱，而不是洪坛冈上的秀丽风景。我们再也不愿把这群小母猪当成什么仙女了，我们都盼着它们快快长大，然后发情。

可是，我们养的这群小母猪很矜持，一点也不像正常发育的小姑娘，把我和祝小乌急得够呛。有一天，祝小乌实在忍不住了，问阿芳什么时候来的月经，阿芳听了很奇怪，问他什么意思，祝小乌只好如实相告："现在的女孩子上小学就来月经了，可这群猪怎么搞的，还不发情？"

阿芳说："你急啥？再等等呗。"

"还等？再等下去我们就弹尽粮绝了！"

"那你说怎么办？"

"怎么办怎么办，我怎么知道怎么办？我又没做过女人！"

"可我们女人也帮不上忙啊！"

这时候，恰好背大米上山的陈德方来了。陈德方走过去看了看猪，然后对我们说："养猪还得多喂饲料，光吃青草、野菜不行，你们看看，这些猪比人还苗条，看是好看，可有什么用啊。"

陈德方所言极是，作为身负下崽任务的母猪，要苗条干什么用？喂！把它们喂得跟嫁不出去的胖大姐似的，这样，反倒会把山林里的野公猪吸引来。

于是，祝小乌带阿芳回了一趟汤溪，一是找朋友借钱，二是买生活用品，三是雇拖拉机运猪饲料。可是他们在三天后回到山上，却没有运回猪饲料，我以为他把钱乱花掉了，冲他吼了几句，他却一点不恼。他从塑料袋里掏出一药盒，他说，他去问过兽医了，母猪不发情，注射一点性激素就行了。

性激素，不就是性药吗？

第二天，当我们把两大盒"性药"一一注射进母猪身体之后，突然感到惶惶不安。因为我和祝小乌读书时看过一部香港拍的三级片，一女人服下性药后，那急性发作的样子太恐怖了，简直是见谁灭谁。假设这二十头小母猪注射"性药"后也这样发作起来，那将是性命攸关的事情。

可是一连数天过去了，在故意留了一道缝的猪圈里，什么不寻常的动静都没有发生。我和祝小乌气得吐血。看来，只能另想办法了。

上山来的陈德方这一回又说话了："我说有财，小乌，你们年轻，听我的没错。这样下去肯定不行。我问你们，你们在学会拿筷子以前，是怎么吃饭的？"

"这个，得问我妈。"我说。

"不用问了，是手抓着吃的。然后呢？"

"然后……吃下去的饭变成了屎，是不是这样？"

"嘿！我还是直说了吧！"

陈德方庄重地告诉我们，猪其实跟人一样，做什么事都是先从模仿开始的，好比你们小时候不会用筷子……同样道理，母猪在发情和交配方面，也离不开父母的言传身教，至少是耳濡目染。再聪明的小猪，如果从来没有看到过大猪干那种事，它长大后肯定像个白痴……它们不能生活在真空当中……

综合陈德方的观点，其实就是：猪，也需要性教育。可是怎么教育呢？陈德方却不说了。好在我和祝小乌不是笨人。第二天，我们就倾其所有，到山下一农户家买来了一头老母猪，放养在小母猪中间。我们心想，还是让这位富有经验的老妇人来教你们吧！却没想到，在当晚，久经沙场的老母猪因性事过度，一命呜呼。

事情的确来得很突然。

当时，我们都在睡梦之中，可是山上的野公猪却闻到了奇异的气味。这气味让它们着迷。于是它们从各自的领地出发，迎着夹带特殊气味的夜风奔跑，它们心中激动，想必血液已经沸腾，它们到达洪坛冈时已经失去理智。

我们是被野公猪打架的声音吵醒的。起来一看，黑暗中，四五头野公猪围着老母猪相互撕咬，眼里喷出幽红的凶光。我们吓得不轻，躲在屋里不敢出去。好在陈德方赶老母猪上山后住在隔壁，我们盼着他能想出办法。可是，他也吓坏了。

他对我们吼道："千万不要照手电！僧多粥少，野公猪欲火中烧，不要火上浇油！"

"老母猪会被他们干死的！"我喊出了我的担心。

陈德方却不这么想，因为他知道在自然界，只有在战斗中最后取胜的雄性才有交配权。可是，不知道为什么，我和祝小乌对那几头油头肥脑、浑身滚圆的动物非常反感。这是我们没有想到的：我们花钱，"猪头男"作乐，破坏了我们睡觉不说，妈妈的，还把我们辛苦围成的木栅栏摧毁了一半。

祝小乌终于忍无可忍，冲陈德方大叫："陈哥！这样下去整个猪圈都要被它们破坏了！你说一句，要不要赶走它们啊！"

"再等几分钟，让小猪多学上一点儿……"

"这种事用得着学这么久吗？你不去赶，我和有财去赶了！"

陈德方只好听了我们的，吩咐我们在门外用呐喊为他助威，他自己则一手拿一个火把，一手拿一根削尖的竹子，冒死向木栅栏里的野猪跑去。他大概也害怕，跑的时候像杀人一样跳跃着，号叫着，手舞足蹈……

野猪怕火，看见陈德方手中舞动的火把，都没命地从猪圈往外跑，结果整个猪群受到了惊吓，它们在混乱之中突奔着，尖叫着，慌了手脚的陈德方被冲出来的猪群踩在了脚下……

要不是担心我们养的猪会跑离野猪场，我们还真想再看一会儿陈德方躺在稀巴烂的猪屎里打滚的样子。好在这些猪都没有跑远，我们很快就把它们拢回来了。这时，陈德方已经站起来，他手中拿着熄灭的火把，就像做了一个噩梦似的哼哼着："我扁了，我站不起来了，这辈子完了……"

"陈哥，你不是好好的吗？"

"我倒了霉，躺在地上被这么多母猪从头顶跨过，我跳到河里去都洗不掉身上的晦气！"

没想到陈德方这么迷信，祝小乌哈哈大笑："陈哥，要不这样吧！让我和有财从你头顶跨过二十一回，不就抵消了？"

祝小乌做出一个马步，逗得我们又笑了。

好在经过检查，陈德方没有受什么伤。我们让他到竹管子底下冲澡，自己则走到猪圈去看猪。猪们经过这一通乱跑，仍很兴奋，我们数了很久才数清头目，小母猪一头没少，唯独那头刚来的老母猪不见了。

我们在野猪场附近找了很久，也没有找到老母猪。我们这才担心起来：虽然山上绝无猛虎之类的野兽，但是像豺狗之类的动物说不定还是有的。天这么黑，老母猪又是长期圈养、没有野外生存能力，真是凶多吉少。

它是不是私奔了呢？如果真是私奔，那帮子身强力壮、牛气哄哄的野公猪或许会保护它的吧！这么一想，我们才重新回到被窝，睡了。

然而，第二天，我们找遍了洪坛冈，最后在一座与洪坛冈相邻的高山上找到叮满绿蝇的老母猪时，非常不幸，它已经发臭。它好像是被那帮子"猪头男"活活干死的。因为在老母猪的身上，我们没有发现其他野兽置它于死地的证据。

老母猪之死，似乎验证了陈德方所说的"倒霉"与"晦气"，从此，陈德方开始喋喋不休："你们哪，不是做事情的料……赶走野公猪触犯了山神，你们看这些天乌云笼罩……凡高山，山门紧，用石头摆一个祭台吧，每天起来烧一炷香……"

陈德方的牢骚多了，上山的次数却是越来越少。即使来了，也不给我们背米带菜，而是一副等着灾难降临的样子。我们感到很烦。当陈德方又一次满嘴丧气话时，我和祝小乌终于叫他滚！没想到陈德方嘿嘿笑了两声，说让他下山正合他意，只要我们把工钱清算给他。我们说，你哪来的工钱，你只有股份，提前退股，一分钱没有。他瞪起了两只黄鼠狼似的眼珠子，要跟我们拼命。我们只好答应他，等到野猪出栏的那一天，自然会算钱给他。他收了我们的字据，说我们还嫩，野猪场要倒霉了，我们还会有求他的时候。说完了这一通，他才咂咂嘴，心满意足地走了。

陈德方下山后，果真，他的诅咒应验了：受台风影响，一场数十年未遇的冷雨天气，使野猪场转眼死了四头母猪，剩下十六头也染上了气喘病。为了尽快扭转不利态势，我和祝小乌不得不连夜赶往汤溪镇，一是向镇上的兽医站求助，二是继续向朋友们筹钱。可是，等我们带着兽医和钱粮回到风雨飘摇的洪坛冈，野猪场的母猪只剩下了十头，阿芳也走了。

阿芳只留下一张字条。告诉我们：当我们不在，她哭过，绝非脆弱，实在是感到山穷水尽了。她太清楚这半年有多艰辛：多少回，盐水拌饭便是一顿；风吹雨淋中，连人带猪摔倒，一身屎尿一身泥；多少回，黑灯瞎火中睡得迷迷糊糊伸手一抓，脸上爬满蜘蛛！她曾经幼稚过，有过荒唐的渴望，可是成熟的今天何必嘲笑昨日的梦太多……

事情在几天之内就变成了这样，除了沉默和难过，还能做什么？事实上，我和祝小乌只有一条路可走了：那就是收拾东西，然后，乖乖地从山上下来，走上几里路，坐三轮运输车或者拖拉机回家，接受父母的责备，还有世人的挖苦和嘲笑……

可就在这个时候，阴雨连绵的天气突然放晴了，一颗露珠一样的太阳沿着我们走过的山路，悄悄地爬上了冒着蒸汽的洪坛冈："洪坛冈野猪场"仅剩下的十头母猪，自得到兽医的急救与治疗后，不但康复而且发情了。

我和祝小乌没有经验，当这批幸存的姑娘在猪圈里闹闹哄哄，不吃饭不睡觉，一到晚上就两眼发呆、浑身发烫，我们还以为它们又病了。

我们很着急，又想连夜去汤溪请兽医。这时，已经上路的祝小乌在野猪场附近的草丛里发现了新情况。他发现上次来过的那几头干死了老母猪的"猪头男"，正在夜色里窥觑我们的猪圈，大概是因为我们老在猪圈里守着，并且点着火把，不敢近前。

"难道它们发情了？"祝小乌重新回到猪圈，叫我走开。

果然，那几头野公猪开始一点一点地向我们的猪圈靠近。猪圈里的母猪呢？我们发现它们的眼神好像突然变亮了，它们哼哼着，头向前倾，耳朵竖起，颈伸得笔直，连身后的尾巴都激动得颤抖了……我和祝小乌这才明白这些瘦瘦小小的老姑娘这几天到底是怎么了。

我们担心野公猪会像上次一样捣毁我们的木栅栏，心里骂着这些不义的家伙，但还是将猪圈打开了一条缝儿。然后，我们就看见数头野公猪就跟出入妓院的大老爷似的，进了猪圈。只听一阵稀里哗啦的哼哼声，里面好像沸腾了。我和祝小乌吓了一跳，以为这些野公猪又打起来了，可是等到我们看清真相之后，妈妈的，简直被它们活活气死了：万万没有想到我们从小看着长大的、辛辛苦苦拉扯大的这一群小母猪，它们先前那窈窕淑女般的矜持荡然无存，连最起码的廉耻心都没了，它们竟然当着野公猪的面，争风吃醋起来……

"婊子！贱货！简直丢尽了'洪坛冈野猪场'的尊严……"

我和祝小乌破口大骂，真想冲进去把所有这些猪统统用乱棒打死，但是想想我们的未来（妻子、房子、跑车、存款）统统跟这一场高山荒野处的淫乱有关，我和祝小乌不得不睁一只眼闭一只眼，悲哀地离开了臊气氤氲的现场。

# 第三章

我的家在白水桥，离县城很近，也就是一个不算农村但也算不上城市的地方。在我的下巴颏上长出浓密的胡子之前，父母靠种菜为业。可是后来，城市跟我一样，青春期来了，变得又野又疯。我们家的菜地被强行碾平，连房子也拆掉了。从那以后，周围到处都是烟囱，一根根，像坚挺的阳具插进污垢的天空。

我从洪坛冈上下来，在一间临时住房里见到母亲及弟弟的时候，他们正在吃午饭。母亲见我一副黑瘦憔悴的样子，非要跑出去给我买猪头肉。我坐在桌子前，看到辍学的弟弟也在看我。他是违反计划生育的产儿，因为没有户口没地方上学。

"哥，养野猪是不是很好玩？你养的那些野猪长大了吗？"我们相互看了一会儿，弟弟才问我。

"那当然，"我装作成功人士的样子，"野猪在山上，都长大了，跑来跑去的。等春天来的时候，我带你去玩玩。"

"我很想吃野猪肉，"弟弟放下了手中已经夹起的青菜梗，又说，"我还从来没有吃过野猪肉呢。"

"等你来，我一定杀一头野猪给你吃！"

这时，母亲回来了，手里并没有提着猪头肉，她很难堪，不停诉说卤味铺的猪头肉卖完了。看着做错了事似的母亲，我的心里一阵酸楚：我已经知道，父亲一定瞒着母亲欠了卤味铺老板一些钱，也就是说，卤味铺的老板非但不卖给母亲猪头肉，还把母亲捡破烂得来的零花钱扣下了。

我就劝母亲："妈，我在山上养野猪，天天有野猪肉吃。你就不要忙活了。"

母亲看了看我，仿佛是用眼睛称了我的重量："有财，你不要瞒着妈，你在山上过得很苦吧？你看看，瘦得跟田鸡一样。"

"妈，一点也不苦，你放心，我们会发财的……"

我本想乘机再说点儿什么，可是在母亲面前，我不习惯这样做。尽管我在社会上一天可以撒一千次谎，在回家的路上，还想着怎样把妹妹存在母亲那里的钱再"骗"一些出来。可是，我张不了这个口。因为在这之前的六千块钱，就是从母亲这里"骗"来的。于是，我又坐了一刻钟，走了。

这是我走的时候，母亲跟我说的："三个孩子，只有你离家最远，我放心不下啊，有时候想起你待在一座没有人居住的高山上，过着野人的生活，和野兽做伴……我醒着，也会哭起来……"

我看见母亲的眼睛湿润了，可是我已经不能回头。洪坛冈是一个无底洞，我这次下山，就是为那批即将诞生的杂种猪筹钱来的。这个世界上又要多出上百张嗷嗷待哺的嘴，我不能两手空空地回到那些大腹便便的母猪们身边。

最后，还是祝小乌神通广大，不知他从哪里弄到了一笔很大的资金：一共两千块。我们用这笔钱从镇上请来了接生的兽医，买来了啤酒和大米，还为即将哺乳的母猪和小猪拉回来一车足够它们吃上两个月的麦麸、玉米、豆粕、鱼粉等饲料。我们请人将它们背到了山上。

我们已经准备好了，我们将背水一战。我们就等着母猪一只接一只地产崽了，如同屋檐下的雨滴"滴答滴答"地往下掉，它们将分别是"野猪一号""野猪二号""野猪三号""野猪四号"……这样排下去，一直排到最后一头仔猪呱呱坠地……

没有想到的是，母猪们真的开始一只接一只地产崽了，这十头幸存下来的小母猪，每一头都要比我们想象得还要争气——尽管它们也曾不争气过——它们在兽医的引导下，在我和祝小乌同学的鼓励下，个个憋足了一股劲，它们在用力，用力，忍着痛，受着苦，无怨无悔，在三天时间里，为"洪坛冈野猪场"产下了九十八头"野猪"，即杂种猪。

甚至，有一头光荣的小母猪因为用力过度，死于顺产。因为它在前后产下十头仔猪之后，意犹未尽，把它的胃也产下来了。而当时又是在混混沌沌的夜里，喝得醉醺醺的兽医在迷迷糊糊之中，把小母猪连着胃的肠子误当成了脐带，"咔嚓"一声剪断了。之后，他才发现事情有些不对劲，因为手上有猪屎……兽医就甩甩手，骂起来了："该死！还好，它把十头仔猪全部产下来了。"

我们心里心疼猪，惋惜它的生命，可嘴上却说："是啊，它真是昏了头，如果它先把胃产出来，十头仔猪就要胎死腹中了。"

"嗯啊，嗯啊。"兽医不耐烦地点点头，在眼皮打架之前，已经把戴橡胶手套的手伸向了另一只母猪。他就像在岩石缝里摸鱼似的，一会儿把嘴角歪到这边，一会儿把嘴角歪到那边，可是鱼儿好像从他五指之间溜了。他就随手从地上捡起一只刚刚喝空的啤酒瓶，狠狠地砸在筋疲力尽的小母猪身上。

"再用力点，没有吃饭吗！？"

可怜小母猪没有生产经验，力气已经用光，趴在了地上。兽医就呸的一声，一下子，从母猪的身体里拽出来一只瑟瑟发抖的小东西。就这样，实在对不起，又一只还未睁眼的杂种猪被迫离开了母亲温暖的子宫，诞生在了我们的眼皮底下。我们及时地按住了它，并且用烙铁在它的耳朵上打上了野猪"××"号。

必须承认，我们曾经想过，但是想象不出这些猪的样子。它们是多么特别！小猪崽的蹄是黑的，毛是花色的，布满黄色条纹，有的黄白相间，有的黄黑相间，既不同于纯种的野猪崽，又与家养猪有所区别。它们一个个生龙活虎、意气风发的，简直看不到一丁点刚出生时的窘态。它们集家猪、野猪之长，显示出很好的杂交优势，是一种适应性很强的猪。

看着它们，你不觉得这是一项很有希望、大有前途的事业吗？反正我和祝小乌同学知道接下来要做什么，感到很有奔头。

现在，我都不敢去想，当年我们是怎样通宵达旦地为这些杂种猪忙碌的：为了哺育这些猪，保证它们睡得香吃得饱长得快，最终让我们自己也过上猪一样的好日子，我和祝小乌好比上紧了发条的钟，一会儿把吃不到奶的仔猪固定在母猪的乳头上，一会儿又跑去阻止非孤儿仔猪与孤儿仔猪抢食，一会儿又要拿起棍棒，调教已断奶的仔猪如何养成在固定位置排便、睡觉与进食的习惯……

我们虽然很累，蓬头垢面，浑身酸臭，但我们的心却是快乐的。因为我们一直在琢磨着：现在我们只要能弄到什么吃的，都要扔到猪槽里去，一心想让你们多吃点；等到将来我们卖掉你们的时候呢，我们现在的辛苦就会变成一沓儿一沓儿的钱。我们这么一想，身上的力气就像碳酸饮料里冒出的气泡，使也使不完。

"仔猪生后五日龄训练饮水，七日龄训练开食，至二十日龄应全部开食。开食后，补喂全价配合料，日喂五至六次。仔猪生后二十五日龄去势，三十五日龄断奶。每天要清扫圈舍两次，每周用消毒剂消毒一次。仔猪断奶后要及时进行调教，至五十五日龄时要接种猪瘟、猪丹毒、猪肺疫及仔猪副伤寒疫苗……"

所有这些兽医下山时交代的，只要我们有能力做到的，我们基本上做到了。可是，也有一些事项是我们没有能力或者不想照办的，比如说给猪"去势"。"去势"，即阉割，我们就下不了手。首先，我们不需要给杂交出来的新母猪"去势"，因为我们想让它们长大后继续与山上的野公猪杂交。其次，对于杂交出来的小公猪，我们不明白，如果将它们"去势"了，那么等到它们出栏的时候，还能充当"野猪肉"卖吗？野猪肉之所以售价贵，难道不是因为它们的肉既结实又粗糙，还带着一股子膻味吗？

我们不敢去想，当我们远离城市，在孤独荒阔的高山上，咬紧牙关，含辛茹苦，到头来却养出一群细皮嫩肉、油头粉面的猪来时，那将是对我们的理想和以野猪命名的养殖场莫大的嘲讽。也就是说，我们希望杂种猪们更多地保留它们父亲的野性。于是，我们在杂种猪断奶不久，挥动鞭子，将它们赶到了野花开放的荒野。

"去吧！都自己找吃的去吧！懒得喂你们了！"

# 第四章

听说野猪场多了近百头杂种猪，这时候，发誓不跟我们来往的陈德方又上山了。他上山的时候，刚好看到精力过剩的杂种猪满山乱跑，他激动得如同多年未归的父亲看见自己长大的孩子，对我们说："发了，这次，这次我们要发了！"

我和祝小乌知道他上山的目的，就对他说："你上次说的工钱，等到野猪出栏后清算给你。"

"什么？"陈德方立刻把脸拉下来了，"你们不是说给我股份吗？"

"你想得美！"祝小乌脸涨得通红，"你知道这几个月，我们是怎么过的吗？"见陈德方不吭声，祝小乌狠狠地推了陈德方一把。

陈德方站直后竟然笑嘻嘻的："有话好好说嘛。"

愤怒，让祝小乌脸部的肌肉一阵痉挛，使得鼻梁上的宽边眼镜也一跳一跳的："滚！给我滚下山去，别让我看到你！"

我怕出事，在祝小乌再次举起拳头的时候，赶忙把他拉开了。可祝小乌非要揍陈德方一顿。陈德方大概也看出来了，他今天不挨上那么几拳头，他就不能从我们身上捞到什么好处，所以他一直没有走开，可怜巴巴的，像个被儿孙夺下碗筷的老人。这个顺从的样子，让谁看了都不忍心揍他。

"你这叛徒，小人！"祝小乌指着他，咆哮道，"你知不知道？为了这些猪……我们每天在猪圈里过夜，你呢？你跑到哪里去了？搂着老婆操不够是不是？"

陈德方低着头，眼珠子一翻一翻的，"那，那，如果你们不嫌弃，"他嗫嚅着，终于说，"那，那，让你们也搂一搂我的老婆好了。"

"呸，你这个二流子！你禽兽不如！"

这一拳，终于把所有的愤怒发泄了。

第二天，我是说陈德方被祝小乌揍扁鼻子的第二天，陈德方的老婆还真上山来了。我们还是第一次遭遇女人之中的二百五，她几乎是兴高采烈地跑到我们身边来的。我们叫她回家去，这里不需要她，她竟然盯着我们的眼睛说："我知道你们不需要我，我老了，可是我会养猪，猪需要我。"

她这不是比谁都聪明吗？

"猪也不需要你！你又不是母猪。就算你是母猪，我们这里也没有成年的公猪。"

她扭了扭身子，眉毛一挑一挑的，说："我可以等呀，我又不是从城里赶来的，我可以等到公猪们成年，还可以等到第二批公猪成年，只有这些猪不停地大起来，卖出去，我们才可以挣到很多很多的钱。有了钱，我们就可以把日子过得更好一些。我和德方都商量好了，等有了钱，我们要在村口盖栋小洋楼……到那时候，你们分一些野猪给我们吧，我们要在小洋楼里养野猪，我都跟德方商量好了，我们将来要自己做野猪场场主……"

我和祝小乌听得毛骨悚然，因为弄不明白她这股子傻劲是装出来的，还是自然生发的。我就对她说："你别在这里胡扯八道！臭三八！快回家做你的白日梦吧！等天一黑就下不了山了！"

"哼，回不去才好哩，我又会洗衣又会做饭，你们呀，嫩仔仔，不知道老娘炒的菜能把神仙馋得流口水。你们挖笋了吗？我最会做腊肉炒笋片，腊肉我都带来了……"

"不可理喻！"

就这样，陈德方女人上山后，我们胖了，懒散了，感觉自己已经过上了猪一样的好日子。这事情的确有点奇妙：我们是如此讨厌这个脑子不灵光的女人，却发现自己开始离不开她。我终于领悟人为什么能把野猪驯化成家猪的，可意识到这一点，为时已晚。

陈德方女人既会做饭，又会洗衣，还会养猪，除了嘴巴不停，干活倒是利索。等带上山的腊肉吃完，她差一点把小店搬到山上来了。我和祝小乌在山上养成了恶习，就是离不开烟和酒。在没有烟酒的日子里，我们抽晒干的猪粪，喝劣质白酒。这一回，我们终于抽上了带过滤嘴的烟，七八毛一包的；酒呢，是黄酒，喝了身上温乎乎的，就像泡了澡。

我们就这样懒洋洋地躺在树荫下，看着头顶飘过白云，白云的样子变化多端，我们躺着，胡思乱想，心满意足得连话都懒得说。可是好景不长，这样惬意的日子很快就被一个人的到来破坏了。

我和祝小乌认识多年，他没什么毛病，就是爱逞能。我们在山上养猪差不多一年，他一直没有跟我说，我们是在洪坛冈法定承包人不知情的情况下拉猪上来养的。他总是说："我那个亲戚没问题，他好说话，他不会回来的，他恨死了，二十多万欠款只抵了一座荒山三十年经营权，他能不恨吗？"

可事实呢，他回来了，背着一麻袋上访材料和破衣烂裳。他不但想通了，死了心，还要在洪坛冈上种桃树，做"陶渊明"。

我忍不住跟祝小乌抱怨："你这亲戚真怪，他做什么不行，非要做陶渊明？也不知道他读了几年书，竟然知道陶渊明。这是他做得了的吗？他要做陶渊明早点做也行，那样子我们会到别地去养猪，偏偏这个时候……"

祝小乌决定跟他的亲戚好好谈谈。告诉他：我们考虑到他的困难，老早就给他留了股份；如果他觉得不满足，我们可以给他宰一头猪吃，让他吃到拉肚子为止。可是他的这个亲戚还是要种桃树，要把洪坛冈都种上。仿佛一旦种上桃树，他就成仙了，他就可以摆脱红尘俗世了。难怪吴村人说他是一根煮不熟、嚼不烂的"筋"。

这根"筋"让我们的头马上疼起来了。

为了说服他把洪坛冈转包给我们养猪，我们什么办法都想了，什么好话都说了，可他毫不理会。山下的陈德方听说野猪快养不成了，连夜跑到山上来，要跟他"白刀子进红刀子出"，可是"一根筋"不怕狐假虎威的陈德方，他说："他们为了把我截回来，拿枪顶住我脑袋我都不怕，还怕你吗？"

好在"一根筋"归来时已经错过种树季节，他要种桃树也得等到明年春天再种。所以，我们的猪还可以继续放养在山上。只不过我们都知道，在"洪坛冈野猪场"搬离洪坛冈之前，我们不会有好日子过了。因为这个"一根筋"已经开始在山上挖洞了，他要为明年种桃树做准备。

他真是疯了，抢起铁镐，不问青红皂白，这里挖一个洞，那里挖一个坑，挖得汗流浃背，咬牙切齿。我和祝小乌眼看着他要把洪坛冈挖得千疮百孔，心里又可怜又可恨：他这副"与天斗与地斗"的架势，哪里像个宁静淡泊的隐士？简直是在发泄他的仇恨。但是，也没有办法。我们对陈德方女人凶道：

"陈嫂，赶快叫陈哥找一座跟洪坛冈相仿的山，听到了吗？"

"听到了。"

我们能做的只能是提前把"洪坛冈野猪场"搬走。可是几天时间过去了，在吴村，竟然找不出第二座像洪坛冈这样适合养野猪的山来。因为我们的猪主要以放养为主，就像科技报纸上登的那样："放养在大山中吃百草充饥、喝山泉止渴、挖蚯蚓解馋。"这就需要很大的场地让猪自己找吃的，并且不会跑到附近的庄稼地里去。而陈德方自己家的山又都不适合养野猪，于是我们不得不"禁止"牛化生继续挖洞。

这"禁止"的话是让陈德方女人去说的。

陈德方女人说："'一根筋'，求求你，不要挖洞了！"

牛化生说："我挖洞你管得着吗？"

陈德方女人说："你挖了这么多洞有什么用？下几场雨就全填平了。"

牛化生说："我要在山上种桃树，你懂不懂？山这么大，等到明年我来不及挖。"

陈德方女人说："桃子又不值钱，养猪挣的钱要比你种桃多得多。"

牛化生说："我种桃一个不卖。"

陈德方女人说："那你不卖桃你挖什么洞？"

牛化生说："我跟你说不清！"

陈德方女人说："我又不是傻子，怎么会说不清？"

牛化生说："哼，我本想上山隐居的，与世隔绝，可你们……竟然在山上养起了猪……"

陈德方女人说："哈哈哈哈，你这人真逗，你没有老婆孩子吗？"

牛化生说："讨债讨了六年，早跟人跑了。"

陈德方女人说："那你为什么不接着在别的地方开饭店呢？"

牛化生说："我没有钱！钱都让那些狗官吃到肚子里去了！我的心很苦，我很冤啊！"

陈德方女人说："谁叫你当初就那么放心？"

牛化生说："欠债还钱，天经地义！"

陈德方女人说："你自不量力，你斗得过他们？你都是自找的……"

牛化生终于愤怒了："你有完没完，你给我闭嘴！"

陈德方女人说："我没说什么，就是不允许你在山上继续挖洞！你挖了洞，影响我们养猪！"

牛化生就举起了拳头，从这时起，他变得又激动又蛮横，他警告陈德方女人："你走开！"

陈德方女人说："我偏不走开。"

只听"咚"的一声，牛化生突然给了陈德方女人重重的一拳，把陈德方女人打倒了："滚、滚，你们都是一帮的！可你们拦不住我！你们等着……"

陈德方女人躺在地上，像疯狗一样打滚。

从此，洪坛冈上鸡犬不宁。陈德方女人开始是骂，后来是不给牛化生开饭。这样过了几天，她就想把他赶到猪圈过夜。我和祝小鸟看不过去，警告陈德方女人多次，她才没有当着我们的面辱骂牛化生。但她是不会善罢甘休的。

# 第五章

那时候，我们的杂种猪已经长到四个月。它们与家猪相比，嘴长、头短、耳小，身上的黄色条纹已经褪去，猪毛呈黄棕或灰棕色，粗而稀。在我和祝小鸟越来越没脾气的时候，相反，这些杂种猪倒是越来越野了。它们自幼奔跑于高山草甸，练就了一身好体力。它们撒欢，抢食，相互撕咬，其食量之大，简直到了让人瞠目结舌的地步。

它们什么都吃，总是吃不饱，想必这些畜生上辈子是饿死的，所以死后要发奋投胎为一头猪。可是很不幸，它们投胎在了野猪场，我们可没有成吨的猪饲料喂它们，什么吃的都要自己上山找去。于是它们吃山上的杂草，啃树上的树皮，吃山上的动物和地下的植物块茎，没完没了地在山石间拱来拱去，有什么吃什么。

好在这些猪的鼻子十分坚韧有力，可以推开数十斤的石头，挖掘出深埋于地下的一颗坚果或土壤中的一条虫子，它们甚至还能捕食石缝里的蝎子和地洞里的蛇。它们似乎一点都不畏惧这些毒物，一旦有蛇被它们发现，野猪们就会追来跑去，谁都想尝上一口。它们用嘴撕扯一条活蛇的场面，触目惊心，让看的人都捏一把冷汗。

可是，自从"一根筋"在山上挖洞的那一天起，杂种猪们逍遥自在的生活同样结束了。

也不知哪儿出了问题，"一根筋"从一开始就痛恨这些猪。他从不看猪吃东西，面对猪的时候，一副凶相。可是人、猪同住在山上，猪又这么野，他简直无法逃脱猪的困扰。特别是当某些猪跳进他挖的树洞里拱来拱去的时候，那简直是要了他的命。

他警告我们："如果你们的猪再破坏我挖的洞，别怪我不客气……我砍断它们的腿，我挖出它们的心，我砸碎它们的猪头……"

他这样挑衅我们，挑衅我们的猪，我们却没有给他一拳，仅仅因为他的样子很可笑，就像是说着玩的。可是，牛化生却是认真的。

他留着神，一边挖洞一边赶走我们的猪。然而随着他挖的洞越来越多，他开始分身乏术，他就手拿一根棍子，守着他挖的那些洞。可是，我们的猪对他挖的洞太好奇了。在它们看来，这些洞一定是这个奇怪的人特意为它们挖的，因为洞里面有虫子，还有新鲜的草根。于是它们蠢蠢欲动，连到别处去觅食的兴趣都减弱了。

有一天，我和祝小乌像往常一样坐在大树下面抽烟。太阳毒辣，炙烤大地，但山顶的树荫下凉风习习。我们谈起了将来卖掉第一批杂种猪后的打算，谈得唾沫横飞。因为根据保守估计，我们每人至少可以分到十万块钱，这还仅仅是卖掉小公猪的钱。关于这笔钱，我们有许多打算。其一，就是将野猪场搬到一座名叫"碗高坪"的山上去，那些户主已经给了一个承包价。想到以后我们的猪在"碗高坪"上没命地繁殖，我们攒的钱也越来越多，心里美滋滋的。

坐在洪坛冈上，向北眺望，刚好可以看到"碗高坪"上的梯田和油茶林。距离与幻想，让我产生了做梦一样的恍惚感。

我问祝小乌："我们是不是把未来想得过于美好了？你说。"

祝小乌笑了："事在人为，勤劳致富，只要努力就会成功。我们不是已经养出这么多野猪来了吗？"

听那口气，他好像比我大了十岁。

这时候，突然，陈德方女人急急慌慌地跑过来，喊着："不好了，不好了！你们坐在这里干吗呢？快去救救我们的猪吧，那恶棍把我们的猪打残了！这个千刀杀万刀剐的无赖，他跟猪有仇啊！……"

我们跟着陈德方女人向牛化生那边跑去，果真看见牛化生在追赶一群沾满红泥的猪。那些猪已经被他追得口吐白沫，连哼都不会哼，在牛化生挖的树洞间滚来跳去。

我们用喊声制止牛化生，可牛化生并未罢手。他用棍子抽打猪的脊背，骂猪的内容斑驳、芜杂，让人感觉骂的不是猪，而是人。其中有一句是这样的："看看你们的吃相，就知道你们的德行！看你们还敢不敢过来……"

猪会有什么德行？我和祝小乌冲上去拽住了他，好言相劝，他却一直在挣扎，嘴里喋喋不休着："你们这群猪！你们这群混蛋！我这里没有吃的！呸，还想让我来侍候你们吗？"

我们费了九牛二虎之力，将他拖到一棵树干上，将他绑了起来。当然，我和祝小乌并不想绑他，只是想让他冷静一下，绑的活是陈德方夫妇主动要求这么干的。那一天，陈德方刚好也在山上。他手持鞭子，摆出一副真理在握的姿态，问牛化生："你这混蛋！在山上白吃白喝的废物！我们天天供你吃喝，你为什么要虐待我们的猪？啊？"

牛化生就跟没有听见似的，沉浸在不可理解的悲愤里："我不想看到你们！滚远一点！你们当初是怎么说的？你们这群无赖！你们连猪都不如！猪身上的肉是为人长的，而你们呢？你们喝的是我们的血……"

很显然，牛化生喝醉了，因为他好像不是在骂我们哪，可陈德方和他的女人却以为牛化生是在骂我们。陈德方女人在骂人方面一向是不肯吃亏的，她见牛化生气势汹汹得占了上风，气得胸前那两嘟噜耷拉着的肉都胀大了，她气得全身都在抖动，她叉着腰，踮着脚，跟牛化生对骂起来："你这混蛋，你这疯子，你这恶棍，你这人渣，你这变态，你这千刀杀万刀剐的……"

两个人嗓门之大，吓得山上的老鹰离巢时撞在了山岩上，可他们还嫌自己骂得不够响，不够粗野。他们你骂一句，我骂一句，越骂越有感觉，而骂的内容风马牛不相及，让人听了又想笑，又想发火。虽然过瘾，却不是滋味。

我就跟祝小乌商量："等猪出栏还有好几个月，这几个月……你说怎么办？"

祝小乌很郁闷，看了看正在接受挨打的牛化生，轻声说："到时候，把所有猪都卖了算，我烦透了。"

"你不想再养了？你看，多好的出路……母猪又要发情了……"

"那我就听你的吧，我已经没办法。"祝小乌说完，低头走了。

我有点儿生气，但是眼看着我们蒸蒸日上的养猪事业，跟这几个烂人莫明其妙地搅和在一起，真够沮丧的。我就走过去夺下了陈德方手中的鞭子，对他说："够了你！在亲戚面前不打亲戚，亏你这么大岁数！"

陈德方一副不服气的样子："哼，你们这么袒护一个疯子，有你们后悔的时候！"

陈德方女人也在一边帮腔："该死的白吃饭的，能打我，为什么就不能打他？我还要让他赔我们的猪！"

在远离喧嚣的洪坛冈，我还是第一次感到窒息一般的孤独，我抿着嘴，拿眼睛去看正被陈德方打得嗷嗷直叫的牛化生，没想到他也在拿眼睛看我。难道他也感到孤独吗？我不禁被他充血的眼睛吓了一跳：他的眼神里除了仇恨，还隐藏着偏执与迷乱，完全不像一个正常的人。

"你怎么搞的，啊？你是不是偷喝了我们的酒？"

没想到牛化生吼了起来："放、放了我！放了我！我认了输，我逃到了山上，为什么你们还不放过我？你们这些强盗！你们连猪都不如啊……"

我还能说什么？就像逃一般离开了。

# 第六章

事后，牛化生好像什么事都不曾发生过一样，重新挖起了洞。只是他对满山乱跑的猪的成见，有增无减。他是如此不愿见到我们的猪，一旦有猪出现在他跟前，他就拿屁股对着猪，面色狠毒。

"呸！呸、呸呸……"

猪，让牛化生的唾液腺变得发达，挖洞的力气也像抽风一样爆发。

可是，一件让人头疼的事马上发生了——

我们从汤溪镇拉到山上来养的那批小母猪在做了妈妈之后，它们胖了，体态臃肿，每头至少有两百斤。它们很脏，终日在泥坑里打滚，肚子拖在地上，两排乳头沾泥，就像一群妖怪。如果我把它们赶到一个没有思想准备的人跟前，对他说，这些猪曾经是多么漂亮，多么干净，我们曾经抱着它们在篝火边唱歌，并且比喻它们是高山流水处的仙女，他一定会晕倒的。倒不是这个听的人为猪的青春逝去感到痛惜，而是在我们对话之间，母猪身上的臭气足以将他熏倒。

而我们知道，在自然界，动物间的爱情或者说相互吸引全靠一种气味传达。而我们的老母猪，在它们又一次发情时，大概是它们身上的臭气掩盖了它们散播的性信息，或者是牛化生挖的那些洞让生性谨慎的野公猪误以为是陷阱，总之，我们养的母猪发情了，而野公猪却迟迟没有到来。这种难以用语言形容的等待、煎熬，和对昔日恋人的渴望，让我们的母猪们感到悲伤又愤怒。它们以为它们被寻花问柳的野公猪抛弃了。于是，它们在洪坛冈上发了疯一样地奔跑、咬斗，两眼冒出火来，见谁都烦，但是有时候它们也会发出音调特别柔和的、富有节律的哼哼声，就像它们的哭泣。

白天黑夜，它们无时无刻不在打着逃离野猪场的主意，但是我们出于保护它们的目的，多次拿棍子把它们赶了回来。我们也知道这样做很残忍，如果被上天知道，死后也会得到惩罚。好在陈德方女人终于从什么地方打听到吸引野公猪来的办法，并且真这么去做了。她和陈德方费了许多周折，用塑料桶接了发情母猪的热尿，然后兵分两路，将它们淋在通往洪坛冈的条条山路上。这一招比电视广告灵多了，野公猪们还是那么野，还是那么不顾死活，当夜就有几头跑来交配了。

起初，野公猪的到来没有引起牛化生的注意。可是等到第二天早晨，事情终究大白于天下：牛化生挖的那些树洞全被野公猪拱过了，一个个就像溃烂的伤口塌在那里……我们猜测，那些野公猪在尽兴之后肯定又累又饿，于是决定就近找点吃的，它们就向母猪打听那些"不知道怎么回事的洞"是不是有危险？母猪想了想，告诉它们至少晚上是没有危险的。于是，野公猪们冲过去，在洪坛冈上拱了一夜，拱得又放肆，又彻底。离开的时候，它们吃得饱饱的，心满意足。

牛化生上次因为虐待猪而遭到陈德方毒打，这口气还没有出，这一次，他当然更要拿猪出气。好在这一次的罪魁祸首是野猪，他要怎么处置我们管不着。所以，我们像往常一样做着该做的事。

可奶奶的，牛化生发现野猪已经一去不返（至少在天黑之前不见野猪的身影），他又要把气撒在我们养的猪身上，我们就不是很高兴。我们听见他站在高处破口大骂：

"你们这些混账，你们怎么养的猪……你们看见我好欺负是不是？你们在山上寻欢作乐，吃吃喝喝，你们可想过别人怎么活……你们为什么要这样逼我……"

我们仔细一听，牛化生好像不是在骂猪，而是在骂我们哪。

那一天早上，碰巧，陈德方夫妇因为头一天淋母猪尿下山，还没有回来。我和祝小乌心里明白，但是都没有吱声：这个牛化生真是太过分了，不知好歹；我们在洪坛冈上养猪，其实没有任何让他吃亏的地方；一是股份，二是食宿，三是这几间泥坯房，我们搬走后无疑是他的。

可他还在骂，并且越骂越刺耳，连"你们有什么权力、你们这群社会的蛀虫"这样的昏话也出来了。

祝小乌走到牛化生跟前，咬着牙齿说："表哥，你黑白不分……"

"我、我？"牛化生看了看祝小乌，好像要哭起来了，"我、我……冤啊！"

祝小乌咬着嘴唇，却有话要说："表哥，今天，我不管你骂的是谁，都要跟你说一句实话，你是一个好人。"祝小乌顿一顿，终于又说："但你固执，性情偏执，不能实事求是地对待生活中的各种遭遇。你舍得花五年十年时间告状、申冤，凭你的厨艺，多少万都挣回来了！"

牛化生盯住了祝小乌，然后，头歪了起来，青筋暴露的额头底下，闪烁着想要杀人的凶光："你、你、你难、难难道？……你竟然……"

祝小乌吓得连连后退："我是说这样的纠纷，不值得……"

牛化生瞪着祝小乌，神经质般地扭着头，吼了起来："你、你……竟、竟然帮、帮帮他们说话！你这畜生！……"

牛化生说着，冷不丁推了祝小乌一把，祝小乌呢，一拳打在牛化生的胸脯上，但牛化生的手出奇的长，他把祝小乌的脖子掐住了。祝小乌的嘴巴被他掐得张了开来，很快就发出呕吐一样的声音。我看情况不妙，将他俩拉开了。

可牛化生照样骂骂咧咧的：你们这群猪，你们这群畜生！……反正是这样一些疯话，骂得我脑袋疼。我跳上去，用我在货场里提起一袋水泥的力气抓住了他："你奶奶的！在山顶上骂来骂去算什么本事？你有本事当面骂去！怎么？你不敢吗！？"

可他非但不住口，还要歇斯底里地吼，我就狠狠地，用膝盖顶了一下他的小腹，这根让我们头疼的"筋"，这个到处上访上诉的偏执狂，这才弯到地上，老实了。

"可怜你也没有用，你有毛病……"

就这样，我和祝小乌总算松了一口气，因为人跟人之间最怕第一次拉下脸皮。既然关系已经闹僵，以后就没必要跟他讲客气了。事情该怎样就怎样。

野公猪们却没有走远，天一黑下来，它们又在洪坛冈上出现了。它们似乎有意与牛化生为敌。牛化生恨它们，彻夜不眠，想尽一切办法报复野猪。有时候，我们一觉睡醒，仍能听到他在野外奔跑，掷石头，吼叫。

后来我们叫陈德方背来一纸箱爆竹，才把乐不思蜀的野公猪赶跑了。可是牛化生骂猪已经骂上了瘾，我们发现，他把我们的猪完全当成了他所痛恨的那些人。他甚至能根据不同的猪，叫出不同的名字。那些名字当中，有几个我们好像见到过，他们那副撑腰挺肚、山吃海喝的样子，跟我们养的几头猪真是像极了，这也难怪牛化生会把他们混淆在一起。

而我们，听着牛化生骂这些猪的时候，自然也会产生各自的联想，我们终于笑了，因为我们也想到了许多跟这些猪神似的人。于是在一段时间内，牛化生的谩骂让我们感到很解气。我们心想，只要他不接着挖洞，光这样骂骂倒不是坏事，久住高山闷得慌啊。

事情却在这个时候发生了变化。

这个变化是陈德方发现的。他已经有好几天没有上山，所以上山之后他发现情况不对，但是又说不出个所以然。最后听到牛化生用人名骂猪，他先是惊呆了，以为这些人上山考察来了，他甚至把笑堆到了脸上，可是山上只有猪，他这才恍然大悟，连叫大事不好，怨自己这几天不该待在山下偷懒。

我们问他哪儿出了问题，他痛心疾首地说："你们难道没有发现这些猪，我是说，这些猪越长越丑，越长越怪了吗？"

我们仔细打量我们的猪，是有一点儿，好像中了毒一样，头显得大了，嘴显得长了，体躯健壮，四肢粗短，有的猪嘴里长出了獠牙，虽然很小，但是闪闪发亮。它们看见我们围着端详，有一头猪甚至霍地蹿起来，血红色的眼睛左右环顾，针一般的鬃毛倒竖，喘急的呼吸一涨一落。另一头则躲在它后面，眼里射出暴戾与贪婪交织的凶光。

"这是怎么搞的？"

"你们还说，就这样骂下去，不要说猪，就是一块石头也会成精的！"

"照你这么说，猪也会受心理暗示影响吗？"

"我不懂什么暗示不暗示，我只知道在我们村上，有一个人因为从小被人骂作'穿山甲'，长大后身上长出了鳞片，现在还打着光棍。"

"那怎么办？"

"不允许他这样骂猪！"

前面已经提到，人跟人之间最怕第一次拉下脸，既然我们跟牛化生已经拉过脸，这一次想要揍他，就显得顺理成章，无须啰唆了。

我们——即陈德方，我，祝小乌，还有后来赶到的陈德方女人——手持棍棒、绳子，三下五除二，直接把牛化生抓了来，拖到了那群半驯化的动物跟前，尽管他是那么怒不可遏，但我们照样将他制服了。我们命令他跟着我们念：

"这是一群猪，它们是猪，我们的希望，它们会让我们过上好日子，我们要善待它们，记住了吗？"

牛化生在尝了重重的几拳头之后，只好老老实实地跟着我们念。这样念了七八遍，我们叫他背，他背下来了，一字不差。于是，我们对他的态度才缓和了，向他解释为什么要把他绑起来，因为这些猪自从被冠以人名，就变得刁钻、凶恶，很难养了。猪虽然是畜生，却很聪明的，你投之以李它报之以桃，你恶语相向百般侮辱，它们终会怀恨在心，说不定哪一天它们把你咬死！

我们的一番话，让跪在地上的牛化生陷入了沉思，他看着眼前哼哼唧唧、四处乱窜的这群怪物，看了很久，直到，他那破裂的嘴唇牵了一牵，泪水簌簌而下。我们问他是不是想明白了？他不语。我们再问他，他只说了一句："其实……我没什么要求，我只要、只要，还我钱……"

我们当中年纪最大的那个蹲下去，警告牛化生："这么说来，你还要骂这些猪喽？看我怎么割掉你的舌头！"

牛化生直着脖子，直了好一会儿，似乎是要发疯，可是，脸上突然露出一排坚固的黑牙齿，似乎是笑了："嘿嘿，嘿嘿，他们把我当疯子抓起来……"

"闭嘴！你他妈的！"陈德芳站起来，踢了牛化生一脚，"你别给我装疯卖傻！我揍死你！"

牛化生滚到一边，头重重地磕在地上，但他仍是笑着的："嘿嘿，嘿嘿，在外面打，来山上还打……嘿嘿，嘿嘿，让不让人活哩……"

牛化生说着说着，泣不成声。

# 第七章

牛化生可怜，牛化生再也不挖洞了，也不再骂猪。许多时候，如果不是听见陈德方女人的谩骂，我们会以为牛化生已经从洪坛冈上蒸发了。

于是，日子又过得心安理得了。

这时候，陈德方女人为了省钱，帮我们在山上自酿了一缸米酒，我们嫌酒不地道，不怎么喝。这样，倒是便宜了开始像蟑螂一样缄口的牛化生。他常常趁我们不在偷喝我们的酒，喝醉之后就更安静，连个招呼都不打，直接倒在猪粪里人事不省。牛化生的表现让我们满意。然而，洪坛冈上并不平静。

我们养的那些猪，此时成了让人头疼的问题。它们变得越来越野，脾气也越来越大，让我们感到力不从心。特别是那些雄性杂种猪，也不知道是不是有点早熟，嘴里长出獠牙不说，屁股底下先是出现一个胀鼓鼓的气囊，后来就发现这气囊垂了下来，里面的两颗蛋足有拳头那么大。它们走路的时候，屁股上的气囊随着一收一缩，就像有人往里吹气一样，真想拿根针把它捅捅破。

当然，那些雌性杂种猪也好不到哪里去，它们仅仅样子稍微好看一点、圆润一点而已。它们也不听话，常常夜不归宿，害得我们整夜寻找。

猪长到这个份上，当然，食量就更大了。它们的胃成了一个深渊，一架机器，什么东西都盛得下，消化得了。而洪坛冈上又偏偏不长粮食，草根和树皮几乎被它们吃光了，部分杂木被连根拱起后死亡，山上只剩下了破碎的岩石和酱色的泥浆。洪坛冈散发出腐臭的气味。天气变化、大雨滂沱时，山上到处是让人防不胜防的泥潭，跌进去淹不死人，但是会让你浑身奇痒。虽然我们也尽量弄一点吃的，比如向山下的农民收购一些番薯藤、米糠之类的东西喂它们，可是这样也难以慰藉它们的胃。它们反而会为了抢一口吃的，咬得鲜血淋淋，有一头刚怀孕的母猪就是这样被活活咬死的。

至于这些猪惹出来的祸事，更是让人难以忍受。连真正的野猪撒起野来也不会像它们这么得寸进尺，肆无忌惮。至少山上的野猪多少还是怕人的，而我们养的这群猪因为从小跟人在一起，对人毫不畏惧。它们在洪坛冈上填不饱肚皮，就跑到山下的庄稼地里去，山下的村民以为能用锄头和扁担轻易地把它们赶走，就拿出打死一条狗的勇气冲上前去。结果，杂种猪们哼了几声，身体一阵抖动，雪白的獠牙在前腿上磨了几下，接着两条后腿在泥地上一顿，向拿着武器的村民扑了过去。吓得他们号叫着四处逃命。

而杂种猪们显然是暴怒了，兽性大发，它们追赶那些村民，上蹿下跳，不管这些人的脚后跟是否干净，张嘴就咬。有一个老汉在慌乱之中跌了一跤，马上就有杂种猪扑上去咬他的臀部，大概连它也知道这个地方的肉最肥厚，幸好这个人在该部位别有一个刀鞘，刀鞘里还有砍刀，杂种猪一口咬下去，獠牙"咯嘣"一声，吓了它一跳。与此同时，感到一阵钻心疼痛的老汉乘机跳起，像球一样滚下山去。杂种猪们只好继续追赶。直到把这些人逼到了一户居住在矮山上的村民家中，他们把门闩死了。

杂种猪们见那些人迟迟不肯出来，又没有捞到任何吃的，就在屋外闹闹哄哄的，想把一面土墙拱翻。屋里的人非常气愤，但又没有办法，只好从楼窗里往下扔番薯，扔土豆，扔南瓜，扔玉米棒子，直至把一篮刚刚采摘的蔬菜也倒了下来。可是他们很快发现这些东西根本填不满杂种猪洪水一样的欲望，有人就要打开谷仓往下面倾倒粮食，那户人家的主人终于舍不得，张牙舞爪着，简直要哭了：

"使不得，万万使不得啊……家里本来就穷，粮食要留着过冬，求你们了……"

但是，那些受到惊吓的村里人想怎么做就怎么做了。他们把那户人家储存的粮食几乎全部倒下来给猪吃了。可是这些猪却没有吃饱，或者说吃饱了但没有吃得发撑，之后，它们又跑到附近一户人家的院子里，把那户人家晒在门口的数百斤腌萝卜吃了个精光（本来是要拿去卖的）。最后，这些猪口渴了，闯进一片甘蔗林嚼甘蔗汁吃，这时它们才在半个村子人的驱赶下，飞一样地回到了洪坛冈。

直到现在，有村民说起我们养的那群猪，还是一脸惊恐。对于这个相对封闭的小山村来说，"洪坛冈上的杂种猪"在以后的许多年中，还会被他们当作一个特有名词反复提起。

怎么可能忘记呢？这些猪因为没有在适龄时进行阉割，后来已经无法管理，它们成了吴村一害。当时正是晚稻成熟、硕果累累的季节，杂种猪频频下山糟蹋庄稼和粮食，让村民们感到十分痛心和愤慨，他们成群结队地上山找我们赔偿。必须承认，杂种猪犯了错，我和祝小鸟、陈德方负有责任。可是说到赔偿，我们赔不起啊。

待陈德方笑脸赔尽，跟那些义愤填膺的庄稼汉一同下山后，我和祝小鸟坐在月光下商量对策。我们商量了很久，最后发现我们骑着杂种猪通往银行取款台的路，差不多被堵死（没想到事情来得这么快）：一是将

"洪坛冈野猪场"搬到"碗高坪"的计划泡汤了，因为杂种猪的危害让那些户主感到为难；二是不卖掉这批猪，这些畜生日后还会惹出更大的祸事来，到时候落得个连饭钱都没着落也说不定。

综合以上两点，我和祝小鸟决定卖掉这批猪，尽管这些猪每天都在长肉，带一股膻味的肉又这样值钱。

可是，我们又是多么地不甘心！

"如果养到年底，快春节的时候，我们把猪拉到镇上，喊上几个屠夫，两天时间保证把肉卖完。"祝小鸟的眼镜后面出现了一片新的夜空，那里的星星就像铁匠抡锤下的火花一样，撞击着祝小鸟啤酒瓶底似的镜片，"到那时候，肉卖得贵不说，大家还抢着买，镇上的人没有吃过野猪肉啊！我只要在肉案上挂上一块牌：野猪肉……那买年货的人挤上来，手里举着钱，我要我要，给我割上五斤……"

"可是，我们现在就要把猪卖掉了。"

"现在？"祝小鸟瞪大两只眼睛望着我，张大的嘴巴好像吞了一口猪粪，他说，"我们应该再想想办法。"

于是，我们坐在黑暗当中商量到了天亮。

等到翌日清晨陈德方来到洪坛冈，我和祝小鸟的衣服被露水打湿，自己却一无所知。好在我们已经想出了一个不得已而为之的办法：阉掉这些杂种猪，虽然迟了一点。

我们对陈德方说："咱先阉掉那些公的。"

陈德方说："那母的呢？"

我们说："暂时阉不了。"

陈德方说："母的照样跑下去偷吃。"

我们说："母的只有兽医知道怎么阉，你读书时没学过生理课吗？"

陈德方只好拿起我们丢给他的一把镰刀，向一头正在撒尿的小公猪悄悄靠过去，那尿在地上冲出一个小坑，从坑里溢出的气泡噼噼啪啪直响。他打算在小公猪撒完尿之前，"寒光一闪"，把小公猪屁股上的俩鸟蛋劈下来。他已经想好了：小公猪的睾丸是有名的滋补品，他要每天阉上几头，这样，就天天有猪睾丸吃。

说时迟，那时快。陈德方走到那头小公猪身边时，小公猪已经撒完了尿。只听"唉——"的一声尖叫，那猪突然一跃而起，它的尾巴被陈德方砍下来了，掉在地上直跳。陈德方手慌脚乱的，跳上去踩住了它：

"怎么？刚才没有劈到睾丸吗？"

就在这时，就看见那头受伤的小公猪已经掉头向他跑来，在它的后面，跟着更多怒气冲冲的猪，还没等他回过神，这些猪已经朝他的肚子拱了过去，陈德方啊呀一声，人就像溅起的水花溅得老远，又落了下去。他的一条腿立刻被断了尾的小公猪咬在了嘴里。

"救命啊，救命啊！"

我看见那头小公猪的鼻孔里吹出气泡，从陈德方小腿上撕下的一大块肉已经被它吃下去了，其他猪则把附着在陈德方小腿骨骼上的血管和筋脉扯了出来，暗红色的血，正从破裂的血管里往外冒……杂种猪们的脸部洒满陈德方的血，样子很是恐怖。

我和祝小乌吓得两腿发软，但是，都拿起棍子赶了过去……

就这样，被激怒的杂种猪不仅撞伤了陈德方的睾丸，还撞伤了他的肋骨折断了他的腰，把陈德方咬得鲜血淋漓。


我们有苦难言。在陈德方生死不明的日子里，山下的村民还不停地上山来控告我们的猪，要求赔偿。我们跟这些人不熟，也没心思跟他们啰唆，已经打了好几次白条。最后，他们终于拒收白条，要现金。

我们告诉他们，山上又没有银行，怎么会有现金呢？

他们就把一捆麻绳扔在地上，问我们："你们说吧！是要捆走人，还是捆走猪？"

我和祝小乌尽管有的是力气，皮也厚，不怕挨打，但还是妥协了。因为这些人比汤溪镇上的小流氓野蛮多了，他们横着脸叫嚣："这几头母猪尽管又怀了一肚子坏种，但是我们认了！如果再有野猪出来捣乱，一手指头按死你俩！"

他们用绳套套住了两头老母猪的头，连拽带踢，牵下山去了。

那一天，我和祝小乌欲哭而无泪。我们已经无法将这些畜生驯服，并且，也想过各种办法。其中最有效的是把它们重新圈养起来，或者在每头猪的前腿上戴上脚链。可是猪能把铁链咬断，这是无疑的，因为它们就是把木栅栏上的钢筋咬断，然后逃到山下去偷吃的。

时势已经逼得我们不得不立刻卖掉这些猪。可是，我们不知道怎样把它们拉下山然后弄到车上去。它们不是普通的猪，它们会把拉它们下山的人咬死的。我们因此感到很头疼，开始像牛化生那样打猪，骂猪，恨不得剥了它们的皮！可是在找到买主之前，我们还得伺候它们，看护它们，为它们背负责任。

一天，终于等到了一个上山来收购野猪的朱老板。此人矮胖，腋窝下裹着一只小皮包，是听说陈德方被"野猪"咬伤事件后，主动找到洪坛冈来的。他看了我们的猪后，说："我来之前，就猜出你们的野猪是杂交出来的。不过，很好！很好！你们杂交的这些猪是具有远大前景的生态农业项目。"

我和祝小乌吓了一跳，这个猪贩子说话怎么像个干部？果真，这个人自称是什么烹饪协会的副会长。他告诉我们，他是帮省城数家宾馆到山区来收购野味的，他这几年收购的野味数以千吨计，不论山上跑的，天上飞的，囊括"海陆空"所有飞禽走兽，统吃统收。他的到来让我们受宠若惊。可是，就在我们准备草签一份买卖合同的时候，陈德方夫妇的出现给这宗买卖泼了一桶冷水。

陈德方叫嚣着："不许你们卖掉这些王八蛋！"

伤愈后的陈德方走起路来一高一低的，就像故意模仿瘸子走路一样，生硬，但很好看。他是他的女人把他背下山，然后又背上来的。他叫嚣着："不许你们卖掉这些王八蛋！"

我和祝小乌很尴尬，向朱老板做了解释后，转身对陈德方说道："猪把你的脑袋咬掉了一块是不是？你别在这里叽叽歪歪的，等签完合同，你的股份少不了！"

"我没有什么股份！我是给你们打工的，我要你们养我一辈子！"

"你、你这说的是人话吗！？"

陈德方看看我，看看祝小乌，一脸仇恨，他说："妈妈的，我就差死在这里！现在我只剩下一条腿，叫我以后怎么活？你们告诉我！告诉我！"

"拜托，你别这样嚷嚷好不好？"

陈德方却嚷得更响了："我今年才四十五啊！腿瘸了，叫我以后怎么活？怎么活呀！"

陈德方这样叫着，吼着，突然，他就像疯狗一样滚了过来："要不是你们让我去阉猪，我现在还好好儿的，是你们丢给我一把镰刀！我要到法院去告你们！是你们害了我！你们别想跑，你们赔我……"

听了陈德方这些哭天喊地的话，我和祝小乌既心酸又恼怒，不过都没有当真。可是几天之后，我和祝小乌分别接到了法院的传票：陈德方当真把我们推到了被告席上。

# 第八章

我们很后悔当初纵容了这些猪，在该"去势"的时候没有给它们"去势"，在牛化生拿棍子教训它们的时候，我们还在替这些猪说话。我和祝小乌都没有想到我们的事业竟然栽在这些猪的野性上，而当初，我们恰恰以为这是让我们的事业蓬勃发展的基石。现在，我们终于自食其果。

陈德方跟我们打起了官司。陈德方一审败诉。陈德方不服，告到了市一级的法院，这一回陈德方赢了我们，因为他死不承认他是我们的合伙人。我们想向更高一级法院提起申诉，这时想到洪坛冈上无人照看的猪，只好认了输。

这时候，洪坛冈上的那些杂种猪，这些万恶不赦的罪人，终于等到了它们的末日。

现在，它们已经快要性成熟。在我和祝小乌回到洪坛冈的时候，这些猪正在吴村的漫山遍野逍遥。牛化生也不知死到哪里去了，屋中无人。昔日生机勃勃的洪坛冈，冷清而萧条，山上只剩下大腹便便的老母猪，坑坑洼洼间的枯枝败叶，枯枝败叶间的猪粪，还有带猪粪臭的风，还在呜呜地吹着。

我和祝小乌想起当初我们借钱购买小母猪上山时的雄心壮志，以及后来所受的苦，不禁潸然泪下。

我们下了山，去找吴村的人。

吴村的人对我、祝小乌及我们的猪恨得咬牙切齿，还没等我们开口，就叽叽喳喳起来，有的还拿出了我们写的白条，因为陈德方的胜利让他们感到嫉妒。我和祝小乌原本是想请他们帮我们上山捉猪下来卖的，这时候就变得难以启口。

最后我们豁出去了，在村口贴了"捉猪告示"，内容主要是我们已经无力养这些猪，恳请村民帮忙，活捉杂种猪一头，得两百元报酬；如果有猪被他们打死，罚两百元一头；如果有人不慎被猪咬伤、咬死，概不负责。

吴村人被我们的告示所诱惑，却不敢轻易出手。二百元对他们而言，是四百斤稻谷的价钱。一家人齐心协力活捉十头杂种猪下山，那么他们将得到一台彩电。但是一条人命的价格也是很昂贵的，他们把自己的命跟我们的猪放在天平上称来称去，一些人放弃了，另一些人却找上山来。

"你们的猪呢？"第一个上山的人是一个气喘吁吁、面色浮肿的中年人，一看便知病入膏肓，我们告诫他捉猪的危险，劝他赶快回去，他说："我无儿无女，得了绝症，求你们让我挣一口棺材钱。"

我们吃过陈德方的亏，所以要他立下字据。立好字据后，他这才向我们讨了一口水喝，向附近的山上走去了。我们的猪，此时就在这些山头的茂密树林处。

整整一天，我们都在等待，生怕我们的猪闹出人命来。好在次日清晨，我看见昨日上山的那个人还活着，并且捉到了一头猪。也不知道他是怎么一个人把猪捆绑起来，然后弄到山下的公路上来的。村里人都围着我们的猪看热闹。我走过去，那个人犹如乞丐看见施主，伸出了一双血迹斑斑的手。

我吓了一跳，赶紧从口袋里掏出两张一百元的钞票放在了他的手心。血粘住了钞票，没有掉下来。然后，我就看见他抖动着嘴唇，就跟捧着一条活鱼似的跑开了。

"谢谢，谢谢……"这是他跟我说的话。

当又一天过去，我听说这个人已经死在一口刚刚买回的棺材里，是他自己爬进去死的。我很想去停放棺材的祠堂看看他，一同下山的祝小乌拉住了我，说："有财，人一死就升天了，可我们还在地狱里苦熬！"我想想也对，我们的猪只要还在山上，它们就等于是一群野猪，而我们已身无分文——昨天的两百块钱，原本是准备用来雇车运猪的，没想到被我给了这个等着棺材寻死的人。

三天里，一共只捉下来五头猪，它们被五花大绑着，放置在公路边的凉亭里。

我们当然希望在更短的时间内，把所有猪捉下来。可那几个"亡命"

的村民见我们迟迟不兑现报酬，已很愤怒。有一个甚至要宰了我们的猪：
"你们就这样拿别人的命当儿戏的吗！？"我和祝小乌不得不答应他们，
卖了猪就给钱，可我们心里清楚，我们是不可能为这五头猪雇车去城里
销售的。

实在没有办法，我们请村里的屠夫宰了这几头猪，猪肉也由他卖，
买完拿提成。他听了当然高兴，只用了一个上午就送它们上了西天。就
这样，我们捉几头猪下山，宰几头猪做成本，把山上那几头快要生产的
老母猪也卖了。几下子折腾下来，钱挣不到不说，山上那些在逃的杂种
猪倒是越捉越精，一听人声就跑。没过几天，村里人上山就再也不见猪
的踪影。

我和祝小乌只好亲自深入大山的腹地。

吴村地处两县三乡之交界，除溪水的流向是奔向平原的，其余指向
均是绵延不绝的群山。好在秋后天气凉爽、风轻云淡，放眼眺望，群山
上落叶树点缀墨蓝的灌木林，景色凄迷而壮丽。可惜我们无心欣赏风景。
我们跟随雇请的山民，足迹遍布与洪坛冈相邻的高布山、碗高坪、老鹰
尖、劳动坞等等高山峡谷，可是都没有见到猪的蛛丝马迹。

我们既疲劳又焦虑，辗转一圈重回洪坛冈的时候，却在半路上听到
了一阵沙沙沙的声音，我的心中一阵窃喜，难道杂种猪就在附近？我们
在灌木丛中奔跑，追至一座坟冢遍布的小山上，才发现我们追的不是猪，
而是一个人。

"是谁？滚出来！"

那人不答，在坟冢之间继续奔跑。我和祝小乌猜测这个人一定与失
踪的猪有关，于是我们分头追赶，终于把那个人逼到了一棵大树上。我
们走近一看，愣住了：此人衣裳褴褛，几乎赤裸。他是牛化生。

此时的牛化生与其说是一个人，不如说是一头猪，一只野兽。很显
然，他因饥饿难当离开洪坛冈后，并没有回到人间。他在这许多天，一
直过着野兽一样的生活。我想他一定跟杂种猪一起偷吃过村里人的庄稼，
所以，他应该知道猪的去向。可是我们抓住他以后，发现他的神智已经
完全失常。

"我不是刁民，我不是，不要抓我，不要……"他因为害怕，睁大
着双眼，一直在战栗，"不要送我回去！他们恨不得整死我啊！"

大概是这几天不怕死的村民在山上追捕杂种猪的场面，使他害上了迫害狂一样的毛病。我和祝小乌看到这副样子，知道他是没治了，就用一根准备捆猪的绳子将他牵下了山。在山下，我们没有落脚的地方，就把牛化生暂时关在了那间破落的凉亭里。在那里，还有两头没有来得及杀掉卖的猪。牛化生就暂时跟这两头五花大绑的猪待在了一起。

　　于是，牛化生又像在洪坛冈上似的彻夜叫喊了，直到把嗓门喊哑。

　　好在这时候，终于从一个砍柴人的嘴里得到了消息。我们的猪并没有跑远，而是待在一座"岭坳里"的山上。我和祝小乌立刻叫上人去了岭坳里。

　　那是一座与邻县交界的山，山上有一岩洞，一头通吴村一头通邻县，吴村人叫它"碗窑洞"。我们的猪白天为了躲避人类的袭击躲在洞里，只有到了晚上才在山洞附近活动。我们一干人藏在树丛里等待天黑，只听呼啦啦一阵声响，从洞里刮出一团迅速升腾的黑旋风，那是成千上万只蝙蝠飞出了洞。

　　紧接着，我们就看见有一群猪跑到了外面，东张西望。

　　没想到猪的变化这么快，它们已经跟真正的野猪无异：猪嘴修长，獠牙尖锐，好比两把弯刀翘在嘴角，粗硬的鬃毛几乎从颈部直至臀部，皮上涂有凝固的松脂，大概连枪弹也不易射入。它们在山洞口踯躅，样子机灵而凶猛。当我们压低嗓门商量对策，立刻有猪抬起头，发出刺耳的哼哼，猪群如同撞在岩壁上的波涛消失在了山洞里。过了很久，还可以听到回荡在山洞口的轰鸣。

　　下山时，我们没有了力气，坐在山石上站不起来。这一回，连那几个帮我们捉猪的光棍汉都同情起了我们，他们说："这些猪就凭我们几个，那是做梦！你们不如趁早到井下村去找猎人帮忙，你们的猪已经变成了野猪，大概只有猎枪可以对付。"

　　我们听了那几个人的，下山之后连夜跑去井下村。非常遗憾，井下村的几个猎人都说，猎枪早在几年前就被派出所没收，他们已经很久没有打猎了。不过他们听了我俩的遭遇后，答应给我们想想别的办法。

　　第二天，猎人们没有食言，带了一箩筐"土炸弹"（民间用炸药自制的表面涂上香油之类的圆丸子）来凉亭找我们。他们看见地上那两头五花大绑、瞪眼龇牙的动物，浑身骨头痒了起来，他们太想念早些年扛着"火铳"打野猪的日子了，只要求到时候分一些"野猪肉"解解馋，就跟我和祝小乌上了山。

杂种猪们在山洞里咆哮，我们守在山洞的两个出口，这样对峙了数天，我们才在附近的腐殖土里埋上"土炸弹"，爬到树上。

杂种猪们饿得就要发疯，见我们撤离，纷纷跑出来觅食，它们闻到涂抹在"土炸弹"上的香油，鼻子往泥土里拱去，只听一阵阵爆炸的巨响，如同战争，在几分钟内我们这一边已经炸死了好几头。我们立刻下山请人把这些猪抬下山，然后雇三轮运输车运到了镇上。

祝小乌发动了他的亲朋好友，提着竹篮，挎着柳筐，走街串巷帮我们卖掉了这批肉。虽然价格不是很理想，但是我们回到吴村的时候，已经雇得起解放牌的大卡车了。我们准备把剩余的五十来头猪炸死后，火速运到城里去卖。因为我们认为城里的价格肯定比镇上贵。

然而，我们再次把问题想得过于美好了。现实的残酷性不光教育了我们，同时也教育着我们的猪，它们在目睹同伴的惨死之后，早已秘密地撤离了"碗窑洞"。井下村的猎人们也不愿再帮我们了。

事情发展到这儿，当然是越来越难以收场。但是考虑到篇幅的问题，我只好放弃一些捉猪下山的情节。因为这些情节固然精彩，却不是最重要的。它们跟后来我们运猪去省城遇到的挫折，以及跟牛化生的死比起来，并不显得惨烈。

正如刚才提到的，猪还剩下五十来头，又都逃到了更加偏远的高山上。我们绝望了。最后是在一个挖草药的外乡人的帮助下，才联系到了一支专业的狩猎队，这些让我们吃尽苦头的杂种猪才有了一个说得过去的下场：它们被狩猎队的猎狗咬死三头，击毙五头，其余大部分被活捉，只有两头孽障大概是永远逃走了。

值得补充的是，这支狩猎队训练的十一头猎狗是世界一流的，它们为这次捉猪立下了汗马功劳。时间过去多年，我竟然还记得它们在山上确定猎物的位置，围追堵截猎物，最后将猎物赶进陷阱的情形。那陷阱是我们用坑洞加钢丝网提前布置的。

现在想想，当我们把几乎全部杂种猪都捉拿下山以后，那是多么喜悦的凯旋啊！我和祝小乌是含着眼泪下山的。我们看见我们的猪，不论活的还是死的，都被绳索捆绑着，拴在公路两边的木桩上：多么壮观！多么不容易！差不多有几十米远！

吴村人都被惊动了，他们早在狩猎队进山的那一刻起，就抱着"有好戏看"的念头等待着。现在，他们的脸上没有了幸灾乐祸，只有心服口服，他们在猪的呻吟和人的赞叹里走来走去，大声地喧哗着，"这头猪怎样怎样，那头猪怎样怎样"，有几个老太婆甚至拿起石头想敲断杂种公猪的獠牙，把獠牙挂在孙子的脖子上辟邪。

而我和祝小乌，回想起在洪坛冈上虚度的时光，赔进去的本钱，猪的嬗变，和被陈德方告上法庭的屈辱，心生怆然……好在一场持久战终于结束了。我们决定在当夜煮一头猪来庆祝。猪是现成的，屠夫又懂得烹饪，我们的盛情感染了众人，他们在一块闲置的稻田里架起三口铁锅，夜色渐浓时，铁锅里冒出油泡，"野猪肉"的香味飘了起来，连月亮都馋得滴下口水。

我仍记得大家开吃之前，祝小乌还致了几句"辞"，内容大致是感谢吴村人这一年半来对我们的帮助，感谢狩猎队和他们的猎狗帮我们捉住了猪；还有，就是替我们的猪向村里人道歉，因为猪糟蹋了村里人的庄稼，还咬伤了人。说到动情处，祝小乌哽咽不能成声，把一些心肠软的妇女弄得涕泪纵横。

这时，野耗子一样的陈德方带着烂番薯一样的女人，原本是挤过来催赔款的，看到祝小乌那一副壮志未酬身先死的样子，一声不吭地回去了。过了一会儿，还叫人抬了两箱"九峰牌"啤酒来。

那一夜，很多人喝醉了，也有很多人肚子胀得难受，打饱嗝的声音就像蛙鸣此起彼伏。村里人都夸赞说，在吴村，自分田单干后再也没有吃过这样的"伙饭"了。他们点起了篝火，唱起了山歌，就这样，许多人在篝火边待到了天亮。

# 第九章

只是，我们的故事远未结束。当我们将几头死猪运到县城顺利脱手之后，自然就产生了运活猪到省城去卖的念头。谁不想着多挣一点呢？

于是，我们的解放牌汽车拉着我们和我们的猪，从县城出发，在铺满金钱与诱惑的危险之路上，风驰电掣。

我们简直不像在车上，而是端坐在云端，四个小时的路程，说到就到了，好像只用了四分钟一样。

雇来的司机对我们说：

"现在天还早，我们先找旅馆吧。"

"这里真是省城吗？怎么又脏又乱？"

"当然不是，我们还在城外，卡车白天进不了城，只有深夜才允许开进去。"

"那我们就等开进去之后再找旅馆吧。"

"我听你们的。"

当华灯初上，夜的帷幕徐徐拉开，我们的解放牌汽车拉着我们和我们的猪，迫不及待地进城了。我和祝小乌在山上待得久，看见五光十色的街道，影影绰绰的行人，心中说不出的紧张和兴奋。

陌生的省城，就像在霓虹灯下敞着胸脯的女人，丰满、花哨、淫荡的眼神勾引每一个人。我们在她的裙摆底下有欲望却没有勇气，就像一个误入皇室的小偷在错综复杂的机关暗道里迷失了方向。再说，我们似乎也没有什么明确的去向，我们进城的目的仅仅是想找一家旅馆住下，方便明天一早去推销"野猪肉"而已。可是在省城，我们发现没有便宜的旅馆，甚至连寒酸一点的招待所都难得一见。

这样转了一圈，发现已是子夜一点。我们在一个正在拆迁的建筑工地上停了下来，终于决定，司机睡驾驶室，我和祝小乌呢，在卡车旁边铺上帆布，躺在上面。

我们并不是吝啬，仅仅是从来没有住过那么贵的旅店。在县城，住一夜宾馆也没有那么贵的。可是我们躺在帆布上，看着城市上空淡黄色的夜，突然想起了洪坛冈，洪坛冈就像梦一样遥远！这样一来，发现一点困意都没有了。

我们谈论起卖猪的事情，谈了很久。

这时，或许是猪的一声叫唤惊扰了我们，或许是与猪朝夕相处这么久，心中还是有感情的，祝小乌叫我爬上去看看。

我奉命爬到了卡车的护栏上，看见昔日生龙活虎的这群猪，如今在逼仄困窘的车斗里挤成一堆，看不到凶残，听不到蛮横，这些被突然带到了城市的猪，在经历了一路的上吐下泻之后，已经东倒西歪、趴在车板上，苟延残喘。

"有财，怎么样？还都活着吗？"

"活倒是活着。"

"活着就好。"

"大概活不长了。"

"猪反正是要死的，只要熬过这一两天。"

可是，在远离洪坛冈之后，在这特定一刻，我看见这些猪，想到它们即将被宰杀的命运，想到它们挨刀子时绝望的尖叫，简直要流出泪来。我不信这些猪猜不出自己即将到来的下场，否则，他们不会连噩梦中的哼哼都显得如此悲伤。

"小乌，我们，把猪赶到工地上喘一口气吧。"我终于说。


第二天，天蒙蒙亮，我和祝小乌准备把猪赶回车上去，猪赖在地上不肯走。这时候，祝小乌发现在一堆残砖破瓦的后面，有一栋拆得只剩四堵墙的空房，就好比一个猪圈。他走过来跟我商量是不是可以让猪在里面待上一天。

我担心这事会有人来管，祝小乌说："我都看了，这些空房子没人管，你看那边住着大批流浪汉呢！有人管的话他们也不敢住在里面。"

我当然同意。这样一来，只要叫司机待在这里看护就行了。

我们没有费很多力气，就把猪赶到了那栋空房子里。我们用一些旧木料挡在门洞上，又抱来一些砖头护着木料。

"你无论如何要看好这扇门。"我们说。

"放心吧，我看它们连站的力气都没有，拱不开的，这样一弄很结实。"司机说。

我们这才放心地走了。

我们先是来到了一个菜市场。我们向那里的肉贩子推销"野猪肉"。原以为他们听说"野猪肉"会像看见女人的大腿一样兴致勃勃，不料，他们不是摇头就是闭耳不听。难道大城市的人不喜欢吃野猪肉？我们壮起胆问一个拿斧头劈排骨的人，他问我们是不是没有卖过肉？我们说是的。他这才说道:"你们以为这里是乡下的早市吗?这里每天都要查的,不要说野猪肉,就是普通的猪肉没有经过检疫,都要罚款、没收!"

我们的心凉到了底。走出菜市场的时候,两人都说不出话来。这样默默地走了一段路,在一个电话亭的旁边,祝小乌停住了,跟我说:

"看来,我们只有去找朱老板。"

"可是,朱老板的名片,不是丢了吗?"

"不碍事,我还记得他说的那个协会,我们只要找到那个协会就可以找到朱老板。"

"那个协会好像叫烹饪协会。"

"对,打 114 就可以查到。"

可是,祝小乌待在电话亭里咕噜了半天也没有出来,我只好小心翼翼地敲敲玻璃,他出来的时候,脸红了到耳根,他说:

"事情有点麻烦。"

"怎么啦?"

"那个朱什么,死了。"

"死了?"

"跑到什么地方去收购什么娃娃鱼,被蛇咬死的。"

"他也真会跑,死的不是时候。"

"那个接电话的人告诉我,他们再也不帮饭店联系什么野味了。"

"那,我们的猪怎么办?"

"只好运回去卖了。"

不过,我们没有死心。在回拆迁工地的路上,我们进了街边的几家酒店询问"野猪肉"的事情。有一个厨师长对"野猪肉"很感兴趣,问我们"野猪肉"在哪里?我们告诉他在工地的空房子里。他问我们是不是把活生生的野猪运到城里来了。我们告诉他是的,他就一拍大腿,"哎呀"了一声,说:"你们赶快运回去吧!就算我买你们的肉,也不敢整只买。肢解,懂吗?就像卖鸡胸、鸡翅、鸡爪那样卖!"

我们真后悔没有带吴村的那个屠夫一起来,可是厨师长的话让我们看到了一线希望:只要我们联系好酒店,然后把猪运到什么地方宰掉,肢解成块,然后在深夜再送回来就行。至于这宗买卖为什么如此神秘,我们倒不清楚。

"大概野猪是受保护的动物吧。"我突然想到了这一点。

"如果是这样，咱不怕。"祝小乌舒了一口气。

我问他为什么？

他说："你糊涂了？咱的猪是人工繁殖的。"

"可它们的样子跟野猪没有什么区别。"

"咱在猪的耳朵上，烙有记号呢！"

经祝小乌这么一提醒，我才缓过神来，发现我们已经回到了那个拆得如同战争废墟的地方。这地方跟几个小时前比起来，变得嘈杂，混乱，有许许多多人围在我们昨晚睡觉的空地上，就像有人在那里耍猴戏。

可千万别出什么乱子啊！我和祝小乌凑过去一看，果然！我们的猪被许许多多人包围了！挤得水泄不通！我们费了九牛二虎之力才挤了进去，然后大吃了一惊：我们的猪已经恢复体力，三五成群，就像在洪坛冈上一样放肆地拱来拱去，而我们的司机，却被两个民警严严实实地摁在地上。

"猪不是我的！猪不是我的！放开我！"可怜司机嘴啃着泥，吼着，"我只是他们的司机……求你们了……"

民警照旧担心他逃跑，将他的双手铐起来了。他们说："你先给我蹲着！"

这时，我看到那两个民警猫头鹰一样的目光，还有别在他们腰间的枪，我的腿一阵阵发软，我对祝小乌说："小乌，咱、咱先避一避吧。"

祝小乌脸色铁青，他说："不用怕，让我去跟他们评理。"

我说："就怕猪会惹出大祸！"

祝小乌说："不会的！它们已经几天没有吃东西……没有力气……"

正说着，一辆"呜啦呜啦"的警车划开人群，差一点把我俩撞倒在地。我看见车门打开，从车上跳下来十多个荷枪实弹的武警。人就像遭到驱赶的苍蝇一样"哄"的一声飞了开去。接着，一个桶状的喇叭里立刻响起了这样的声音：

"野猪危险，请围观者迅速撤离，迅速撤离！"

"野猪危险，请围观者迅速撤离，迅速撤离！！"

这时候，那些武警就跟新兵训练那样，列队，报数，持枪，跑步，卧倒……然后，他们把枪口对准了我们的猪。

至少在那个时候，我们以为他们马上就要把我们的猪毙掉了。所以，一心想卖猪还债的祝小乌疯了一样冲了过去，拉也拉不住，声嘶力竭地喊着："猪是我的！猪是我的！千万别开枪，千万别开枪啊！"

"走开！野猪危险！不要过来！"

那些武警见祝小乌已经冲过了警戒线，枪立刻掉转了方向，对准了情绪失控的祝小乌。我仿佛看到了一个被拉到刑场枪毙的祝小乌，吓得魂飞魄散，脑子里只有一个念头：我要去救祝小乌，无论如何要去救祝小乌。可是我发现我瘫在了地上。

我号啕了起来："不要开枪，不要开枪啊！猪不是野猪，小乌也不是坏人！你们要抓就抓我吧……"

警察的喇叭不但没有驱散瞧热闹的人群，人反而越来越多，一个个目不转睛地看着我，有人小声地对我说："傻瓜，快跑呀！傻瓜！他们真要过来抓你了，你哭什么呀？"

可是，仿佛有一种奇怪的东西在我的胸脯里滚来滚去，我情难自禁，必须把它释放出来。当我被警察拽到与挨了揍的祝小乌和司机蹲成一排的时候，我的喉咙里还在发出声音："它们不是野猪，它们真的不是野猪！你们不准我们卖，我们就把它们拉回去，我们没有想到这里的猪必须检疫……猪拉在地上的屎，我会捡起来的……"

结果，我还没有说完，突然有一根沉甸甸的棍子打在了我的头上，这一棍打得我眼冒金星，耳朵里嗡嗡作响："你-给-我-闭-嘴，老-老-实-实-蹲-着。"

不过，等头上的疼痛一消失，我听清了警察盘问祝小乌的那些话：

"问你呢！野猪从哪儿捉来的？"

"我说过它们不是野猪。"

"你还嘴硬！是不是也想挨上一棍子？"

"我不想。"

"那你知不知道野猪是二级保护动物，猎捕野猪是违法行为？"

"我知道。"

"你这是知法犯法！"

"可它们不是野猪，是杂种猪！"

"你说什么？骂我杂种？"

只听"砰"的一声，刚才打我的那根棍子打在了祝小乌的头上，祝小乌"啊"了一声，声音明显小下去了："这些猪是家猪跟野猪杂交的，不信你们可以看这些猪的耳背，那是它们刚出生时烙的，我没有撒谎。"

这样，场面就出现了片刻冷场，等那人回来的时候，没想到这么快就轮到盘问我了："那你说说这是怎么回事？"

"我？"我好像突然哑掉了，"我我、不知道……"因为我不知道说什么好。

"你不知道？你们把这么多野猪运到省城来，你不知道？难道它们是从天上掉下来的吗？"

我的心咚咚咚地跳起来，更不知道说什么好了，我只好重复刚才祝小乌说过的话，死死咬住这是一群杂交出来的猪。因为我心里清楚，只要这群猪不是国家保护动物，他们就拿我们没办法。可即便这样，我们和我们的猪仍逃脱不了要押往派出所等候处理的命运：因为根据警方解释，养野猪必须到林业部门办理《野生动物驯养繁殖许可证》；出售野猪及其产品，必须办理《野生动物经营许可证》。更何况，我们还违反了城市市容和卫生管理等规定。

看来，我们在劫难逃。我们被押到了车上。可问题是猪，猪还在工地上，对付猪比对付人难多了。

应该说，我们的厄运就是从众人抓猪的那一刻开始的。怎么说呢，他们还不如直接将这群猪毙掉得了。他们不该听我和祝小乌一把鼻涕一把泪的诉求，不该因为这是一群人工繁殖的猪就放松警惕。不过，现在说这些已经没有用了。

我们的猪看到那么多枪对准了它们，本来就受到了惊吓，后来又有那么多人一步一步紧逼，想把它们重新赶到车上去，就更加重了它们的紧张心理。它们开始是逃，从这头逃到那头，哼哼唧唧，后来就凶相毕露不管不顾了，它们就像在吴村的高山密林中那样乱窜乱跳咬起人来！等武警手中的枪"砰砰"响起的时候，它们早已疯了一般冲进了逃命的人群当中。

接下来发生的事，就如同一场噩梦：猪在大街上追赶人群，或者说人群在大街上追赶猪，或者野性大发的猪逃进民宅咬伤了人，或者随即赶到的警察打死了猪……总之，这场人猪大战叫整个城市陷入瘫痪。其中大部分报道是这样写的：

"××日报讯：昨天中午，数十头野猪突然入侵省城居民区，这绝不是耸人听闻的传言。记者亲眼看见，这批野猪进入闹市区后，见人就撞。为避免野猪再伤人，防暴警察在市区主要街道警车开路，狙击手则手持冲锋枪坐在警车内，跟在野猪后面寻机开枪。由于逢下班高峰期，狙击手始终找不到机会下手……"

"本报记者××报道：×月×日凌晨，本市又先后有40名市民遭遇野猪袭击。在市红旗医院，记者见到了遭遇野猪袭击的市民刘景兰。据她讲，她像往常一样去公园锻炼身体，突然有一头黑色的野猪从她身边蹿出，嘴里露出两颗长长的獠牙，一口咬在她的左大腿上……截至记者发稿时，野猪已经致使××人受伤，×人死亡……"

"××晚报×月×日讯：今天对于本城的居民来说，是一个惊险又兴奋的日子。上午9时许，流窜到城郊某旧厂房的最后一头野猪被民警围堵3小时后，终被击毙。此时，从野猪进城骚扰市民正常生活已整整3天。据警方透露，此次猪祸是由两位外地青年非法养殖、贩卖野猪造成的，他们已被刑事拘捕。目前案件正在进一步审理当中……"

从以上报道可以看出，杂种猪进城，着实让沉闷无聊的省城热闹了一阵子。一时间，这件事越传越玄，轰动了全国，我和祝小乌的名字也跟着四处传播，甚至有谣言说这次"野猪行动"是国际恐怖组织秘密指使，到中国来搞破坏的。

但必须指出来的是，当省城因野猪横冲直撞、世人惊慌失措的时候，作为罪魁祸首的我和祝小乌，却因为已经被派出所关押，一点也不知道外面发生的事情。就是后来大难告终，我们接受法律的制裁时，也仅仅知道有多少人因为野猪受伤了，死了，有多少财产因为野猪毁坏了，流失了……所以对于这件悲惨而辛酸的往事，我们并没有比报纸了解得更多。

但可以告慰大家的是，法律对我们的判决是从轻的、宽容的，大概是考虑到我俩的认错态度良好，对非法养猪行为供认不讳，野猪猖狂之际我们已经被抓，还有家境贫寒、文化程度不高等等因素，只判了我们有期徒刑六年。并且连我自己都没有想到的是，事实上，我只被改造了四年。

我仍记得出狱的那一天，监狱长语重心长地对我说："孩子，鉴于这四年来你表现良好，你可以提前回归社会，以后你要好好做人，做对社会有用的人，可记住？"

我点点头，告诉他，我记住了。然后，我挥了挥手，踏上了回家的旅程。

# 第十章

多年以后，我是说我和祝小乌养野猪闯祸的多年以后，我坐在县城的一条巷子口，正埋头修理自行车。这时，一个熟悉的声音在我的头顶响了起来："有财，是你吗？这些天我到处找你呢。"

我抬头一看，是祝小乌，没想到他也提前释放了。

我们在巷子里的小酒店坐下来喝酒，诉说各自的情况，连连叹气。

祝小乌告诉我，他刚从狱中出来就去过洪坛冈一次，我们盖的那三间房早塌了，洪坛冈上灌木丛生，杂草与藤蔓长得很繁茂，大概是吃到了猪粪的原因，如果不是在山上待过，保证要迷路。

比起那座被人遗忘的山头，我似乎更惦记曾经和我们一起养猪的人。我问他可曾见到瘸了腿的陈德方？祝小乌说，见过了，陈德方还开着小店，只是他的女人跟人跑了。祝小乌刚开始不敢去见他，因为我们还欠他赔款，可是当他下山的时候，陈德方站在门口等着了，一定要留他住宿、吃晚饭，没想到陈德方只字未提赔偿的事。

走的时候，祝小乌许下诺言："等我发财以后一定要补偿你。"陈德方苦笑（大概是怀疑祝小乌不会发财吧），说："小乌，过去的事就让他过去吧！谋事在人，成事在天，我的这条腿又不是你们用刀砍断的。"

说着，祝小乌喝了好几口闷酒，然后，他突然问我：

"有财，你还记得我那个亲戚吗？"

"我当然记得。"

"他死了。"

"死了？"

其实，我对牛化生的死一点都不感到吃惊，一个精神崩溃者是不可能长寿的。可是祝小乌告诉我牛化生的死因时，我还是吃了一惊：

"怎么？他怎么死的？"

"他被我们的猪咬死的。"

"怎么可能呢？我们的猪全部被击毙了。"

祝小乌抿了一口酒，抽动着嘴唇说：

"你知道吗？自我们走后，他疯得更厉害了，村里人说他好像鬼魂附体一般，见到谁家的猪都两眼泪汪汪，跟猪说一些'猪也一条命，人也一条命，大家都是一条命'，'从虎口里逃出来你们要小心，拉回去变成神经病'……"

"他这是什么意思呢？是同情猪吗？"

"谁知道！反正整天说这样的话。"

"大概是忏悔吧！"

"有可能。"

"怎么就死了？"

"后来，你应该知道，我们遗留在吴村的那些杂种猪长大了，他跟那些猪去说这些话，呵！你想想……"

"你是说留在母猪肚子里的那些杂种吗？"

"对，就是这些猪出生后咬死了他。我去的时候，村里还有许多人家养着这样的猪呢。不过，经过几代的圈养驯化，它们的野性大大减弱了。现在，喂养这样的猪已经成了吴村乃至山乡的主要副收入，它们的名气比做火腿的'两头乌'还大。"

"这可真没想到。"

这时，有人大呼小叫着来找我修三轮车，我和祝小乌只好分手了。

走之前，祝小乌好像突然想起了什么，问我在这里修车一天能挣多少钱，我告诉他二三十块，他就从裤袋里掏出一叠报纸来，对我说："有财，你知道现在养鳄鱼很挣钱吗？"

我说我不知道。祝小乌就像当年掏出报纸劝我养野猪那样唾沫横飞起来："现在有人养鳄鱼养发了！你看报纸上都登了。在扬子鳄繁殖研究中心，扬子鳄数量严重饱和，咱到那里购回种鳄，再到乡下包个鱼塘就能养起来。"

　　我扫了一眼报纸，看见一口墨色的池塘里，一些血盆大嘴的条状物像蝎子纠缠在一起。我心想，你算了吧！跟你养野猪我倒了霉，你就是打死我，我也不会跟你去养什么鳄鱼！傻瓜都知道这玩意是国家一级保护动物，养这玩意说白了就是送命。

　　可是，祝小乌还滔滔不绝着："你不用担心，国家鼓励人工饲养扬子鳄，因为鳄鱼浑身都是宝，皮可以加工成皮革，肉可以吃，油可以防冻疮，报纸上写得明白：鳄肉将成为餐饮业的新宠……致富要勤劳，还要靠头脑！有财，咱再搏一次吧！"

　　我简直忍无可忍，我吼起来了："呸！我算是看透了，就今天像我们这样的小赤佬要想靠自己的双手过上富翁的日子，简直就是痴人说梦！"

　　我的同学祝小乌看我不再信任他，可怜巴巴地嘟囔了一句："有财，你变了啊！"

　　然后，他扶了扶宽边眼镜，走了，再也没有来找我。

# 吴村野人

## 一、蛮娃的由来

在我的家乡，一直流传着野人之谜。当我还很小的时候，就常听人说深山里有野人出没。这绝非耸人听闻，因为那时候，每年都有村民近距离突遇野人。有的是上山干活时看见的，有的是翻越山岭到邻县走亲戚时遇到的，有的是晚上走夜路迎面撞上的。因为经常遇到，就经常有人讲起。

不瞒你说，我小时候最害怕的是两样东西，一是野人，二是鬼魂。总的说来我不太相信世上真的有鬼，鬼虽然很吓人，终究没有人捉到过，山上的野人则不同，据母亲说，她小时候还吃过野人肉呢。尽管她现在一点也想不起野人肉是什么味道（大概跟野猪肉差不多吧），但我始终觉得，从吴村出发，不停地往深山里走，一直走到金华县与龙游县和遂昌县交界的地方，在这片原始森林里的确有野人存在的。以前有，现在仍然有。关于那里的野人，我在后面将会提到的。现在，我想先写一写我的堂哥。因为我堂哥——一个被人唤作"蛮娃"的人——按村里人的说法，是伯母进山遭野人劫持，逃回来后生下的野人的后代。关于我堂哥的这段不凡的来历，在吴村妇孺皆知。

那是 1966 年的一天，我伯伯奉命到海拔 1600 米的乌牛山烧木炭，乌牛山离吴村较远，那里山势险峻，到处都是浓密的杂木，将它烧成木炭卖给供销社再合适不过。每隔一些日子，伯母就要上山给伯伯送大米和菜，顺便给丈夫做些缝补浆洗的活。一天，伯母从山上回来晚了，走着走着，突感耳边生风，一只红毛怪物将她打晕，然后抱起她飞跑。不知翻过多少险峰大山，最后抱着她跳进一个悬崖峭壁上的深邃洞穴。伯母渐渐清醒过来，看清红毛怪物原来是一个野人。

白天，野人外出寻食，临走时，他便搬来一块巨石堵在洞口。晚上，野人抱着伯母睡觉。那一年，伯母三十二岁，已经是两个孩子的妈妈了。伯母思念孩子，惧怕野人，她挣扎反抗，哭泣哀求，无奈巨石堵死了她的出路，野人又力大无比不通人性，伯母在山洞好比在地狱饱受摧残。一次野人从外面回来，手中拿着一根木棍，大概是他打野兽时用的，伯母将它藏了起来。第二天野人外出后，伯母用这根木棍终于撬开石头，这才衣衫褴褛地逃回了家。

第二年，伯母生下一个像猴子一样怪模怪样的胎儿，他刚一落地，就满屋子乱跑，嘴里发出"呀！呀！呀"的怪叫声，伯伯举起锄头要砸死他，被伯母抱住了。伯母哀求说，孩子再丑，好歹也是一条命啊！丑陋也罢，漂亮也罢，他能来世上一遭，就该把他养大。伯伯说，你养吧养吧，这个孽障总有一天咬死你！你没见他刚出娘胎就长着牙！伯母却不管，就像喂养正常的孩子那样喂养他。伯母的乳头常常被咬破，鲜血直流。

我的祖父陈甫玉那时还健在。祖父年幼时念过私塾，粗通文墨，他有两个儿子一个女儿，包括孙儿辈都是他取的名。可是，他迟迟不愿为这个新生儿取名，并且不允许跟他的姓。上户口的时候，伯母给她的儿子取名"张有福"，伯母姓"张"，希望她的这个儿子将来不要受苦，有"福"享。结果当然不是这样。在陈家，包括我在内的孙儿辈都姓"陈"，名字的第一个字是祖宗事先排好的，即"集"字辈，比如我哥叫"陈集军"，我叫"陈集一"。这个辈分中只有堂哥一人姓"张"，并且没有按祖宗的规矩取名，这似乎预示着他的命运注定要与我们有所不同。

据说，堂哥年幼时全身长毛的，稀稀疏疏的毛，有说颜色棕红的，有说土黄的，只有手心脚心的毛是黑色的，而且很粗，像鬃刷一样硬。当他受到惊吓或生气时，他身上的毛会像斗鸡脖子上的羽毛那样奓起来，连村里最凶的狗都不敢近前。堂哥初来人世的那段日子，几乎每天都有人来"参观"他的长相，尽管我伯伯不给来者好脸色，伯母抱着堂哥东躲西藏，来看的人照旧络绎不绝。因为许多人是从外村特地跑来的，没有亲眼见到堂哥，他们绝不甘心。

四岁以后，也不知是堂哥从小喝人奶的缘故，还是伯母暗地里将毛拔了，褪了毛的堂哥像人的地方才多了起来。尽管这样，他的生活习性依然像猿的地方多。他到五岁不会说话，只能喊出几种简单的吼吼声，也不会拿筷子，因为他只用手抓饭吃。他一年四季不穿衣服，冰天雪地照样浑身赤裸。不知道是不分冷暖，还是不习惯用衣服遮羞、御寒。总之，他的指尖似爪，总把穿在他身上的衣服、盖在他身上的被子撕得粉碎。

堂哥六七岁时，他的野性愈加明显，听母亲说，他特别喜好爬梯子，爬门口的树，像猴子一样敏捷，上上下下，钻来钻去，有时还爬到屋顶上去，叫都叫不下来。这时伯伯会被他气得失去理智，拿棍子从楼窗探出身子捅他，堂哥不但不逃，还头朝下倒挂下来，"嘿嘿"笑个不停。那时还是生产队年代，逢到农忙季节大人都要到生产队挣工分，伯母将堂哥带到田间地头让他一个人玩泥巴。没想到眨眼工夫，堂哥就蹿到什么灌木丛里去，或者跑到树林里去，捉蜥蜴或者蚂蚁吃。等到歇工的时候，伯伯一家满田垄寻找堂哥，成了一道风景。

可以这样说，堂哥虽是有户籍的人，可他跟山上的野人实在差不了多少。当我记事时，堂哥十来岁了，我印象之深是他总在老屋的天井上空待着。我的曾祖父陈独拳曾是村里的地主，尽管这个"败家子"在新中国成立前跑到金华、杭州等地把祖上的田产挥霍一空，差一点成了贫农，但他留下的老屋天井很大，在环绕天井的阁楼之间，大人们为我的堂哥架了一些毛竹。不知事出何因，此时的堂哥失去自由了，被一根长长的铁链拴住脚踝，就在上面生活。

想想看，那时我还小，每次看见头顶的堂哥要么颇有敌意地注视我们的一举一动，要么在吱嘎作响的毛竹架上疯了一样腾跳，发出"呀！呀！呀"的叫唤，我是多么害怕！我把他当成了真正的野人，以为他是大人们从山上捉下来的，我对他充满了好奇。我经常躲在下面观察他。

堂哥最大的特点是头比正常人小，脑颅低，额头窄，整个脸就像仰着似的向后倾；他的体势总是半蹲着，半弯着腰，肩好似耸着（说到这一点，我本人的头就很小，背也有点儿驼，只是我向母亲证实过，我并非野人之子）。另外，堂哥的两条胳膊长得出奇，站立时也能垂到膝盖以下。他的头顶还有三道当时还不是很明显的纵向隆起，它们就像被刀砍过留下的疤瘌，当他用力咀嚼食物的时候它们会牵动起来。

堂哥在毛竹架上晃晃悠悠，似乎已经习惯了在高处，从来没有见他掉下来过。大概他整天待在毛竹架上也有些无聊，我看见他一会儿啃啃这个，一会儿咬咬那个，把天井四周柱子上的清代雕刻啃得缺胳膊断腿。有一次，他竟然逮住了一只耗子，那个高兴呀！将耗子抓在手上玩弄了半天也不舍得吃。结果，耗子狠狠地咬了他一口，堂哥的肩膀肿了起来，随后发炎了，从来没有生过病的堂哥第一次变得安静了，躺在毛竹架上奄奄一息。伯母要去叫赤脚医生，伯伯将她喝住了。你让他活在这个世上，是让他活受罪啊！

那一回，大家以为堂哥要死了，把他从天井抬到了阁楼上。尽管大家都不喜欢甚至讨厌他，可是谁都没有想过有一天他也会死，大家走到阁楼上，探着身子看他，安慰哭泣的伯母说一些虚伪的话。堂哥的身边堆满了吃的东西。那是我最近距离地看清他，他躺在低处的样子跟蹲在头顶的样子是不一样的，我至今没有忘记那个溃烂的伤口，就像开在 V 形锁骨上的鲜花一朵，他惊恐、无助地看着我们，似乎不相信我们对他这样友好。

那一天，我还趁他不备摸了摸他的脚。我发现他的脚板生着茧，脚背上长着黑毛（而不是脚底），五根脚趾头是握着一样的，有一股酸酸的臭味。

过了一些天，堂哥的伤口却不治而愈。他一骨碌爬起来，把堆在他身边的食品吃个精光，再也不愿回到毛竹架上去。伯伯拿着脚链追他，费了九牛二虎之力才制服了他。然而好景不长，转眼三五年之后，堂哥仿佛一夜间长大了。此时，不论是脚链还是伯伯的拳头，都不再有力气遏制住堂哥青春期的躁动，搭在天井上方的毛竹架散了。一时间，赤身裸体的堂哥在吴村的大街小巷漫无目的地游荡，一天到晚在林子里闲逛，你也不知道他到底干什么去了，可是他自己每天玩得挺开心，似乎是要把失去的自由找寻回来。堂哥引起了村里人的恐慌。

这是再自然不过的，堂哥已经快要成年了，在某种伟大的自然力的作用下，他的两腿根长出了浓密的卷毛，生殖器也胀大了，看见女人，会毫不掩饰地站住，脸部的肌肉扯动着，眼睛里射出直勾勾的目光，就像随时会猛扑过去。除此之外，倒没什么，就是呼吸很重，下面那东西很不雅观地挺立着，羞得姑娘或妇女四处逃跑。她们的丈夫或兄长见了，要打死他，他连抓带咬，像狗那样露出两排尖利的牙齿，力气之大，非一般人所能敌。

那时的吴村不像现在这样开放，堂哥对女性的粗野、放肆激起了公愤。最后，由大队支书出面开了一个会议，组织了一大帮青壮年，手持棍棒、米筒，向堂哥靠近。堂哥似乎察觉到了危险，他及时地逃脱了！堂哥爬山、过沟坎如履平地，人们围追堵截，终于将他追至一棵大树上，他在上面蹲了一天两夜，人们想尽一切办法都不能把他赶下来，最后民兵连长借来一杆猎枪，用铅弹打他的小腿肚，蹲在树杈上的堂哥才被迫滑下树，被大伙捆了起来，关进村外一闲置的石头小屋里。

堂哥被脚链终日捆住手脚，精神上受到很大压抑，他在石屋里咆哮，发怒，用拳头擂门板，后来他就安静了。不论白天黑夜，当我们从他的小屋门前经过，总能看见门缝里闪烁着一双呆滞吓人的眼睛。有时候，他也会在里面突然叫唤起来，如同鬼哭狼嚎，不知道是过于孤单寂寞，还是野性的偶尔发作，让人不寒而栗。

堂哥这一关就关了十年。

# 二、哥哥的致富梦

时间说快也真是快的，就在堂哥张有福被关起来的这些年，我陈集一，哥哥陈集军，另外两个堂哥陈集宝、陈集财，均在时间的哺育里长出了结实的肌肉，生长了力气。我们就像夏天的植物一样生机勃勃。

其时，我已高中毕业，在家里等着高考分数下来。大概是从小对堂哥充满好奇吧，我在学校听生物课时格外认真，对人的起源多少有些了解，我知道人是由猿进化而来的，可是生物课本上并没有提到野人（我至今不明白为什么不把野人写进去）。在我看来，野人是一种既有别于六百多万年前的古猿，又有别于现代类人猿的生物，野人才是我们的祖先……大概就是因为这个原因，我盼着高考分数早日下来，盼着考进大学，将来毕业后能从事野人研究或与之相关的职业。然而不幸的是，我落榜了。我哭了好几天。我知道，家里没钱供我去复读，我的人生将会是另一副样子。

我在家务农一年，然后，又跟人到外地去务工。我在广东受尽了屈辱。有一个老板，潮州那边的，他怕老婆怕得跟狗一样，可是对待工人就像一匹狼，他每天想着办法殴打工人。我被他打过两次，第三个月我逃走了，给一个湖北籍的老板加工地沟油卖。通俗地讲，地沟油可分为两类：一是狭义的地沟油，即将下水道中的油腻漂浮物或者将宾馆酒楼的泔水，经过简单加工提炼出的油；二是劣质猪肉、猪内脏、猪皮加工提炼后产出的油。这两类油我们都加工。直到有一天深夜，我掀开马路边的一个井盖，像一只老鼠那样探身下去，我的头一阵晕眩，我一头栽了进去……

想到这一切，我觉得宁愿在家里饿死也比给别人当牛当马强。可是，我又怕回去遭到父亲谩骂。父亲陈洪仁是一个死要面子的人，他宁愿把儿子推入火坑也不愿被人说没出息。因为在我的家乡，谁要是在家里务农谁就是没出息的，好比一块打不出工具的废铁。每一次过年回家，父亲总说，路是要靠自己去闯出来的，就像你大哥，不管是考大学还是考公务员，都是他自己闯出来的，你就是死也要给我死在外面！父亲一辈子没有出过远门，他想象着南方的街道上黄金遍地。

不过，我的兄长陈集军，的确为父亲争了光。他大学刚毕业，就分配在县里，是一个技术员，他不满足，进厂一年又去考公务员，在他把我从广东召回来的那一年，已经是镇上的一个小小干部。我跟我哥比起来，更是成了一块烂铁。可是，他为什么要把我从广东召回来呢？在火车上，我一遍遍地读着他写给我的信，信很短，只有三言两语：吾弟集一，今明后三年，我将回吴村挂职扶贫，请你及早回来，助我一臂之力……

这似乎不是理由，我能帮他什么？我想象着陈集军一定受处分了，或者得了重病，就要死了，在死之前他很想见我最后一面……这么想着，我不禁打了一个哆嗦。我不顾家父对我的忠告，连夜去买了火车票，我很想及早见到哥哥。可是我在火车上熬了一天一夜，匆匆赶回家，躺在床上的却是我父亲。

家父是被我哥回吴村挂职的事气的。据母亲说，哥哥没有跟家里商量就回来了，并且还要在吴村待上三年，父亲一时愣在桌子前，他说，水往低处流，人往高处走，你、你是犯了生活错误，还是……父亲没有说完就倒在了桌下，把刚刚吃下去的饭菜都吐了出来。父亲差一点死过去了。我哥呢，却不听劝阻，第二天就做了吴村的挂职干部。

在吴村，已经有很多年没有出现挂职干部了，或者说，只有在吃大锅饭的年代，上面会派来公社干部驻守在大队里。陈集军小时候虽是吴村人，可他长大后就变成镇上的干部了，他的到来给村里人带来了疑惑，也带来了期待。村支书陈松树对他说，现在吴村穷得连愿意当村主任的人都没有了，因为穷，我也于前年入了抬棺材、办丧事的行，你愿意在吴村待，你就来当吴村的村主任吧，反正村里拿不出工资，也管不了你的伙食。哥哥很高兴，说，猛将必发于卒伍，宰相必起于州郡，我挂职是和扶贫锻炼相联系的，别看我是大学生书读得比你多，但我到了村里，就是一名小学生。以后，你还要多帮我。

陈松树听了哥哥的话，心里很受用。他跑到我家对我父亲说，洪仁啊，你的家风好，你为国家培养了一个好儿子，你借钱供他读大学这钱花得值！我父亲听了，以为陈松树有意来嘲笑他的，又一次气得要晕过去。他说，滚！你给我滚！没事抬你的棺材去！

父亲心里苦呀，他每天躺在床上，只要我哥不回到镇上去，他就吃不下饭，睡不好觉，就要不停地咒骂他，害得我哥不得不带了一只铁锅一床棉被，搬到村委会住。以至于我回到家、推开房门的那一刻，家父以为我哥从村委会回来向他道歉了，他躺在床上，脸朝墙壁，说了一大堆不能待在吴村被人看轻、不能意气用事之类的话，等他转过身，一见是我——远在广东的二儿子回来了，他如同吃了一口狗屎一般，恨不得扑上来将我撕碎。

他从此一句话都不说。

于是，我就跟我哥真的干起来了。

"干起来"在这里的意思不是打架，而是雄心勃勃干事业的意思。

我哥说，集一，你知道吴村为什么穷吗？我说不知道，知道的话，我肯定第一个富了。哥哥说，吴村穷是因为吴村人懒。我说吴村人勤劳是出了名的，比如村里的济公和尚一个人种二十口人的田，丁清水天黑后照手电筒干活，能说他们懒？哥哥的一只手突然戳在我的脑门上，说，是脑筋懒！不肯动脑子，只知道使蛮劲！哥哥的手指甲大概好久没有剪了，戳得我头皮一阵发麻。哥哥说，我叫你回来，就是要把你培养起来，做一个用脑子干活的人，做吴村的第一代富翁，这样，你就把全村人致富的信心带动起来了。

陈集军不愧是我的亲哥哥，他到吴村挂职后第一件事就是带我到镇信用社，托人贷给我一笔款。哥哥让我养土鸡，我养了，三个月内死了三千只，那段时间全村人都在吃我养的瘟鸡。哥哥又让我养鳖，种鳖那么贵，把家底都掏空了，可我对甲鱼的生长规律、生活习性一无所知，买回来的种鳖没过多久死了一半。哥哥却坚持认为：只要肯栽树，不怕日后吃不上桃。哥哥就像机器人一样不知疲倦地借钱给我栽一种据说是治疗艾滋病的草药，我不但把自己家的田都栽上了，还在别人家的田里也栽了一些，可是等到收获季节尽管哥哥四处寻找销路，却难以找到买主……我成了吴村最可笑的人。村里人别说跟着我致富，就是遇见我，都像遇见瘟神一样躲得远远的。而时间，已经一年过去了，我不但还不上贷款，还欠了哥哥一笔债。我由于天天用脑，忧愁满腹，头发掉了许多。我就是从那时候起，感觉自己是一个没有用的人，我不但辜负了哥哥的期望，还败坏了自己的名声。我连喝农药的念头都有了。

过年的时候，我们一家终于坐在了一起。这时候，哥哥已经没有了刚回来时的锐气，他被太阳晒得焦黑，忧愁同样笼罩在他的头上，已经看不出他是念过大学的人。父亲阴沉着脸，年夜饭快要吃完的时候，他拍着桌子说，我一把老骨头砍柴换钱，流血流汗供你们读书，本指望你们跳出农门，可你们喝了那么多年的墨水，却令我伤透了心……父亲愤怒的声音，至今仍在我耳畔回响：过了年，集军回镇上去，集一回广东去！哥哥的脸一下子红了，说，我回来是向组织请示的，不是儿戏，之所以回吴村，目的是要帮乡亲走出贫困。父亲说，哼，你就吹你的牛，做你的梦吧！

正月初一，我一早起来看见哥哥坐在门外头，眼睛红红的，大概一夜没睡。看见我，说，集一，过完年，你还是去广东打工吧。我说，这一年的心血岂不白费？哥哥一副迷惘的样子，说，我再借不出钱来让你搞养殖种植了，村里的事我也不想管了。我知道，整整一年，他都在向上级打报告，都在动员村民修公路，"要致富先修路"嘛，可是毫无成效。

那个年真是漫长极了。年后，却发生了一件事，上面突然拨下来一笔扶贫款，一共有四万多元，简直天上掉下来的馅饼，哥哥把这笔钱死死抓在了自己的手里：他坚决要用这笔钱修公路。这是他唯一的办法了。可是村里人似乎都等着钱花，都想把这笔钱分了。抬棺材的树松和其他一些人与哥哥争得不可开交，最后，哥哥赢了。过了没多久，公路测量开始了。

没想到村里要修公路，这一举措第一个受益者竟然是我堂哥。因为公路要经过囚禁堂哥的石头小屋，石头小屋必须要拆掉。也就是说，石头小屋要拆了，蛮娃将重新回到老屋了。可现在的情况是，蛮娃的回来反而叫伯母一家难以接受……此时，伯母的大儿子，即我的另一个堂哥陈集宝，已经结婚产子，娶了一个嘴角生痣的姑娘，二儿子陈集财也谈了对象。他们素来以弟弟张有福为耻，在生活中，极力回避提到弟弟，在人群里，如果有人当着他们的面以"蛮娃"为谈资，其结果要么跟人打架，要么默默地溜走。在有福被关进石头小屋之后，他们从来没有为弟弟送过一次饭，做过一丁点事情。

另外值得一提的是堂哥张有福，此时也不再是先前那个野蛮粗暴、力大无比的"半野人"了，时间与黑暗驯服了他。与其说他是一个不开化的野人的后代，不如说已转变为一个低智商的呆子、傻子。村民去拆他的石屋，他竟然发起怒来，不让拆，修路的人们用棍棒才把他赶走了。石屋拆掉之后，他连着数天在附近转悠，伯母想把他带回家去，他过一会儿又逃回来，蹲在石屋的废墟上，表情哀伤。大概他已经忘记了那个属于他的搭着毛竹的天井，而把这里当成了他的家。

蛮娃总不能就此风餐露宿吧，世上唯一疼爱他的人——我的伯母一时没有了主意。

那时候，我们一家已经不在老屋住了。早在分田单干后没几年，父亲就在马它山上造了三间瓦房。一天半夜了，我们早已睡下，伯母哭着来拍家门。伯母说，她想把有福带回家，家里为这事吵得昏天黑地，就差动武了。没想到集宝老婆这样厉害，她说如果让"野人"回来，她就带着孩子出走，跟集宝离婚。集财也说如果蛮娃敢回来，他拿刀杀了他。伯母好说歹说，他的儿子、儿媳都不允许有福回来，就连屋后的猪圈里都不允许他待。伯母没有办法，只好来找我父亲商量，希望父亲跟我哥说说，叫村里给有福再造一间石头小屋。

父亲说，太不像话了，有福虽然姓张，却是他俩的亲兄弟啊！户口本上写得清清楚楚！不管怎么说父母的财产有他一份，凭什么就不许他回家？照法律，有福生活不能自理，应该由两个兄弟赡养。伯母就哭了，小叔呀，你就别提有福将来是死还是活，只要我还有一口气，我就省下一口饭给他吃，我死后他也活不长，我只想在我死之前，不让他挨饿挨冻。

第二天，父亲硬着头皮到陈松树家去了一趟。回来时，父亲说，村委同意归还紧挨着祠堂的"戏楼"给我们陈家，蛮娃有地方住了。原来，那戏楼本是曾祖父陈独拳一个人出资兴建的，当时曾祖父还年轻，又喜欢看戏，就做了这样的壮举。新中国成立后，戏楼一直被村里人作为共同祠堂的一部分使用着，戏楼的空地被大小不一的猪圈瓜分了，戏楼上面堆满了未亡者为自己准备的棺材。

在伯伯、伯母还有蛮娃搬进戏楼之前，村里人议论纷纷，很不愿意搬走棺材，但是，想到蛮娃没个去处，没日没夜坐在石屋的旧基上，天天看见他赤身裸体、神态怪异，就像一个随时要发作的癫子，看见他总是别扭得很，不如让他早日住到戏楼去。这样，我的堂哥才又一次回到了人间。而他的回来，注定不会是一帆风顺的，要不然，就不会发生后面那些乱七八糟的事。这又该怪谁呢？

那一天，当伯伯、伯母带着堂哥搬到戏楼住下，出于礼节，我和哥哥相约去看望。一直以来，伯伯、伯母对我们还是不错的，因为我俩从来不像别的孩子那样欺负有福。于是，我们看见躲在戏楼角落里的有福瘦得皮包骨，身子佝偻得更厉害了，说佝偻当然也不一定准确，因为堂哥不光是上半身站不直，他的双腿也是站不直的，就像动物那样半蹲着，说得难听一点，他就像大猩猩那样站着。他的眼神流露出来的恐惧、警觉、迷离和乞求，使我产生了心酸的感受。

有福虽是我的堂哥，我却从未与他讲过话（当然你跟他讲他也不一定听得懂），更谈不上交流。我跟他其实是很陌生的。我拿出香蕉给他吃，他紧张得龇牙咧嘴，就像神经病患者。伯母说，有福关了这些年，变得更怕人了。伯母帮他剥好，他才拿了，跳到一边，独自坐在一边吃香蕉。他一边吃一边不停地看我。他还认得我吗？他在想什么？他对自己的处境知不知道？他真是野人的后代吗？山上真有野人吗……那个下午，我的脑海里又一次涌现出这样一些莫明其妙的问题。这样的问题，我在读书的时候很喜欢想，现在，它们好像苏醒了……

这是一种很奇怪的感觉，仿佛有一股神秘的力量正在我的身体里作崇……等我从戏楼回来，回家的路上，我竟然再次产生了一个人深入原始森林腹地（提到"再次"是因为我曾经这样想过），食野果，吃树皮，蹲山洞，宿野地，从事野人考察及研究的念头。可惜，哥哥的一句话，将我立志成为像珍尼·古道尔那样伟大的生物学家的念头打消了。

陈集军说，你还是现实一点吧！如果山里真有野人，吴村的名气早就超过神农架了！我说，这可不一定，你不去深山找，你怎么知道没有野人？他说，谁说我没有找过？我读高中时对野人的奥秘着了迷，专门到深山去找过。我一下子想起来了，有一年暑假哥哥突然消失了，回来的时候衣衫褴褛，原来他是进山去找野人了。我还想起来，前些年有几个戴眼镜的人来吴村专门调查过野人的事，可惜，那以后没有了下文。

我说，吴村尚有野人存在不是什么秘密，蛮娃张有福不都说是野人的后代吗？村里不是有那么多人说亲眼看见过野人吗？如果没有野人，那我问你，为什么县志上会有记载？我在学校图书馆里看到资料说，金华县内野人传说最早可追溯到公元前 4 世纪到前 5 世纪战国时期成书的《山海经》，里面提到我们这一带有一种身高一丈左右，浑身长毛，长发、健走、善笑的"赣巨人"。《县志》记载更是清楚：清同治九年在城南百里深山，多毛人，修丈余，遍体生毛，时出山啮人鸡犬，以炮枪之，铅子落地，不能伤……这里的"赣巨人""多毛人"就是野人……

陈集军看着我，似乎不相信他的弟弟能出口成章。殊不知，我在中学时除了念书，课余时间全部用在"研究"野人上面了，我对野人的痴迷比对女同学更甚。哥哥就鼓励我，你接着说接着说。

我就接着说，《县志》还记载，1942 年，在金遂龙三县交界一带的包罗坞，曾打死过一个野人。过程是这样的：在包罗坞山中有一户人家向县衙门报告说，他看见后坡有个像"人"的怪兽。当时，李县长派出 30 人带机枪，把野人打死了。他们把打死的野人抬下山，就剥皮，皮很薄，不好剥，剥成一块块的，还有毛，烫也没烫掉，就用行军锅煮了。大部分人吃了这野人肉，有很重的膻味。经考证：李县长，名文治，字琴轩，1939 年春任县长，进包罗坞确有此事……

哥哥终于被我说得哑口无言，而正是他的哑口无言，使他想到了什么，他的表情有些活跃起来。当我们走到该分手的地方，他突然站住，吩咐我回去帮他写一份关于吴村存在野人的初步报告。事实上这项工作对我并不困难，因为我拥有好多这方面的笔记资料。几天后，报告写好了，我这才知道哥哥是要拿它去申请开发旅游的资金。我一听，愣在那里，不知该支持，还是反对。

我说，搞旅游，不会破坏山林的宁静，不会打搅野人的生活吧？

哥哥严肃道，这你就不要管了。

# 三、到底有没有野人？

我的哥哥又雄心勃勃了。他召开了村民会议，告诉大家我们马上就要富裕起来了，为什么？因为我们找到了致富的法宝！他那情绪激昂、唾沫横飞、心潮澎湃的模样，就像当初劝我去养鸡、种治疗艾滋病的草药一样。我们村的村民显然已经习惯了他的这一套，情绪并没有跟着他一起高涨。他们议论说，旅游？野人？什么意思？要养野人卖肉吗？

陈集军在台上说：知道吗？野人与UFO、百慕大三角和尼斯湖怪，被列为当今世界四大自然之谜。在我国，野人考察方兴未艾，吴村深山里的野人，就是我们手中的金砖银砖啊！吴村要大力发展旅游业，我们村的山山水水，特别是那几个传言住过野人的溶洞将作为重点景区来开发。可是，村民们就像听天书一样，没有什么感觉。他们议论说，野人又不是我们的爹，能带领我们过上好日子？再说，真能抓到野人吗？

陈集军在台上说：野人是不需要抓回来的！只要证明它们还没有灭绝，这就够了！你们不是都说遇见过野人吗？还有人不是自称与野人搏斗过吗？那么，你们与野人搏斗的故事，你们从野人身上抓下来的毛，你们从山上捡回来的野人的屎，都将是旅游开发的重要资源……

那一天散会后，吴村人最终被哥哥的真诚和他所描绘的未来生活的蓝图所打动，他们纷纷围绕在我——一个主动要求记录、搜集野人材料的志愿者身边，向我提供若干年前他们目击或与野人搏斗的经历或传闻。今天，当我随手翻开当年的笔记，还可以找到这样的"口述实录"：

野人目击者村民童树贵 64岁

问：请问你是哪一年在什么地方遇到野人的？

童：在1968年农历八月十四，在西坑，那天我一早起来，去西坑山上砍树，没砍几根，忽然听见坡下有响声，我往坡下一看，只见一个直立行走的怪物向我走来，我吓出一身冷汗，想避开它，已来不及，那怪物伸出右胳膊将我抓住，我用左手紧握砍刀，用尽全力砍那怪物的胳膊，那怪物猛地将我甩开，我从怪物头上抓下一撮毛发，怪物"哇哇"叫着向山下跑了。我回家后吓出病来，在家吃药。

问：那怪物大概是什么形状的？

童：麻色的，有点像枯草的颜色。它这个形状跟人是差不多的，它就是眼睛这儿凸一点，腿又粗又短，它是个女的。

问：女的？

童：对。第一眼给我的感觉就是女的，因为它有一对奶子，不像人一样是馒头形的，它的奶子是瘪瘪的，垂落下来的。奶子上没有毛发，看上去很扎眼。

问：它是想抓你去当它的配偶吗？

童：这个我不知道。反正我是宁死也不会跟它做夫妻的。

问：为什么？

童：哪有为什么，如果是你，你愿意吗？

问：那，你抓下来的毛发现在还有吗？

童：没有了。早就丢了。

问：野人尾巴有多长？

童：野人没有尾巴。

问：它有多高多重？

童：它的屁股很肥大，体重起码在二百斤左右。好像不是很高。

问：你看见野人为什么不上报？

童：当时没有这个意识。再说，见怪不怪的。

……

在调查中得知，在我的家乡，在过去的几十年里，目击野人的次数达 36 次，先后有四十余人看到过个体不一的野人。其中，遭到野人袭击者 13 人，有 5 人被野人打伤，有 2 人被野人打晕，有 1 人被野人强奸，被强奸者系女性，产下一子，正是我的伯母。

据村里的付德辉回忆，那件事过去了许多年，他却记得清清楚楚。那一天队长派他上山割千斤藤，他割了一个上午就割了不少，他把千斤藤圈起来。这时，树林里传来一阵"哗啦啦哗啦啦"的声音，他仔细看，映入眼帘的是一个人形的直立式动物，长长的头发又脏又乱遮住半边脸，浑身上下一丝不挂，胸部两只硕大的乳房还在流着乳汁，整个形状与女性人体毫无二致。这个怪物着实让他吓了一跳。难道我也遇见了雌性野人？正准备逃跑，不料对方发出"叽叽哇哇"的吼声朝他奔来。他定眼一看，光身者竟是村里失踪多日的桃花嫂（即我的伯母）。

其他几个人如丁清水等人，立刻印证了付德辉说的话句句属实。他们补充说，桃花嫂回到家里，因受惊过度，一个星期口不能言，半个月后方能下地干活。这时又围上来更多的人，说那个野人很凶残，在分田单干那年还出来过。那年大伙背着石灰、标杆上山划界，走到距离天子山不远的一个山坳里，突然，一个人样的东西从侧面林子里扑来，就跟旋风一样，吓得大伙丢了标杆就跑，幸好当时任民兵连长的陈松树手上有石灰，撒在它的眼睛上，他捂住眼睛逃走了，以后就再也没有出来害人。

总之，关于野人，各个人都有话要说，每个说法都不尽相同，我把村民七嘴八舌的讲述整理成厚厚的一叠纸，哥哥如获至宝。过了没几天，"上面"果真来人考察了，只见路旁的电线杆上拉着这样的横幅：热烈欢迎上级领导、专家学者及旅游公司老总来吴村考察投资。

由于历史原因，吴村人对"领导""专家"这样的字眼是很敬畏的。闻讯今天他们要来，早早就等着。然而，弯弯曲曲的山路着实让这些人吃尽苦头。来了之后，他们没有稍事休息，就要陈集军带他们去见"蛮娃"。我作为本村掌握吴村野人知识最多的人当然也在其中。

我们一干人沿着石板路向戏楼走去。我哥哥先爬上戏楼，伯伯、伯母正在吃饭，他们阴沉着脸。哥哥很尴尬，说，伯伯，伯母，不用怕，只要让他们看一眼就可以。伯母收拾完桌上的碗筷，把戏楼后面的门打开了。伯母说，有福这几天不知道什么原因，狂躁不安，拼命打自己，抓自己，不过今天还没有发作。我这才叫考察小组的人上来，大家小小心心的，正准备往堂哥所在的后台（戏楼后台曾是演员化妆、休息的地方）走去，不料，我堂哥很不喜欢他们看，突然爆发出愤怒的吼叫声，与此同时还有石头掷过来，不光是我，大家都吓得要死，不敢下去。

最后，有一个随行记者壮着胆子想拍几张蛮娃的照片，由于相机是闪光的，蛮娃对人的恐怖达到极点，他在后台的幽暗空间奔跑，尖叫，张牙舞爪，就像要冲上来。看到蛮娃吓成这样，伯母突然在我们身后哭了起来。她失控了，喊着，我家有福不是野人的孩子，他是人！是人啊！她跪在我们面前，求我们不要把蛮娃当野人，求我们回去，饶了有福！有福不喜欢别人把他当野人……

这是我们（尤其是哥哥）没有想到的，我们说了许多好话，伯母才止住了号啕。但是，面对专家和记者的询问，伯母对自己是否被野人抓走过，强奸过，始终三缄其口，正是这个回避的态度，让本来简单的问题变得让人难以忍受。好在此时的蛮娃已经安静下来，一双惊恐的眼睛充满敌意地盯着大家，这个时候，有一个教授逮住机会仔细地观察他，直到离开。该教授觉得这一天的收获还是很大的，因为根据他亲眼看见的情况分析，蛮娃的体貌特征有四处与常人相异：

一、蛮娃的颅骨、面颅接近于人，脑颅接近于猿，蛮娃的脑容量大概不会超过 700 毫升；二、蛮娃的眉弓粗壮，很像中国早期人类的特点，如蓝田猿人、北京猿人的眉脊都很粗壮；三、蛮娃的锁骨呈 V 字形，特别突出，而人的锁骨相对较平，V 字形锁骨正是大猩猩区别于人类的骨骼特征；四、在蛮娃的头骨上方，可以看到三条很明显的纵向隆起，也就是通常说的矢状脊（我问教授矢状脊是什么东西？教授说，矢状脊是大猩猩、黑猩猩、猩猩以及长臂猿区别于人类的特征之一，而人的头颅经过进化，矢状脊早已消失了。因为人吃的食物越来越细，用不着那么大的咀嚼肌，矢状脊就退化了）。现在，在蛮娃的头上我们看到了矢状脊，能否说明蛮娃不是人类呢？

上述种种特征，引起了考察小组极大的兴趣。至少从蛮娃的身上，我们看到了部分野人的特征。但遗憾的是，第二天，我们沿着现存的古驿道往里走，爬到那座高得离谱的乌牛山上去，收获甚微。

乌牛山，正是当年我伯伯烧木炭的地方，在一片长满杂草的空地上，还可以看见一座石头砌成的碳窑，很有可能我伯母就在这附近被野人掠走的。奇怪的是，整整两天两夜，我们没有找到野人脚印，也没有听到野人叫唤，山里静悄悄的，所有的野兽都保持了沉默。

随后，本地报纸虽然刊登了吴村"惊现"野人后代"蛮娃"的报道，提到：同科不同属的动物杂交，如不存在机械隔离，很有可能产生后代，马和驴杂交生骡，便是具体例证。但是，陈集军日夜期盼的那个开发项目和那笔资金始终不见兑现。这时候，陈集军很郁闷，经常一个人到山上去，蔫头耷脑，连修公路的事都没有心情去管，此起彼伏的爆破声越来越听不到了。

母亲担心哥哥野人没有找到，倒是跌进山涧摔死了，遇到野兽咬死了，叫父亲去管管他。父亲已经很久没有跟大儿子说话了，他说野兽咬死他是活该。母亲哭得很伤心。这一天，父亲终于松了口，让我搀扶他去村委会，他喘着气说，你这灾星，不孝的子孙，村里人的救济款都在你手上，你抓着大家的命根哪！你要造公路，你就把它造好，别整天胡思乱想，丢你爹你娘你弟的脸……没想到哥哥顶了他一句，差一点把父亲气得又晕过去。

哥哥说，一个村子靠救济款生活能支撑多长？这是集体乞讨过日子！如果你们没信心，可以不要理我，就当没有我这个儿子！现在，我看准了，抓住野人是吴村脱贫致富唯一的出路！我明天就把吴村更名为"野人村"！

父亲说，你！你有本事！我等着瞧！

父亲回到家，跟母亲说，他从此没有这个大儿子。母亲又哭起来，跑去拉哥哥回来。母亲说，集军，你就听你爸一回吧。我哥一向洪亮的大嗓门此时变得有点沙哑，他说，妈，这三年，我要是干不出一点成绩，怎么向领导交代？我不愿一辈子待在小镇上看人脸色，浪费青春，我有更远大的理想！母亲只好说，既然你认准了，你说咋干咱就咋干吧。

几天之后，哥哥在村口树起了一块巨大的宣传牌，宣传牌上详细介绍吴村的游览线路，同时还将村民与野人搏斗的模拟图绘在上面。哥哥说，从今往后，我们吴村就叫"野人村"了，除本地的人会来观赏外，外省的游客也会纷至沓来，他们来到吴村要吃，要喝，还要住宿，你们要多开饭馆、多建旅社，要赶紧。

宣传牌下，站满了如坠云雾的村民。开饭店、建旅社，都你来吃你来住呀！

你别急，游客会来的！

放屁！

村里人都像我父亲一样等着看我哥的好戏。他们已经不相信陈集军除了会挪用公款，把公路半途而废，还能干点什么？如果把扶贫款拿出来分，每户人家还能分到几百块的！他们在背地里骂我哥，村里的鹰钩鼻等人甚至要到县里去告发他，准备让他蹲监狱。

那一天，我也站在人群里。我为哥哥感到悲哀。一个人活在世上，还有什么比失去名誉更可悲的呢？我的心里很难受。哥哥却沉浸在他的幻梦里，或者说雄心勃勃的野心里，对村民的反映一概不理。哥哥说，集一，这次还得你来带头，你把没有瘟死的鸡、没有瘟死的鳖都杀掉，赶紧把桥头的几间房屋租下来，开饭店、建旅社，做什么都行。

可惜连我也不再相信他了。没几天，我就跟逃跑一样离开了吴村。

我不想为哥哥卖命。

# 四、吴村变化大

天知道是巧合还是命该倒霉，这一次出门我差一点丢了性命。事情倒不复杂。我从金华乘火车到达广州，想寻找到深圳的长途汽车，突然蹿出几个人抢走了我的行李。我跑到附近派出所准备报案，巡警要我拿出身份证和务工证，我告知身份证已随行李被抢，巡警将我以"无名氏"的身份，塞进闷热的收容车。车厢像铁罐子一样，我试图从车上逃走，被巡警一拳打倒在地。

当天，我就被送到一个收容转送中心，搜身之后，排队，上了另一辆车，一直送到一个收容站，关进一个房间里。房间大概三十平方米，住了几十人，睡觉、大小便全在里面。两个水泥炕，是睡觉的，靠近后墙有一个蹲坑，就是厕所。吃的情况，是每天两次集合到操场上，蹲着吃饭，然后会发给你两张很粗糙的纸，供上厕所用。我在那里被关了二十天左右，经历了不想言说的屈辱。有一天，我们集合到操场上训话，透过围墙上的铁丝网，我看见围墙外的街道上熙熙攘攘的人流，不知道为什么，我突然想起了堂哥。堂哥张有福在村外的石头小屋里，不就是这样将眼睛堵在门缝上看外面人怎样生活的吗？想到这一切，我感到被囚禁在石头小屋里的人是我，禁不住放声大哭。

那次被收容，要不是一个被保出去的人给我曾经的一个朋友联系（我永远感谢那个给我捎信的人），朋友将我保出去，我会被送到另一个地方去劳动三个月。听说那里的待遇更悲惨。然而让我不堪以对的是，那个朋友以前跟我一起打工时是个好人，当我再次回到广东已经不是了，把我保出来以后，就要我还给他保金还有辛苦费。此时我身无分文，浑身是伤，他就逼我帮他放哨合伙偷摩托车卖。我初来乍到，需要一个地方落脚，不得不答应了。直到三个月后，他用铁棍撬开一个服装店的铁卷门，他刚钻进去就被当场抓住，我吓得一口气跑了十多条街，从此远离了他。

怎么办？我碰到什么活就干什么活，只要不是挖地沟油和偷车撬锁就行。为了挣攒够生活费、欠信用社和哥哥的债，我做过许多工作：工地小工、工厂杂工、社区保安、砖瓦厂食堂伙夫等等，每样工作我都认真对待，但是，也仅够糊口而已。好在过了一段时间，我终于找到了一份工资比较可靠的工作。一般人以为，殡仪馆是一个阴森恐怖、不见天日的地方。事实上，那里面除了焚尸炉的烟囱总是冒着袅袅青烟，跟一般的机关单位没有什么区别。当然，在每天开哀悼会那一会儿，哀乐和哭声响起来的时候，也是很吵闹的。一天下来，满脑子都是哀乐的声音，哭的声音，还有那种福尔马林的味道。

我专门负责打杂做清洁的工作。当然，做司仪的同事忙不过来时，我也帮着写挽联、摆放花瓶、花圈，为死去的人化妆、换衣服等等。记得进馆的第二天，我就碰上了一个死于车祸的女人。她的家人送来了一身新的衣服，让我们给她换上。这是个体力活，我和几个同事一起做。脱掉她的血衣以后，同事叫我用清水冲洗她的身体，因为血太多了。这时，是冬天，这个女子大概还能感觉到冷，就在我用冷水冲她的那一刻，她的头突然从台子上顺着边缘掉了下来，仰望着我。她的眼睛睁得大大的，就好像她有什么话要对我说，但是，又觉得她的眼睛太空洞，仿佛只是穿过我，看到后面很远很远的某个地方……

我在殡仪馆一待就是一年多，因为这里工资高，不拖欠。唯一的恶果就是我从此睡眠很差，几乎天天做噩梦，梦到那些死人的脸，梦到他们在焚烧炉里嘶声尖叫，我想把他们拽出来，他们却抓住了我，死死不松手。醒来之后，我虚汗淋漓，点灯直到天亮。但是为了还债，为了早日体面地回到家乡，我想，在这里剥死人的衣服总比剥活人身上的衣服强。这样，手头就有了很少的存款。为了保险起见，我很想把存款存进银行，可由于我的身份证刚来广州时就被人抢了，我只好把钱藏在身上。于是，有一段时间，我做的噩梦不再是鬼魂游荡，而是辛辛苦苦挣的钱被人偷了，那种丢钱的感觉比梦见死人拖住我更叫人绝望。我想，我必须把它们及早地汇给哥哥。

那一天，我把所有塞在房间各个角落的钱拿出来，向邮局走去。当我在汇款单上写上我家乡吴村的名字，哥哥陈集军的名字，想家的念头突然强烈了。回殡仪馆的路上，我的眼睛湿湿的。我算了一下，我离开吴村已经将近三年了。我已经将近三年没有与家人联系了。我一直没有勇气与他们联系。毕竟，我是在哥哥最困难、最需要我的时候，跑到这里来的。现在，我的家人是否健康？哥哥会不会因为不切实际的理想发了疯？或者被村里人告到法庭上？想到这一切，我越发想回到吴村，见到他们。

我于这一年春节，告别了殡仪馆的活人与死人，回到了吴村。殡仪馆的领导对我很器重，得知我明年不再回来，很是惋惜。说，集一，在殡仪馆与死人打交道多了，回到活人的世界你反而会不习惯的。人死如灯灭，虎死赛绵羊，活人如果心怀叵测，比死人更可怕。不过我衷心祝愿你早日过上幸福的生活！在火车上，在沙丁鱼罐头一样的车厢，我果真感到馆长说的话句句属实……我已经闻不了活人身上热烘烘的酸臭，还有人世间的嘈杂，一路呕吐不止……

当我到达家乡的火车站，没想到，从金华已经有直接开到吴村的中巴车了……这么说来，吴村的公路已经开通了。到这时，我的心情终于开朗起来。我想，吴村一定不是我记忆中的模样了……

嗯，在路上，我就发现了它的变化，首先，从镇上到山区的砂石公路铺了柏油，公路的两旁，不断出现"野人村×公里"的牌子。当车驶入山区，在一些岩石上，竖着野人龇牙咧嘴的图片，当车开到距离吴村只有五里地的井下村，我看见公路两边的房子上写着"出售土鸡""茶叶笋干"这样的字样……几分钟后，中巴车爬上那个名叫"马骚盐"的黄土坡，我就远远地看见了魂牵梦绕的吴村。如果不是我亲眼所见，是不会相信它的变化的。公路拉直了两个村子的距离，吴村的新的面貌随即在我眼前展现，十多栋簇新的小洋楼，从泥墙黑瓦与密布的电视天线之中冒了出来。小洋楼尖顶上的琉璃瓦和避雷针在阳光下熠熠生光。

难道吴村真的靠旅游富裕了？我所看见的一切，都在告诉我这一点。在停泊汽车的桥头，昔日的厕所、菜地、老房子不见了，取而代之的是几栋三层洋楼，洋楼的一楼均是出售土特产的店铺，拉扯着一串串的灯笼。洋楼似乎是统一规划后造的，我看见一栋洋楼上挂着"野味山庄"的招牌，又看见一栋房子上挂着"野人客栈"的招牌，许多人站在这些店铺门口，还有一些人围在一辆小货车的四周，那上面堆满了年货。我最后一个从车上下来，听见了村里人的问候：集一，你回来了！有好几年没回来了吧？集一，你好瘦呀……

我有一些脸红了。因为长时间的不相见，我对这些与我打招呼的村里人有一种既熟悉又陌生的感觉，恍惚觉得这些面孔在哪里遇见过，然后，在记忆里消失了，这时，又突然出现了。这种感觉让我想到了殡仪馆里的工作。因为职业的原因，我曾经在大街上吓瘫过一次，我把一个朝我迎面走来的大活人看成了我亲手扔进焚烧炉里的死人！因为他们长得太像了！这样的感觉很糟糕，直到今天，我走着走着，突然一抬头，还会被某一张似曾相识的脸孔吓一跳。我想，我从那时起就被噩梦折磨。当然，这是题外话。

此时，我已经想起了他们。开饭店的"鹰钩鼻"以前是很瘦的，没想到他胖了，简直不敢相信胖成这个样子，就像一只企鹅。开旅馆的德林好像没怎么变，还是贼兮兮的，但是他的老婆变了，穿着很时髦，还涂了口红。在这里，请容许我插一句，德林老婆是德林在外地养蜂时带回来的，她长得不好看，却有一种气质，与吴村土生土长的女人比，似乎更让男人着迷。该女人在吴村的旅游热刚刚到来之际，第一个做起了导游，第一个开起了客栈……父亲告诉我，吴村今天的富裕，离不开四个人，一个是我哥，一个是蛮娃，一个是德林老婆，一个是陈国羊……父亲是走在通往马它山的路上，这么说的。

父亲一点都未见老，腰板笔直的，精神反而比以前好，不过刚见到我时他叹了一口气。从他那里，我很快知道谁家靠什么发财了，盖洋楼了，谁家又因为什么落魄了，甚至坐牢了——比如村里有一大龄青年，就因为对外地游客实施抢劫抓走坐牢了——可是，差下去的毕竟少数，当我听说我的两个堂哥陈集宝、陈集财也发了财，我还是有些诧异的。因为在我的印象中，他们不是脑筋活络的人，跟鹰钩鼻他们比起来，是很笨的。父亲就放下手中的行李包，指着从村中央黑瓦中耸立起来的两栋楼房给我看：喏，那就是集宝、集财的新房子，正月起工的，现在已经造好了。那是他们拆了祖屋，在原地基上造的。

我站在通往马它山的路上，久久地凝望着我家老屋的方向，回想起了小时候我和堂兄们在老屋里生活的情景。

蛮娃现在还好吗？

他呀，现在可挣钱了。

为什么？

你没听说集宝、集财的小洋楼，是蛮娃做杂技挣的钱？不然，他们两个哪有别的出路……只可惜，你哥虽有功劳，咱家从头到尾没有挣到什么钱，好在你终于回来了。

哦？

不过，还得感谢你哥，当初我真是老糊涂了，委屈了他……

那么，我现在可以告诉你，当我又一次回到广东，也就是被收容和偷摩托车的日子，那个我一生中最倒霉的夏天，陈集军同样因为命运不济，坐在村口的枫树湾，那块他亲自树起来的巨大宣传牌下，一筹莫展。他已经坐在那里等着远道而来的游客，等了一天又一天，差不多绝望了。他准备像我一样逃到一个很远很远的地方去，躲避责任，逃避所有的流言蜚语，他甚至已经背起行囊走在路上。可是，当他路过汤溪镇的时候，汤溪镇上人山人海，原来，这一天正逢城隍庙庙会。陈集军看到了一群人围成一圈看热闹，他走过去一瞅，是一个外地人指挥一只猴子表演杂技。哥哥瞅了一会儿，继续向车站走去，然而，他的脑子里不断冒出堂哥的形象来，当他走到车站时，已经完全改变了主意。他又回到了吴村。

可以这么说，我的堂哥张有福，就是在陈集军于汤溪镇上看见猴子翻跟斗的那一刹那，走上他的悲惨的命运的。当抑制不住兴奋的陈集军回到吴村，他先是提着两瓶酒敲开了张有福兄弟——陈集宝、陈集财的门，然后，在他们的陪同下来到了修缮之后的戏楼——伯伯、伯母的家。此时，伯伯、伯母已经睡下了，由于年龄越来越大，加上集宝、集财不孝顺，老两口每天在忧愁中度过。他们刚一睡下，戏楼上简陋的木门被两个儿子擂得咚咚摇晃。

谁呀？

是我。

什么事呀？

求伯伯、伯母一件事。

伯伯还要问什么，他的两个儿子已经将门踹开。

集宝说，有福呢？我们这就把他带走！

集财说，你们别啰唆，等我们挣了钱，不会亏待你们的！

接下来，陈集军、陈集宝、陈集财都说了一些什么，伯伯、伯母是怎么回应的，我不知道。重要的是经过一番较量，他们三人被赶出了戏楼。而后几天，陈集军只能继续做集宝、集财的工作，他们的工作做不通，又去做他们老婆的工作。我在前文中提到过，集宝老婆是很凶的，她一嗓子能把天上一只飞翔的鸟喊得一跟头栽下来摔死。没想到集财的老婆一点都不比集宝老婆逊色，她的嗓门虽然不如她的姊娌高，但是肌肉发达，背部宽阔，臂膀和腿也很强壮有力，脸上显出一副精力充沛的神气。不知道为什么，如此这般的女子总能解决男人们解决不了的问题。所以，我的两个堂嫂似乎没费很多周折就把张有福抓起来了，关进了一只笼子里。那笼子是铁做的。从石头小屋刚回到父母身边的张有福，就这样再次被关进了笼子里。

于是，村委会那个大喇叭又响起了陈集军的叫唤：各位村民，请到大会堂开会……今天会上，要讨论"吴村野人巡回展"的方案……请村民务必到会……

据说，那个会开得很成功。会后没几天，村里就成立了"吴村野人巡回展"剧团。一共有十五六个人，十多个节目，主要是巡回过程中挣到的钱大家可以平分，故吸引了不少人。演出内容除了展出关在笼子里的野人后代"蛮娃"，村里有名的大力士阿成还将表演砸砖头、举石锁；剧团的主持人，即在外面走过江湖、能说会道的陈国羊，将介绍吴村的野人史；德林的老婆，唱三首以上流行歌曲，有时候还表演跳舞；村里的童树贵将讲述他与野人搏斗的故事，为了使他的讲述更吸引人，陈集军临时逼他学会了演奏"道琴"。于是童树贵与野人搏斗的故事演变成了五部好莱坞电影的脚本。而且，本村的样板戏班子也派上了用场。不说你不知道，这个样板戏班子以前挺有名的，只恨岁月不饶人，当年的阿庆嫂如今成了黄脸婆，杨子荣也老了，佝偻着背，不过，戏班子的加盟反倒有了一番搞笑的意味。

　　人数与节目确定了以后，大家就在大会堂里加紧排练。排练过程中，他们又增加了布景和道具。半个月后，村里人将那个关着蛮娃的铁笼抬到了已经通公路的井下村，然后我哥在井下村雇了一辆拖拉机，装载着蛮娃和剧团成员，开始了在各个乡镇的巡展与演出……据说，剧团所到之处，无不掀起观看"野人"的热潮，每天都有成百上千的人围在铁笼子四周，看着笼子里的"奇异动物"：他赤身裸体，头小臂长，体势佝偻，表情诡异，身上长稀疏黑毛，两耳较大，偏向头顶，不会说话，只能喊几种简单的声音，单音节重复，呀！呀！呀！就是这样的声音，在生气、发怒时，就和猩猩一样用手拍打胸脯……

　　随即，吴村发现"野人"、人猿杂交所生"蛮娃"的消息越传越远，越传越奇，很快地连城里的百姓也知道了——当哥哥换用厢式货车装载蛮娃来到市区的人民广场，甫一现身，广场似乎也显得狭小了，成千上万的人拥到了这里，那热闹的场面与发行福利彩票的情景有一拼——据传，因为人太挤，有一人在混乱中被踩断脊梁骨，还有十人被偷走钱包，人民广场持续大乱，治安人员不得不勒令陈集军拉走"野人巡展"剧团——可是他们迁徙到城市的郊区，也同样引来人山人海。一时间，吴村野人巡展、吴村尚存野人的事情，不但引起了省内外各大媒体的注意，更是如同女人敞开胸怀一般引来了本县、外县、本省甚至外省的游客。

　　父亲说，就是这一次大胆的巡展起到了效果。那时剧团还在外地没有回来，不料，第一波游客已经来到吴村。那时村里人都不知道做生意，吃饭住宿任游客给。后来村里人才慢慢学会了怎样挣钱，宰客。现在，几乎全国各地都有人来，村里只要稍微肯动脑子的，都过上了比以前更好的生活，就连童树贵这样的人，都靠瞎编野人故事出了名。他那故事哪有几句是真的？可不少好奇的游客一看见他，就说，这个老头和野人打过架！有福呢，巡展回来后，被他的两个哥哥训练起来走钢丝，跳火圈，游客多的时候，要表演十来个节目，他要在高空行走、倒立、接游客扔上去的硬币等等动作，有福光在上面接硬币一天就有上百块……真没想到以前最没用的有福，现在成了一块宝，不光让集宝、集财发了财，村里人也多亏了他。不然，公路有可能还没有通起来呢……

　　父亲还在说着，我却有些分心了。我想，吴村有无野人暂且不说，我堂哥张有福的存在，给一个偏远的小山村带来如此多的机遇和财富，还有世态人心的变化，皆在我的预料之外。

我想，我回来做什么呢？

# 五、蛮娃的遭遇

陈集军现在是县里管旅游这一块的什么科长了，他调到县里去以后，在城里分到了房子，哥哥的未婚妻是一个地道的城里人。据我母亲讲，长得很是标致，性格也温柔，第一次来吴村就"妈""妈"地叫。前几天，我哥打电话回来说，他现在又在策划一个新项目……

另，据我父亲插嘴说，我哥虽然忙，但是不忘常回家看看，每次回家，都坐县政府的小轿车，每回给他们捎回来许多补品……哥哥每回到村里，村里人都设宴请他吃饭，村里人对集军感恩不尽……集军现在胖了，白了，已经有一百四十斤，不像你，越来越瘦了……你的脸色怎么暗暗的，似乎没有阳气，你在广东是不是晒太阳少……

我的父亲、母亲还在说着，我却有些困了。那是我从广东回到吴村第一天的情形。我早早地睡了，睡得真香，没有梦到一张死人的脸。没有死人游荡的夜晚真是香甜极了。

第二天一早，根据我每次远足归来的惯例，我要父亲带去看望我的长辈：伯伯、伯母。到这时，我才得知伯伯已经死了……

伯伯是因为集宝、集财打架而死的。原因是有福巡展归来以后，集财偷偷地坐在戏楼下面收钱，当时有福还没有训练起来，集财单是买了照相机，有游客想跟有福合影就收十块钱。有福是怕拍照的（尽管巡展的经历将他的心性改变了不少），再说游客也不敢跟有福挨在一起拍照的，集财干脆把有福重新关进笼子里，平时用帆布罩上，这样，即便游客想看有福一眼，也得掏出五块钱来。这时候，集宝见集财如此放肆地挣有福的钱，要把有福抬到他家里去，集财不同意，两兄弟打了起来，打得头破血流。一直保持沉默的伯伯终于按捺不住了，他拿来了一把斧头，嘴唇哆嗦着，对他的两个儿子说：

"你们不是要把有福拿出来平分吗？你们不是要做狼心狗肺的畜生吗？我成全你们！我来把他劈成两半，给你们煮了吃……"

伯伯说着，就要去打开铁笼子，有福似乎预感到了自己的危险，在笼子里没命地逃窜，眼看伯伯的斧头就要朝有福的脑袋砍下去，说时迟那时快，集宝、集财不约而同地将伯伯摁在了地上。任凭他哇哇地哭喊着，双手抓住白发，嘴里啃着泥沙，就是不松手。那天之后，伯伯一病不起，没过半个月就死了。

现在，父亲正带着我向伯母家走去。风呼呼地刮着。大概天气的原因，这一天街上人很少，也没有看见外地游客，人们都在忙着准备过年。

我看见戏楼已经不再是我印象中的戏楼，它粉刷过，可以说焕然一新，墙上画着面目狰狞的野人和招揽游客的广告，先前搭建在戏楼空地上的猪圈牛栏被清理了，戏楼前铺了水泥地，许许多多的凳子、太阳伞堆在一角，用塑料布蒙着。

集一，你看，那就是蛮娃走高空的钢丝。父亲仰着头说。我这才看见在我们头顶有一根钢丝绑在两根电线杆之间，如果不是父亲提醒，我以为那是一根高压电线。想必我的堂哥就在上面表演杂技。

蛮娃现在在哪儿？

应该在戏楼上吧。

我和父亲从楼梯上去，戏楼的前台上放着一些自制的道具，一只很大的铁笼子放在舞台中央，就像一件被人遗忘的旧时代的艺术品，我的堂哥张有福，此刻躺在笼子内的稻草上奄奄一息。他两眼深陷，肚子瘪瘪的，胯间很滑稽地裹着一块破布。他身上，布满烫伤和被殴打的伤痕，很脏，有臭气。因为我们的造访，他警觉地坐了起来，用一种惊恐、敌意的眼神看着我，显得阴晦而可怜。我站住了。

有、有……福。

我在心里喊着他的名字，却没有发出声音。因为我一时不知道跟堂哥打招呼好，还是像从前那样从不与他讲话。我犹豫着。最终，我决定凑上去，与他点个头也好。不料，笼子里的蛮娃大概已经不认得我，就在我靠近之际突然从稻草上跳了起来，呀呀地怪叫着，似乎要从笼子里冲出来袭击我。老实说，这样的惊吓我只在殡仪馆守夜时经历过——好在听到外面的动静，我的伯母已经从戏楼的后台走出来，两只手摸索着……

有福，有福！别怕！你别怕，妈来了……

有福浑身战栗着，仍然盯着我。

父亲喊道，嫂子，是我们，是集一看你来了！

伯母的双手抚摸着笼子。有福别怕，有福不怕，坏人回去过年了，没有坏人欺负你了……

父亲见伯母如此糊涂，又朝伯母喊了几遍我的名字，伯母转过身，两只手在空中划圈子。原来，伯母的眼睛已经接近于瞎的程度了。伯母终于知道是我，就紧紧地握着我的手，眼泪汩汩地往外流。她又说起小时候我从来不欺负有福，说这些孩子当中，她就知道只有我将来最有出息……伯母好像在自言自语。伯母说，有福知道谁对他好，谁对他坏。他不是野人，他只是有些不开窍。伯母说，有福现在不会伤人了。他现在知道冷，晚上知道盖被子，他只是被打怕了。可怜他，都是被他的两个哥哥害成这样……

伯母说着说着，伤心地哭了起来。

父亲说，嫂子，集一刚打工回来。你有话慢慢说。

伯母咬着牙，沉默了。

静默中，伯母用一双发炎、潮湿的眼睛，瞪着我，似乎很空洞，又似乎穿透了我，看到后面很远很远的某个地方。那一刻，我又一次经历了看见死人拿眼睛瞪我的恐惧，不知道要不要把手抽出来。直到现在，我都没有忘记欲哭无泪的伯母死死抓住我一双手的情景。很显然，她当时沉浸在悲痛和绝望的情绪里，并不知道自己抓着的是一双别人的手。而后，伯母向我讲述了蛮娃被驯化的过程：

伯母说，有福被抓到山外去游街回来，有福受够了苦，趴在笼子里站不起来，见到她，哇哇地叫，那是从有福嘴里第一次发出了哭音，哭得很难听。伯母觉得她的心碎了。我的儿，我的儿呀！他们这样对待你，终会遭报应的，你也是人，你也是人啊！伯母就像发疯一样抓住我哥，要求他打开铁笼……有福迅速地逃到了戏楼上，躲在屋梁下面的一根横木上……到戏楼上看有福的人把楼梯踩坏了，伯伯要把戏楼关起来，不让他们看，集宝、集财却要把有福抓下来。有福一下子扑到集宝身上，又抓鼻子又挠脸，还揪下了他的一只耳朵。恼羞成怒的集宝、集财再次把有福关进了笼子里。后来，他们就联合起来训练他，就跟训练一只猴子一样……一个表演动作，要好几天才能掌握，有福稍一走神，他们就拿棍棒追打他，用鞭子链条抽他……

刚开始，有福还有反抗，咬人抓人，集宝、集财就想出办法，不给有福吃东西，不给有福喝水，还要让他在太阳下暴晒，有福感觉饿，感到渴，就乖乖地上套。在集宝、集财的命令下，有福学会了接飞刀、站军姿、戴帽子、翻跟斗，后来又学会了走钢丝、跳火圈、耍火棍。有福天性怕火，可越是怕，看的人越想看。几个月前，架子上的火圈没有放稳，有福跳过去的时候烧到了身上，烫得浑身是伤，动弹不得。可那段时间赶上了国庆长假，为了钱，集宝、集财临时决定让站不起身的有福吃生食表演。活鸡扔进笼子，叫有福连毛吃下去！游客们没看过"野人"茹毛饮血式的表演，很兴奋。集财、集宝看见那天游客给的钱比往日明显要多，他们干脆买回来鸡、鸭、兔子，叫游客买去喂有福。有福吃过一次再不想吃，游客就抖动绳子，让鸡在笼子里没命地飞，把有福的脸抓的都是血，直到有福发怒，大叫着，把投进去的鸡活活撕碎。这时，伯母在戏楼也听得见鸡的叫声，一些男子大声起哄，还有孩子的哭声。孩子哭是因为吓坏了。

节日过后，可怜有福身体一直不好，他的肠胃坏掉了，吃什么就拉什么，他的食量又很大，有几个月天天拉稀，搞得到处都很臭，游客都不愿来看了，集宝、集财才叫赤脚医生来给他看病。赤脚医生治不好，又到井下村去叫来兽医。兽医用医治家畜的药治好了有福的痢疾。之后，集宝、集财又开始训练他，他从钢丝上摔下来好几次，眼看有福再不能挣钱，集宝、集财恨有福，还恨伯母，动不动就打伯母，说伯母暗暗教有福对付、反抗他们。伯母怎么愿意看见有福从高空摔下来呢？伯母跪在伯伯灵位前，天天哭，眼睛也哭瞎了……说到这儿，伯母抓着我的手抖了起来。

伯母说，有福他，生下来就没有过上一天好日子，他是来到这个世界遭罪的！伯母说，我真想去死啊，连死时穿的衣服都准备好了……可是，伯母担心自己死了，有福就再也没有人管了，她不知道怎么办……

伯母又哭了起来，那是肝肠寸断的哭声。我和父亲从伯母家回来，整个人丢了魂似的。我感到伯母的哭声，始终回响在耳畔。我感到愧疚，心如刀割。走之前，我很想说，伯母，有福落得今天这个地步，除了集宝、集财和集军，我也有责任，当初集军要搞旅游，是我先提到野人，是我提醒了他。但是我没有勇气。回到家，我把头捂在被窝里，眼泪无声地流了下来。

我决定找哥哥谈谈。

年三十那天，我们等着哥哥回来。哥哥却打来电话，说他刚忙完公务，赶不回来了，就近到岳父岳母家过年。父母的脸上笑盈盈的，为哥哥的婚事日渐明朗感到开心，我却怎么也高兴不起来，想到伯伯的死，想到伯母，想到蛮娃，在戏楼上面，风呼呼地刮着。吃年夜饭的时候，我忍不住问，集宝、集财总会把伯母和有福接回家去过年吧？父亲说，有福咱不管，你伯母应该是要接去过的。但是据母亲说，伯母是自己不愿意跟集宝、集财一起过年，她早已不把他们当儿子，是伯母亲口说的。我就再也不知说什么好了。晚上，我没有看春节联欢晚会，早早睡了。我不喜欢那种虚假的喜庆气氛。可是那一夜终究没有睡成。

那时已近子夜，父亲准备好鞭炮爆竹，等着新年的钟声响起，第一个放，占个彩头。谁想这时马它山下传来一阵鬼哭狼嚎般的叫喊，父亲以为谁家的老人过世了，他忘了放炮，跑到距离村子更近的地方，他听到山下的狗狂吠起来，狗吠声中，有人发疯般地叫着：

蛮娃跑了！

蛮娃跑了！！

蛮娃跑了！！！

蛮娃从此逃到山上去了。

# 六、蛮娃逃了

当夜，我们一家赶到了戏楼。戏楼周围站满了未眠的人。我看见伯母呆子一样坐在楼梯上，她显得更加苍老了。伯母说，小叔啊，你就让有福去吧，让他去吧，生死由命，从此以后是死是活，全靠他自己。

父亲似乎是站在我哥陈集军的立场上，说，嫂子，不是我多管闲事，吴村现在离不开蛮娃呀，就算村里把他养起来，也比养一头大熊猫强。如果能把他找回来，以后绝不允许集宝、集财折磨他。逃到山上，也是凶多吉少，蛮娃会被猛兽吃掉的。

伯母说，如果他真无法在山上生活，他会自己回来的……

父亲却执意要把有福找回来。关于他为什么要这样做，大概跟我哥的前途有关。因为谁都知道，我哥现在的位置跟吴村的迅速致富有关。当然，这是我自个这样想，或许父亲还是为了我好。因为父亲跟我这样说过：集一，这几年，你就得在家里，哪儿也别去，蛮娃是你堂哥，怎么说都是自己家里人，你看能不能利用他做点生意，像集宝、集财那样好起来。咱村做小买卖的人虽多，却没有一家旅游公司，你哥一直想开，苦于他是公家人。现在，村里人都富起来了，你一点都不比他们差，我和你妈心里清楚……只要你和你哥合起伙来……

总之，父亲真有可能是为了我好。于是我们出发了。父亲带领我们，先是找遍了整个村子，然后又打着火把跑到村外去找。集宝、集财呢？大声呼唤着，有福——有福哎——回来——回来哎——在我的印象中，这竟然是集宝、集财第一次直呼张有福的名字，他们的呼唤在黑漆漆的山林和阴森森的坟地里回荡。那一夜，我想，一定有很多活人和死人同时听见了这悲戚、无望的叫喊。

当我们回到家，天已经大亮。戏楼周围再次站满了人。他们正谈论得热烈，就像一场电影刚刚结束或者即将开始。

人们说，蛮娃逃走了，以后就没有人来吴村旅游、看新奇了。

人们说，没有人来吴村旅游、看新奇，钱就不好挣了。

人们说，如果挣不到钱，今年就没指望，就要受苦了……

人们的嘴喋喋不休地发表议论，使得站在人群里等消息的集宝老婆、集财老婆感到了事情的严重性，集宝老婆忍不住了，蹲在地上哇哇大哭。哎呀，怎么会遭这样的灾！小叔跑了，新年刚到就遇到这样的事情，怎么这么倒霉呀！我家房子刚造好，还欠一屁股债，叫我怎么还呀！于是围上来更多的人，帮忙出主意。

这时，另一个女人，四肢粗短、腰背宽阔的集财老婆，已经爬到戏楼上，她的一根手指头就跟一支枪管似的对准伯母，讯问伯母是不是故意把有福放走了？伯母一夜未合眼，整个人就像一只瘟鸡瘫坐在戏楼的木板上，伯母哭着说，有福不是她放走的，是她打开笼子，想给有福喂饭，有福突然发起疯来，将她打倒在地上，然后有福跳窗，逃了，喊也喊不住。

集财老婆说，你这个老巫婆你想骗谁？你喂饭用得着打开笼子吗？

她举起手要打伯母，被我父亲一把抓住了。

你还有完没完？有福是你生的儿吗？

哼！我怎么会生出这样的妖怪！？

不是你生的，他就没有你的分，你给我滚出去！

这一天，村里有许多人自发组织起来，到山上去追赶蛮娃，或者说追捕蛮娃。据说这是自堂哥成年后，第二次集体追捕他。第一次好像是许多年前的事了。如今，当年的青壮年已经变成中老年，他们的儿子都大了，他们也加入到了追捕蛮娃的行列。他们有的拿着绳子，有的拿着丝网，有的拿着望远镜，情绪很高涨。可是，谁都没有找到蛮娃。他跑到哪里去了呢？

正月里每户人家都要招待客人，还要去别人家做客，因此有些人只找了一天就把上山穿的旧衣服换了。次日，就剩下集宝、集财、父亲、我，还有新上任的村主任在山上寻找蛮娃……

在这里，请容许我介绍一下，这个新上任的村主任正是三年前"吴村野人巡回展"时的节目主持人，即在外面走过江湖的陈国羊。因为担心吴村的前途，担心村民的收入，他不辞辛劳和我们一起上山寻找蛮娃。由于连续两天没有休息，他的眼睛充血，人也瘦了。不过，在我的印象中，他不是一个好人。这样的印象不是空穴来风的。陈国羊自幼赌博，好吃懒做，长大后致使一个同村的姑娘未婚先孕，遭到全村人的诟病，他从此离家多年。他怎么就当上村主任了呢？事情并不难理解，自从我背离哥哥南下广东，陈国羊就成了哥哥的左膀右臂，帮哥哥干了许多事情。因为干了许多事情，他当上村主任也就不足为怪了。最重要的是，陈国羊抢先承包了村里的一个山洞，挣了不少钱。因为挣了不少钱，他成了吴村人的榜样。

其实，那山洞我知道，是一个天然形成的溶洞，距离吴村不远，位于通往龙游县的岭坳岭上。据说陈国羊在这个山洞的经营上着实下了一番功夫。他贷了一笔款，修了机耕路，直通山洞，还拉了电线，把山洞内的钟乳石照得光彩夺目。他还用稻草和棕衣扎了许多野人模拟像，冷不丁的，山洞内会发出各种野兽和猿猴啼叫的声音……这无疑给本来就幽深无底的溶洞罩上了一层神秘的面纱，除了外地的游客纷至沓来，连附近的村民也欲睹"野人洞"的迷人色彩。与此同时，陈国羊还将童树贵请到了山上，让他怀抱道琴坐在洞口，用野人的故事招揽游客。

听你讲野人故事要给多少钱呢？

随便给点吧，连门票十块就行。

野人洞里真住过野人吗？

你不信，进去看看就知道了，里面很大很好看的。

你真和野人打过架！？

是啊，你们还是第一次来吴村吧，告诉你们，我从野人头上扯下来的那撮红毛国家现在还保管着呢……

听说，你跟一个女野人睡过觉？

那是胡说，胡说。不过，女野人的屁股的确很大，她那身材粗得，我一搂都搂不过来……

然而，不论是以道琴的形式，还是以荤故事的形式，童树贵与野人搏斗的故事，总让陈国羊觉得还缺少一点什么。有一天，他让在寒风中哆哆嗦嗦的童树贵把衣服都剥下来。老人气得跳了起来，你让我承认跟女野人睡过觉，我回到村里已经无脸见人，你难道还要我光身子去接客吗？

你倒是想得美，让你接客不就是让你玩女人吗？量你也没有这样的力气！

那你让我脱衣服干什么？

我想看看你的身上有没有伤疤……

结果幸运得很，有一块巴掌大的伤疤就长在童树贵的臀部上，如同镜片熠熠生光。从那以后，当野人的故事讲到高潮处，必要的时候，童树贵将不惜晚节，猛地将裤子脱到臀部以下，那块亮闪闪的伤疤就像京戏里的变脸一样瞬间展现在一脸惊愕的游客面前，镇他们一下——我的老天爷！屁股上的这块肉，一下子就被野人抓下来了！我当时痛得脚蹬头撞，满地打滚，实在受不了啦！我大喊饶命，在那里嚎，嚎，狼一样嚎！那个野人却三下五除二，当着我的面就把那块肉吃掉了。我咬着牙忍着痛，赶紧就跑。童树贵总是跟游客这样说。

鬼知道童树贵的那块伤疤是他小时候烫伤的，还是他偷情时被别人用烙铁烙的，总之很打动人，就是再不相信野人存在、再不想掏钱的游客，经他这么一脱，一喊，人一下子懵了，想不掏出钱来都难。

除了上述策略，陈国羊自己还作讲解。在野人洞内的一个玻璃橱柜里，简直难以置信，里面陈列着野人的毛发、石膏脚印、野人的粪便、头骨等等。尤其是那一堆野人的粪便，据知情人告诉我，是陈国羊自己排出来的。为了在野人粪便之中呈现出野人杂食性的特点，他没少吃苦头。所以，当游客跟随陈国羊的讲解仔细端详后将会发现：那堆野人粪便的确似人粪，螺旋形打转，上面还有个尖，其大小像牛粪。并且，跟随陈国羊的讲解，还发现野人粪便里面充满竹笋、野果和小动物毛，还发现大量昆虫蛹皮。这说明了什么？说明野人不仅食素，而且食肉，是杂食性的，人不能吃小动物毛、昆虫蛹皮，可野人呢，什么都吃⋯⋯

结果，只要是参观过野人洞的人，没有不记住那堆野人粪便的。以至于这些人回到家乡，被人问起参观野人洞的感受，他们只回忆起了童树贵的屁股和那堆超人的粪便。然而正因如此，野人洞的名气叫得更响了，几乎每天都有人慕名而来。陈国羊四层楼的新房子，还有一辆小面包，就是他承包野人洞后挣的。但是，陈国羊对野人洞的经营并不满足。他一直打算将张有福关进他承包的山洞内，那样子野人洞将更名副其实。所以在路上，陈国羊逮住机会就向陈集宝、陈集财游说，希望把失踪的蛮娃抓回来后，能把蛮娃卖给他，或者租给他。不料，陈国羊的如意算盘遭到了陈集宝、陈集财的强烈反对。

陈国羊悻悻道，你们两个房子造起来了，钱也存起来了，你们还想怎么样？告诉你们，蛮娃是你们娘的儿子，也是山上野人的儿子，他有一半属于公家⋯⋯

集宝、集财不想理他。陈国羊就接着说，我告诉你们，就凭你们长年累月虐待自己的兄弟，虐待一个智障患者，就可以送你们蹲班房。

你呢？你把一个十三岁的孩子肚子弄大了，该不该枪毙？流氓！

呸，那是什么时候的事了？照你们这么说，你还是去把山上的红毛野人抓下来枪毙吧！他们把你妈的肚子搞大了⋯⋯

他们争了起来，面红耳赤。那是上午十一点多钟，我们到达西坑口发生的事。我父亲实在听不下去，插了一句：好了，好了，你们几个！说这样的话要摸摸良心，赶紧分头去找蛮娃吧。以后不要在太阳底下说这样的话！

陈国羊几个这才刹住了嘴⋯⋯

就这样，在接下来的几天里，我们时而白天寻找蛮娃，时而晚上寻找蛮娃，爬的山也越来越高，一路上云雾起时，美景难以道尽。然而，蛮娃的脚印虽然不断出现，可总在追踪半路突然就消失无踪了。我们的寻找持续了半个正月。全村人都有一些担心了。担心找不到蛮娃，担心凶多吉少，担心蛮娃已被猛兽吃掉。总之，林海茫茫，什么事都有可能发生。如果蛮娃真的死了，吴村的招牌倒了，我们应该如何应对？后果由谁来负？蛮娃之后，吴村不可能再找出一个比他更能具说服力、更叫得响的事物了。

就在大伙感到一筹莫展时，有人却发现蛮娃自己从山上下来了，是根据一块萝卜地里的一双巨大脚印判断出来的。一点没错，蛮娃是被饥饿和严寒赶下山的。他作为人，无法在深山老林里生活，他下来偷吃东西了。听到这个消息，别提我们有多高兴了。我们进一步以为，饥寒交迫的蛮娃迟早会被山下的食物和亲情诱惑，回到戏楼，和伯母重新生活在一起的。我们都错了。我们低估了蛮娃对新生活的适应能力。

首先，在那些春寒料峭的日子，蛮娃只在深夜出现。也就是说，他开始学会像野兽那样昼伏夜出地生活。这样的生活至少带给他两个好处，一是他选择在深夜行动，偷吃田垄里的萝卜、胡萝卜之类，我们难以将其逮住。原因是吴村四面环山，天一黑下来，就像一口深不见底的井，而且我们还不能实施大规模追捕，因为怕他受惊后重新逃进深山老林。二是他选择在深夜神出鬼没，偷吃东西，晚上他就不用睡觉了，不用睡觉，他就不会冻得那么厉害。反正他有的是时间，偷吃完东西，可以等到太阳出来再找个地方美美补上一觉。

其次，面对黑暗中突然出现的追兵，他已经有足够的本领迅速逃脱。说到这一点，除了蛮娃自身具备的条件，还要感谢他的两个兄弟，是他们在他囚禁多年之后，用棍棒强迫他恢复了昔日如同猴子一般敏捷的攀爬能力。现在，他在高空走钢丝并且表演的本领，完完全全派上了用场。集宝、集财曾多次潜伏在有福经常出现的萝卜地里，试图把他抓住，可是当他们去抓他的时候，蛮娃轻易地上了树，并且从这棵树跳到另一棵树，行走如履平地……

怎么办？

这个事情虽不复杂，却逼得人有些寝食不安了。随着集宝、集财多次追他而不得，蛮娃在人们的心目中越来越接近于幽灵的来去无踪了。如果任其发展下去，谁也说不上有什么严重后果，总觉得会发生什么不测的事件似的。谁敢说，恢复野性的蛮娃不会从树冠突然跳到公路上，甚至跳到你家屋顶，就算他不伤害你，也会把你吓出毛病的。又有谁敢保证，这个幽灵般的夜行动物不会用石头砸你脑袋、不会从树枝上倒挂下来掐死你？强暴你……有了这些胡思乱想，人们感到这个事情有些棘手了。

今天，我们召开这个会议，就是要在不伤害蛮娃、不惊吓蛮娃的情况下，把他抓住，制服……

会议开了一天，最终决定在萝卜地里架上两口锅，煮肉给他吃。以此诱惑他下山。肉是鸡肉、鸭肉、猪肉、牛肉，还有狗肉，每样肉都带一点儿骨头。水沸腾以后，肉的香味飘到了山上，山上的动物蠢蠢欲动了。肉的香味飘进了村子里，村子里的狗开始循着风吹来的方向疯跑。看哪，当我们把最后一块木柴扔进火堆，锅里的肉冒出更浓烈的香气，猛一转身，四周闪烁着绿莹莹的眼睛……而后，狗看见了山上的动物，蹿进灌木丛里没命地吠叫着，那真是一个热闹的夜晚。等待天亮之后，煮肉的萝卜地里除了遍布野兽的脚印，在通往两口锅的陷阱里，还死了村里的三条狗，山上的一头野猪，一匹豺，还有两只獾，它们是掉进陷阱之后相互撕咬致死的。

新上任的村主任不得不承认，煮肉这个办法不行，为什么？我到现在才想起来，蛮娃怕火，并且不吃熟食了。大伙又想了一些别的办法。比如说，是不是可以在山上布置一些绳套或者铁夹子？可是不行，一旦绳套勒断蛮娃的脖子、铁夹子夹断蛮娃的腿，送了他的性命，麻烦就大了。

那么，可不可以派人设点埋伏？就跟电影里抓特务一样？

这个方法可是可以的，就怕没有人肯吃这个苦。

其实，最好的办法是使用麻醉枪，把他打昏再捆绑起来。有人说。

哪里有麻醉枪卖？

我们可以向乡政府申请配购嘛。

一个星期后，一纸申领麻醉枪的登记表由陈国羊送到了乡政府。可是，我们还没有等来批准配购的消息，却发现蛮娃在大白天出现了。真没想到蛮娃会这样出现！

# 七、我的任务

堂哥最终也没有回到真正的人间，他只是在离村子不远的浅山上栖息。此时，已是春天，万物生长，万象更新。山上的树长出了鹅黄的嫩芽，毛竹林里春笋破土而出，陡岩峭壁上火红的杜鹃花开放了，吴村的旅游业随着气候的渐暖呈现出勃勃生机。于是逃脱了笼子的堂哥又一次成了游客的观赏对象，而且他变得更像传说中的野人了，游客们看见他在吴村的山林中奔跑，在树冠上出现，兴奋得不得了。

你们看，他在那里！跳到树上去了！

你们看，他吃树叶！他跳到更高的树上去了！

蛮娃在消失片刻之后，又在另一棵树的枝头上出现，游客们仰着脖子，欢呼雀跃，仿佛看见了世界上最惊世骇俗的奇观。有些游客一住就是数天，整天追踪蛮娃的行踪。这一回，村里人不知道是高兴好，还是忧愁好。高兴，是因为蛮娃在树林里不断出现，吸引了大批游客。忧愁，是因为大家担心蛮娃会袭击村民，伤害游客。不过很快，人们就放心了，因为蛮娃总是见人就躲，离群索居。

堂哥对人的戒备，是有道理的。因为还有一些人没有放弃追捕他。集宝、集财就不用说了，他们没有一天不想把他捉拿回来，逼他继续挣钱的。他们在树林里蹲点，嚼饼干、方便面，为了把蛮娃抓住，吃尽苦头。还有一类就是蛮娃的存在，让他家的庄稼遭受损失的，其损失包括被蛮娃偷吃了的，还有被游客踩坏了的，这些人为了减少损失，拿棍子一面追赶蛮娃，一面还要驱赶游客。最后一类就是村里的半大小孩了，鬼才知道出于什么目的，这些半大小孩喜好用弹弓打蛮娃，他们很乐意看到小石子打在蛮娃的身上，听到蛮娃发出"呀！呀"的怪叫。这三类人一有机会，就会出现在蛮娃栖身的地方。

有一天，蛮娃正忘情地剥竹笋吃，竹林的主人付德辉出现了，他拿石头向蛮娃扔去，蛮娃却没有逃跑，而是慢腾腾地捡起一块石头扔向付德辉。石头不偏不倚，正中付德辉的眉心，付德辉眼前一黑，晕了过去。半天之后，付德辉的家人在山上找到了付德辉，他的两只眼睛被鲜血糊住，睁也睁不开，他以为自己从此瞎掉了，在山坡上横冲直撞。他的家人将他抱住，然后用担架将他抬到了集宝、集财刚刚造好的洋楼前。最初，我的两个堂哥不肯赔钱，两个堂嫂更是摩拳擦掌，要把付德辉抬到伯母住的戏楼去，理由是蛮娃伤人与他们没有干系。后来，付德辉一家扬言要把蛮娃杀了，把他的肉卖了治伤，集宝兄弟俩才害怕起来，同意赔偿医药费。可是为这个"傻子弟弟"赔钱，还是感到很吃亏。

第二天，他们在板壁岩发现了蛮娃，他又在偷吃别人家的竹笋，吃得津津有味，声音响亮如小鸟在叫。兄弟俩气得失去理智，一阵奋力追赶，一口气跑了三五个小时，翻过了好几座山，直到蛮娃被他们追得穷途末路爬到了树上。也不知哪来的勇气，集宝、集财一个站在另一个的肩膀上，也要往树上跑，甚至，集宝已经抓住了蛮娃的一只脚，他使出了吃奶的力气，试图把蛮娃拽下来，不料树枝一阵摇晃，集宝听到头顶响起嗡嗡嗡的声音，从上面飞来一群野蜂，把他蜇得从树上坠落下来。兄弟俩被野蜂蜇得哭爹喊娘，满地打滚，尤其集宝的头肿得像猪头，还摔坏了腰，集财不得不将他背下山。从那以后，倒霉的集宝不得不躺在床上好几个月，忍受着蜂毒和骨折的痛苦。

后来，村里人终于发现蛮娃特别喜欢待在老鹰尖一带活动。老鹰尖是一座很陡峭的、离村子又极近的山，与公路只隔一条小溪和几块水田，山上除了岩石，苦竹成林，还有任意生长的杂木。杂木遮天蔽日，有的比木桶还粗。据村里老人讲，老鹰尖历来是吴村的祖山。祖山上的柴火是留着不砍的，并且我们不能随意践踏祖山，所以这里的杂木才会越长越多，越长越密，简直可以说是一片微型的原始森林。蛮娃算是找对了地方。我怀疑他最终选择在这里落脚，并不完全是村民四处驱赶他的结果，而是他自己的主动选择。

那一段时间，我待在家里无所事事，就整天观察堂哥的生活。尽管父亲见我早出晚归，既不想着挣钱，也不想着帮家里干活，对我早已没有耐心，可我仍旧往老鹰尖跑。

经过一段时间的日晒雨淋，此时的堂哥蓬头垢面，皮肤黝黑，身上的体毛似乎比以前浓密了，显得很健壮。每天，太阳照到老鹰尖，我就可以看见蛮娃蹲在陡岩峭壁或者高高的树梢上，他从那里俯视村子，俯视地面上的我们。他似乎有意保持了这样的距离，这样的高度。他的神情阴郁，孤独。我无从知道他在上面想些什么，他为什么不逃得更远，或者离我们更近……有游客见他采食植物的嫩芽，吃杜鹃花，怕他光吃素食对健康不利，特意从包里拿出可口的食品，放在山脚下那块巨大的岩石上，或者，天空下起了雨，怕他淋湿了生病，把雨伞挂在他容易取到的树枝上，然后呜噢呜噢地呼唤他下来取，他尽管听见了，却显得无动于衷。

　　游客们真是多虑了。蛮娃虽然吃树叶，吃杜鹃花，但是我敢肯定，他一定也进行狩猎。对于蛮娃来说，陡崖峭壁，沟壑山涧，不再构成他前行的障碍。但我只看到过他躲在大树上掏鸟窝里的鸟蛋吃。他吃得很不雅，鸟蛋黄糊满了他的嘴唇与下巴，直到他看到我在观察他，才跳上另一棵树，迅速逃走了。至于他为什么不怕淋雨，我倒是更愿意相信他在杂木丛林里造了一个窝，他在窝里面度过一个一个漫漫的雨夜。否则，他一定会感冒、生病的。不过，我从未发现过他的窝，或者他根本就没有窝，他不懂得造窝。于是很多时候，我很想为我的堂哥建造一个窝，哪怕像一只鸡舍那样大的茅棚也行。

　　我的行动，遭到了父亲的反对。父亲对我的不务正业已经忍无可忍了，他不止一次批评我，并且当着我的面给哥哥打电话。集军，你快回来帮帮你这个不争气的弟弟吧，他整天东游西逛，胡思乱想，村里人已经闲言碎语，说他迷恋蛮娃，性情怪异……

　　不瞒你说，我观察蛮娃，并不是出于迷恋，而是从蛮娃的身上，我似乎找到了年轻时立志做个生物学家，将来从事野人研究的乐趣。在从猿到人的进化链中，猩猩、猴子等作为人类的远祖都还活着，人类的近祖——一种能直立行走的大型灵长类动物：野人——为什么反而被科学家认为灭绝了呢？我相信通过对蛮娃的长期观察，一定能找出更多与野人直接相关的信息。当然，如果能在研究蛮娃的基础上，独自住进深山老林，拿出"不揭示野人之谜决不下山，不抓到野人决不刮胡子"的决心，"野人之谜"大白天下之日就不会很远。

　　这个时候，我得了狂想症一般，做梦都做到自己在深山老林里寻找野人。然而，现实却如此令人沮丧，我的哥哥回来了。哥哥果真是开着小轿车回来的。哥哥的小轿车停在桥头的空地上，锃亮，从马它山往下看，看到它闪烁的亮光。父亲是从家里连滚带爬，咧着嘴，笑着去迎接他的。我看见父亲出现在桥头时，小轿车的周围聚满了村里人。父亲和大哥过了很久才从村里回来了。哥哥西装革履，看到我，脸色青青的。他开门见山地问我，到广东挣回了多少钱，我支支吾吾说不出来。哥哥就这样教训我：三年前，你要是能听我的话在村里第一个开旅馆、饭店，你今天就不会是这个样子了！

我的脸被他说得红红的。

哥哥又说，我已帮你注册了一个公司，亏了，就算亏我的，赚了，你分我一半。你懂我的意思了吗？

我知道，他这是在帮我，但是，我也不想接受他的恩惠。我说，我不想挣蛮娃的钱。

哥哥说，你别以为你很聪明，很与众不同。

我说，我没有觉得自己与众不同。

哥哥就发火了。那你为什么还要研究蛮娃？他有什么好研究的？他只是我们搞旅游的一个噱头罢了……

我说，如果我能证明蛮娃的确是野人的后代，岂不是更好？

哥哥冷笑了一下。哼，我私下跟你这么说吧！野人，究竟是人类的近亲，还是高级灵长类动物？是某种未知动物，或者根本就是熊或其他动物给人们的错觉？只有老天爷知道！我告诉你，你不在吴村的这几年，我又组织了科学家来吴村考察，结果怎样呢？科学上还没有定论，绝大多数科学家认为没有野人，更谈不上什么"杂交野人"。

我说，正是这些饭桶科学家还没有证明、还没有找到，才给了我一个功垂千史、四海扬名的机会。哥哥被我气得脸色铁青，他离开了家，而后又回来了，递给我一份打印的材料，大概是从小轿车上取来的。

×大学野人考察小组公布：吴村没有"野人"

吴村"野人"之谜，流传已经数百年。吴村到底有没有"野人"？带着这个大的问号，笔者走访了×大学赴现场考察的两位科学家——现任中国×大学野人考察科学委员会主任 M 教授和×大学动物所研究员 F 博士，得到的是斩钉截铁的回答：没有。

7 月 24 日到 8 月 16 日，×大学野人调查小组在浙江金遂龙三县交界地区展开了考察活动，收集了部分"野人"毛发、粪便、脚印等证据。在有关研究单位的协助下，鉴定结果如下：1."白毛野人"头毛（1 根）：经外形观察和切片显微镜观察结果基本上可以肯定是鬣羚颈背部位的长毛，排除猿猴类毛的可能性。2."野人洞"下拣到的"灰毛"（1 根）：经形态鉴定为单子叶植物的表皮，可能是竹子的表皮干枯变形而成。3."红毛野人"短毛、长毛（各 1 根）：经鉴定肯定是动物毛，从显微结构观察，接近家山羊的白毛，肯定不是猿猴类的毛；又因未见到红的色素颗粒，故推断其鲜红色非原来所有，可能是人工染色所致。4."野人粪便"（1 堆）：……

同时，野人调查小组还访问了多起发现"野人"事件的当事人，发现所反映的情节前后有出入，不少情节的真实性可疑。M 教授特别指出，当地村民反映在吴村有一妇女与野人杂交所生的后代"蛮娃"，纯属无稽之谈。F 博士也认为，首先，"野人"强奸人类并产下后代，不具备这种外部环境条件，"野人"不存在，谈何"野人"强奸村民？其次，人与"野人"种属不同，有生殖隔离，亲缘关系相差太远，代表种系特征的细胞染色体核型数目也不一样，所以就算"野人"存在也不能杂交产生后代。

综上所述，考察队采集到的"野人"毛发、粪便和脚印，通过科学鉴定确认其不是野人所遗留的。而倍受关注的野人后代"蛮娃"，经过有关专家鉴定，不过是一个患有先天性脑垂体疾病的愚型人，其四肢过长是由于脑垂体巨大症引起的促生长激素分泌过多，而使骨骼发育产生巨大的变化，病人的四肢和躯干都可能比正常人增长一倍，头骨变形、过小也是由于头骨早期愈合和脑发育不全所致，再加上甲状腺机能异常而引起的痴呆症，所以不会说话，这样的病例在我国各地并不罕见，将其与"野人"联系在一起毫无科学根据。看到如此解释，我的心凉了。

哥哥走后，我无精打采。事情真的如那些混蛋科学家说的那样吗？要我接受这样的事实，比叫我吞下一只青蛙还难。我觉得，我应该亲自到深山去寻找野人。我一定要在山中抓到一个真正的野人。我要用事实打那些滚蛋科学家一个嘴巴！

我收拾行李，假装又要出门远游，暗地里却准备着上山寻找野人。我不知道这一走是半年、一年，还是更长的时间。我将徒步穿越金遂龙交界地区人迹罕至的原始森林。这是一条危险的线路，山高路远，不时有虫蛇横行，野兽出没，更有可能遭遇野人的袭击——如果真遭遇这样的袭击当然也是求之不得的，但求不出人命就行——更重要的是，在野人可能出现的地区，我还要进行静态考察。这种考察要求日夜隐蔽在树丛里，一连数天，不能生火，不能有声响，不能随意走动，生活的艰苦可想而知。为了尽可能地避免麻烦，我必须反复设计、修改方案，以求危险最小。

主要装备如下：三套衣服，三床被单，两件棉衣，一顶蚊帐，一个电饭锅内胆加盖，两套碗筷，油盐味精白糖，四包方便面，两个脸盆，三把小钢锯条，一把砍刀，两把小刀，两把螺丝刀，一个小铲子，两把钳子，一团数据线（抽出铜丝当铁丝用），两个打火机，一串铃铛（挂警戒线上报警用），两个手电筒，十瓶花露水……

临出发前，我还准备了两截竹筒。这是听老一辈人说的，说很久以前龙游县有一个野人在山上遇到人，先是抓住人的两条胳膊大笑，直到笑得晕过去为止，醒来后再把人咬死。为了防备野人，山那边的山民上山时都带上两截竹筒套在胳膊上，一旦遇到野人被它抓住，趁它笑晕过去的时候脱掉竹筒才能逃生。我想，我如果能遇到龙游县那个大笑不止的野人就好了，等不到它笑晕过去，我就用绳子把它捆了。可是万万没有想到，就是这一副竹筒，被细心的母亲看穿了我的计划。在这之前，母亲虽然反对我再次出门打工，她只是唠叨。现在，她看见我偷偷地往布袋子里塞竹筒，一下子抓住了我。

集一，你告诉妈妈实话！你是不是要进深山！？母亲死死抓住我两条胳膊的感觉，让我联想到龙游县的那个野人抓住我两条胳膊的情形。我真想跪下，求她放我上山。然而父亲突然冒了出来，一个巴掌打过来了，我被他打倒在地，爬了半天爬不起来。

父亲说，你敢去，我砍断你的脚筋！

母亲呢，眼泪都要哭干了。

一个星期后，在父母的"要挟"之下，我租下了村口一栋明代老宅，那是曾经的吴村最豪华、最气派的建筑，我找人稍事粉饰，就成了很有特点的一道景观，我将哥哥为我办的营业执照挂在正堂的墙上。我天天对着它发呆。我将如何学着村里人挣游客的钱？

哥哥对我说：你不必考虑客源，我会帮你联系的，你那边只要提供交通、接待及午餐，你懂我的意思了吗？

我说懂了。

哥哥就派了两个年轻人来帮我，他们一个是司机，一个是厨师。公司这才运转起来。不瞒你说，因为我的游客都是哥哥那边组团来的，挣钱很快。此后，我分配给自己的任务，就是带游客们到老鹰尖看蛮娃，到岭坳岭看陈国羊的野人洞，到乌牛山看炭窑……

## 八、蛮娃发威了

不知不觉，生活在老鹰尖的蛮娃，变得像鹰一样身姿矫捷，眼神流露出一丝凶残，仿佛随时会像老鹰那样向大地俯冲，爪子抓破你的头皮。有人告诉我，养鹰的人必须要具备比鹰更狠的眼神，如果人的眼神比不过它，败下阵去，那么，那个人便也养不了这只鹰。我不清楚我是何时起不敢直视蛮娃的眼睛的，就算在望远镜中，我也不敢与它目光对峙。他已经完全不是那个一天到晚很警惕地注视着山下动静的蛮娃。他在高处，在一块高耸入云的岩石上，俯瞰大地。他的神情冷漠、孤傲而坚定，宛若一个统治猴群的猴王。当我带着游客来到老鹰尖，偶尔还会听到蛮娃独自"嘿嘿"笑个不停，我无法形容听到这个笑声的心情。

我感觉到，蛮娃身上的野性愈来愈明显了，他总有一天会给吴村出一道难题。可是，吴村人沉浸在挣钱的繁忙与快乐中，谁也没有注意到这个问题。

此时，老鹰尖山脚下那块平坦的河滩，俨然成了吴村的集贸市场。每一天，这里聚集着南来北往的游客，村里人为了方便做生意，在河滩上搭了许多简易凉棚，凉棚下除了卖墨镜、望远镜、冰棒茶水，也卖起了吴村小吃、茶叶笋干、野人泥塑，什么都能赚上几块钱。而村桥头那边的生意明显冷淡了，在桥头开饭店的鹰钩鼻不得不把煤球炉搬到这里，想在这里拉到一些生意。鹰钩鼻在河滩上炒菜的声音，游客们在河滩上啤酒瓶碰啤酒瓶的声音，很是动听。到了最后，原本坐在野人洞口给陈国羊拉客的童树贵也耐不住寂寞，私自下山来讲故事了。当时的童树贵尽管满脸皱纹，但精神依然矍铄，那一年的五一黄金周，据说他靠讲野人故事挣了四百元。

终于，村里有些本事的人都聚集到这里来了。正所谓物尽其用，各施其才，那个解散了的"野人巡回展"剧团主要的成员，如大力士阿成，在河滩上表演砸砖头、举石锁；那个爱唱歌的德林老婆，一天换四五条裙子，她在河滩上放声高歌，歌声如百灵鸟一般动听，她是为她的野人客栈来拉客的。有人说，住她的客栈有特殊服务，我半信半疑。让人啼笑皆非的是，村里那个样板戏班子也来了，他们在河滩上搭了一个很大的帐篷，在里面热热闹闹地唱了起来，吸引了十里八村的老年农民风雨无阻地赶来看戏。再下去，连那些不做生意的村民，也一趟一趟地往河滩赶。他们觉得这里热闹、好玩，他们就像到镇上赶庙会似的大声说笑，挤来挤去，累了，就每人搬来一块大石头，坐在上面走起了象棋、打起了牌。老鹰尖下的河滩，从来没有这样热闹过。

可是有一天，就在人们忙着做生意的时候，一件意想不到的事发生了。吧嗒，一只鸟从天上掉下来，刚好砸在大力士阿成的头上。阿成当时正将二百斤的石锁举到齐肩高的地方，鸟掉在头上他趔趄了一下，石锁差一点将一个游客的脚砸成肉泥。他以为这是谁嫉妒他、故意愚弄他，他破口大骂，扬言找到那个愚弄他的人，把他的头拧下来，把他的身子拧成麻花。同在河滩上做生意的村民都很害怕。又一天早上，人们来到河滩，看到简易凉棚被拆得七零八碎，在一块岩石上整整齐齐地码着十多个小动物的头，它们的头从脖子上拧断后，一个个瞪着死不瞑目的眼睛……这样的场面叫人看了心里发抖……

阿成以为这又是有人针对他来的，再次破口大骂：明人不做暗事，你们不服我，就单挑！阿成握紧拳头，牛一样的眼睛从每一个人的脸上扫过去。有人说，阿成，我们不会的，我们不会这样做的。我们不会把自己的凉棚也拆了的。

于是就有人想到了蛮娃。一定是他，一定是蛮娃干的！

人们正要组织起来对付蛮娃，蛮娃突然出现在小溪边的公路上。河滩上顿时方寸大乱。有人尖叫着，本能地往人多的地方跑，有人软绵绵地瘫在地上，有人则捡起拳头大的石子，举到比耳朵更高的地方，跺着脚，发出驱赶牲口的"呵喝"声……蛮娃对各种威吓充耳不闻，他弯着身子，两只长长的手臂像摔跤运动员那样端在身体前方，眼睛一眨也不眨地盯着大家。而后，他咧开嘴，一阵"嘿嘿"的怪笑声不但响彻整个河滩，连村桥头那边也听见了。他的笑声让人感到浑身刺痒，分不清自己是冷还是热。

回去，给我回去！……

大力士阿成恼怒了，他的手中拿着一根棍子。他试图用棍子把蛮娃赶回小溪对面的祖山上去。这时候，蛮娃如同受到情敌挑衅一般，突然朝他疾步奔来。惊慌失措的阿成丢下棍子，撒腿就跑。蛮娃跟在他后面紧追不舍，阿成摔倒在地，蛮娃抓住他的衣服，将他提在半空摇来晃去，分不清是阿成的衣服还是他的身体破裂了，阿成"救命""救命"地呼喊着，见此情形，整个河滩上的人就跟被风卷起的一团尘土四处逃散。呼天抢地的哭号声如同洪水汹涌而下……

那时，我刚好带着游客从桥头往老鹰尖的河滩走去，半路上，逃命的人们拉住了我，告诉我蛮娃下山了！我吓得赶紧命令游客原路返回，可是游客们执意要看一眼蛮娃，说什么也不肯走。就在我对他们进行劝解的当口，公路一侧石崖上的一株树枝剧烈地晃动，我抬头一看，蛮娃在树枝上蹿下跳，处于极度的狂躁之中。我大喊一声，快跑啊，蛮娃来啦！可是哪里来得及？蛮娃凄厉地叫着，跳到了公路上，他赤身裸体，所有的游客吓得面如死灰，有的可能尿都流出来了，我没有确认。总之，一个游客的衣服扯破了，一个游客的头发被扯掉了一把，一个女游客的一对奶子掉出来了，她又哭又喊：流氓！流氓！抓流氓！……

这时候，我看到堂哥两眼冒光，龇牙咧嘴，他的生殖器在女人的尖叫声中蛇一样勃起……从那以后，这一片欣欣向荣的河滩，陷入了惶恐不安中。

游客减少了，敢去河滩做生意的同样提心吊胆，一天下来由于精神紧张浑身乏力，回到家躺在床上，做梦也会梦到蛮娃从树上跳下来追他。他的惨叫不但把自己吵醒了，也把家人吵醒了。在确认自己的脑袋完好无损后，无法入眠的一家人竖起耳朵，听着屋外风呼呼地刮，狗没完没了地叫，叫得人心慌意乱。好不容易熬到天亮，却听说谁家的屋顶瓦片碎了，谁家的狗掐死了，还有谁家忘了收衣服，乳罩和内裤没有了。所有这一切，似乎都在告诫人们深夜里蛮娃来过。人们没完没了地议论发生的事，猜测蛮娃下山纯粹是为了报复，还是另有所图？没有答案，没有办法，只有加深了的恐怖。

在桥头开饭店的鹰钩鼻不得不把煤球炉重新搬回桥头，卖吴村小吃、冰棒茶水的也回来了，德林老婆也不敢去河滩唱歌了，那些唱样板戏的老年人更是唉声叹气。要说倒霉，除了受重伤的大力士阿成，这些老头也够倒霉的。他们在河滩上搭起那个巨大的帐篷花了不少钱，成本还没有收回来。当然，最倒霉的还要数童树贵，他虽然在五一黄金周挣了四百元钱，可是在蛮娃下山撒野的那次，他逃得慢，眼看蛮娃就要追上自己，童树贵见前方一棵大树，便跳跃着试图爬上去，谁料大树光滑无比，童树贵爬了几次都溜了下来。此时，蛮娃已经追到他身后，伸出爪子向他抓来，这一回不幸得很，一块比巴掌更大的臀部精肉被蛮娃一下子抓下来，就像从金华火腿上切下来的火腿心，童树贵没有来得及弄清这块肉的去向，便晕了过去……

现在，村里只有集宝老婆、集财夫妇，出租高倍望远镜的小伙子阿飞，卖野人泥塑的付德辉儿子，还有那班不甘亏本的老演员，照样去河滩做生意。

集宝老婆、集财夫妇去河滩做生意，完全出于无奈。因为自有福从戏楼逃走，这一年他们的收入锐减，房子没钱装修，孩子上学需要学费，一下子断了经济来源，生活顿时跌入另一种境地。尤其是我的大嫂集宝老婆，自集宝追捕蛮娃被野蜂蜇伤，集宝的脑袋一直肿大如南瓜，如果不是凭借她的坚强和忠心，早改嫁了。以前，我们都以为她对集宝很凶，动不动就打他，是不爱他的表现，直到集宝遭难，我们才发现她是非常爱他的。她一面要到河滩摆摊挣钱，一面还要定期背集宝到医院治病，无奈野蜂的蜂毒已经从头皮渗进脑髓，集宝的骨折虽然治好了，脑子却从此神志不清。为此，集宝老婆常常一个人躲在什么地方哭，哭得人也老了许多。

其实，集宝老婆、集财夫妇去找过陈国羊、陈松树多次，还给陈集军打过电话。主要是想解决两件事：一是关于有福的佣金，有福原本是集宝、集财的弟弟，只供集宝、集财二人挣钱，现在有福逃到山上，成了全村人的挣钱工具，你说该不该向村委会收取佣金？二是关于集宝的病，集宝的病是为全村人追捕有福落下的，如果村委会不能照顾集宝终身，至少要赔偿医药费。然而令人齿寒的是，陈国羊坚决拒绝他们的要求。

陈国羊瞪着陈集财说，当初我问你们租蛮娃，你们不租，现在你又跑到我这儿来收什么佣金，你烦不烦！？

陈集财低声下气的，国羊，如果租给你，你愿意出多少钱？

陈国羊说，租给我，怎么租？

陈集财说，你可以把蛮娃从老鹰尖捉到你的山洞里去。

陈国羊说，你说得轻巧，如果能把他捉住，你还会跑到这里来求我吗？

陈集财被陈国羊堵住了舌头。那，你们都不肯出钱是不是？我把有福赶到深山去！

你敢？

怎么不敢？

你敢就把你抓起来！

那段时间，陈集财就跟陈集军当年刚下来挂职那样想遍了各种发财的办法，最终还是认为做"野人"文章最好。他觉得自己现在还剩下三条路可走，第一条是雇人把蛮娃重新抓到戏楼去，就算不做杂技，至少要让他待在笼子里卖票挣钱；第二条是把他母亲供养起来，让她当众讲述被野人强奸她的事，生意一定比童树贵要好；第三条是在前两条路走不通的情况下，直接在河滩上收钱，除了收游客的钱，还要收村里人的钱。这第三条，是他亲口对我说的。他说，集一，咱都是陈独拳的曾孙子，我们应该联合起来做点事，不能让村里人白白挣有福的钱。我当时听了，被这个堂哥的智慧所折服，他简直比集宝聪明多了。只是，我不想去抓蛮娃，也不想得罪任何一个人，就随手掏出一千块钱给了他。我说，集财，这一千块钱就算是我交给你的什么金。集财毫不含糊地收下了。第二天，尝到甜头的陈集财异想天开，真跑到河滩上去收钱，他被阿成、阿飞等人揍得鼻青脸肿。

这些狼心狗肺的东西，总有一天，要倒霉的，你们等着瞧，有福是我的弟弟，现在竟然成了你们大家的了，天理难容……集财对阿成、阿飞等人恨得咬牙切齿，喋喋不休地诅咒他们挣了钱买棺材用。他的诅咒应验了。若干天后，即蛮娃下山撒野的那次，阿成被蛮娃提在半空摇来晃去，集财就站在不远的地方，他看见阿成吓得屁滚尿流的样子，着实为蛮娃帮他出了一口恶气感到高兴。他当时还没有想到，蛮娃的这次撒野将会影响到自己的收入。这种影响现在才愈加显露出来。现在游客少了，集财的照相生意很差，他老婆炸油条、炸油煎馍的生意也不好做了，他感到忧心忡忡。

这一天，集财一早起来，他有点奇怪，突然有些不想去河滩了。他对老婆说，我想到镇上去走走。他老婆说，你死到镇上去干什么？集财说，河滩上没有钱挣，还不如到镇上去开照相馆。哼，就凭你那照相技术，不被人砸掉店铺才怪！集财却没有听老婆的，他们吵了一架，他坐了车，走了。集财老婆被集财气得头疼欲裂，她用风油精擦太阳穴。她拉着三轮车往河滩走的时候，刚好我也走在路上，我闻到了风油精呛人的气味。

我已经好些天无所事事了，今天哥哥终于发来了一帮外地游客，我决定带他们到河滩上转转。我问二嫂，集财今天怎么没有来？我的二嫂就跟吵架似的骂了集财一通，然后，我们就来到了日渐荒凉的河滩。要是小叔能安安心心地待在山上，不捣乱，该有多好……二嫂从三轮车上往下搬油锅时，叹了一口气。

谁说不是呢！有福时不时地从山上下来撒野，更多的时候，也不在那块高耸入云的岩石上待着了。而我们已经习惯了他高高地坐在上面，就像一个监督我们服役的统治者。没有了蛮娃的老鹰尖，仿佛再也不显得神秘了。游客说，我们是来看野人的，你们公司宣传册上说的那个野人在哪里？我不得不向他们解释，野人很有可能也像某些人一样养成了昼伏夜出的坏毛病，但他绝对会出来觅食的。他们是一群很难讲话的外地人，年纪在五十岁上下，他们意识到自己有可能上当了，叽叽喳喳地声讨我，没有野人，怎么叫野人村？没有野人，怎么叫野人村？我说，给我安静一会儿好不好？难道你们要叫野人坐到你们大腿上亲昵吗？野人本来就是来去无踪的！

那些外地人仍旧叽叽喳喳地声讨我，我只好把阿飞的高倍望远镜租下来给他们看，他们挤在一起看来看去，然后，就叫起来了，我看见了！我看见了！野人在树上！然后是一群人挤来挤去，反复叫嚷着，我也看见了！我也看见了！他们脸色红扑扑的。在这里，请允许我讽刺他们一句，他们那副伸长脖子抢望远镜看的样子，就跟某些色男偷看女人洗澡似的。终于，他们轮流着看了大半天，看厌了。按理说，也该走了。可是，有一个老男人硬说刚才看见的野人是假的，稻草捆扎的。此言一出，众声喧哗。我简直要被这些上海人逼疯了。

我说，你们不要大声嚷嚷好不好！？一旦把野人吵醒了，没有好果子吃！我告诉你们，野人曾把一个人的屁股掐下来半个……下一个景点参观，那里陈列着野人毛发，野人头骨，还有一堆比脸盆还大的野人屎……他们却自作主张，试图爬到小溪对面的祖山上去。我想阻止他们，他们就反问我是不是怕揭穿骗局？那一刻，我真恨不得把这些人活活掐死！我说，野人有他的领地，你们蹚过河就是到了他的领地，出了事我不负责！

正说着，他们中的一个已经蹚过了河，是一个老而装嫩的女人，一副比乳罩更大的茶色眼镜挡住了生满褶皱的脸，她兴奋地向同伴们炫耀她的勇敢，身子像一株被雪压弯的松树那样颤动不已。他的同伴鼓起掌来。结果可想而知，这些不知天高地厚的家伙很快就得到了应有的惩罚——蛮娃再次下山了！几乎在眨眼之间，他在树冠上跳跃，嚎叫，叫声回荡山谷，异常凄厉。那帮老男人吓得撒腿就跑，那个蹚过河的女英雄呢，跌倒进小河里，就跟一只不会游泳的老母鸡，直呼救命。

更叫人感到恐怖的是，蛮娃追上来了。他的生殖器勃起。我心里清楚，他是冲着那个跌进河里的老女人来的……空气闷得真叫人受不了，我害怕极了，怕出人命，我跳进小河去护那个老女人……这时蛮娃看见我，突然发力并且越过我的头顶，向岸上的那些人奔去……立刻，我听到岸上响起来了哭爹喊娘的声音……

于是，出事了。蛮娃的奔袭不仅吓坏了外地游客，同时，也吓着了认认真真干活的集财老婆，由于惊慌，集财老婆在拿木棍准备自卫的时候，碰翻了刚刚烧热的油锅，油锅里的油溅到了她的身上，我的二嫂满地打滚。

嗞嗞，嗞嗞，我闻到了皮肉的焦味。

# 九、灾难突然降临

集财是在黄昏时刻，从镇上回到家的，他在镇上转了一天，看见镇

93

上开有五家照相馆，规模都很大，他一家一家走过去，心里直发虚，觉得自己没有资格做这个生意。回来的路上，他垂头丧气——他是多么怀念以前逼蛮娃做杂技的日子，那些日子每天都有钱挣，他在梦中都在数钱——现在，他觉得自己突然变得无能了。他恨村里人，更恨蛮娃。他发誓，回去后就是丢了性命，也要把蛮娃抓回来——如果抓不回来，那就把他毙掉。让大家都挣不到钱！

集财一点也不知道，此刻他的妻子已经烫伤，由我的司机送到了井下村刚刚建成的卫生站。她的衣服被一个医生剥下来，浑身涂满了绿药膏。她躺在一张竹席上，痛苦的呻吟就像做房事一样绵绵不绝。她骂蛮娃，骂集财，骂我，骂外地游客。她的骂声就像过年放鞭炮一样噼里啪啦。

天快黑下来的时候，集财在桥头下了车，这个灰心失意的人，下了车才听说心爱的妻子被油烫伤了。他不相信，有人就指指自己的袖子，说，我袖子上还有你老婆炸油条的油，那是抱她到车上时沾的。一股热血冲上脑门，集财没有来得及打听妻子被油烫伤的原因，或者别人说了他没有听清，就跑了起来，一直到卫生院，才看见心爱的妻子就跟一根红透的胡萝卜那样躺在吊瓶之下，裸露的大腿根也起了水泡，他才知道妻子被油烫伤，跟蛮娃下山撒野有关。顿时，仿佛有一块红布把他的眼睛蒙住了，他感到怒火中烧，简直比油锅里的油倒在他身上还要难受。畜生，畜生！他走到门口，颓然地坐在地上，不由自主地流下泪来……

总之，那是一个让人窒息的、不安的夜晚。集财掩面而哭的时候，在吴村，我们同样为白天发生的事情感到焦虑不安。村委会灯火通明。我哥也赶回来了。游客和村民一次次遭到蛮娃的袭击，不能不引起他的重视。他说，如果这样发展下去，吴村定会出更大的乱子，在发生更大的乱子之前，我们务必摸清蛮娃下山撒野的原因……

村里人里一圈外一圈，纷纷献计献策：

1.在山上养一群猴子，给蛮娃做伴，嬉戏——假如蛮娃下山是因为过于孤单寂寞——再说，现在哪个风景区不养猴子呢？蛮娃的寿命是有限的，以后蛮娃死了，还有猴子可供参观。

2.大伙给他喝酒，给他鸦片烟抽，使他上瘾，丧失斗志——假如蛮娃下山撒野是因为精力过于充沛——村里的老烟鬼说，他家就种有罂粟，偷偷种的，可以免费提供罂粟籽。

3.把村里一个疯女人赶上山去，反正这个疯女人无爹无娘，想老公想得到处乱跑，跟蛮娃倒是般配——假如蛮娃看见女人生殖器勃起，是因为情欲得不到满足——这个计划遭到了很多人的反对，人们说，他们两个在山上搞出娃儿，谁负责抚养？再说，消灭蛮娃的情欲很容易，把蛮娃逮住并阉割就行。人们就如何阉割蛮娃，以及要不要繁殖野人后代，展开了深入的讨论。

4.定期把蛮娃的老母亲，即我的伯母抬到河滩上去——假如蛮娃的狂躁是因为思念母亲——这个问题大家都觉得容易解决，唯独我父亲说，恐怕嫂子不会同意。

5.把整片河滩围上铁栅栏，上面封顶——假如蛮娃的力气不足够大的话，这下没办法了吧——可是，这样做成本太高，都觉得不可取……

正所谓"时势造英雄"，那个晚上人们想了很多办法对付蛮娃，并且有些办法的确是切实可行的，这让哥哥很高兴。会开完的时候，时间已经不早，大家走出村委会时有些犯困，但是心情很好。我和哥哥跟在父亲的身后，月影横斜，村子安静如羔羊。暗蓝的天幕，连绵着阴霾笼罩在村外的森林上空，我好像听见了什么不祥的声音。

是的，有人在幽蓝的月影下匆匆跑来，是住在村上头的老光棍济公和尚。他向哥哥报告说，他好像听见河滩那边有很难听的嚎叫声传来，并且这个声音有些陌生，不像蛮娃平时发出的"呀！呀"声……还没有走散的村里人听到这个消息，都跑了回来。毫不夸张地说，这个消息如同一声惊雷，震得人什么困意都没有了。我侧耳细听，的确是一个陌生的叫声，断断续续，叫声里充满愤怒，撕心裂肺。

是不是蛮娃又伤人了！？所有人头皮发紧，等着陈集军做出决定。

陈集军说，人命关天，当然救人要紧！

陈集军命令村里人赶快回家拿来武器。这些武器包括扁担、锄头、镰刀、菜刀、砍刀，还有电警棍。电警棍还是上次村民申领麻醉枪之后，乡政府作为麻醉枪的替代品送来的。片刻之后，村里男人在村委会门口聚齐了，他们的武器在月光下寒光闪闪。有的还带来了家里的狗。如果蛮娃难以对付，准备放狗去咬。于是，一支浩浩荡荡的队伍，在手电筒和火把的照耀下，开拔老鹰尖下的河滩。这是多么庄严的时刻！我们走在静穆的公路上，心中陡然升腾起一种未曾体验过的悲情与豪壮。

其实，村里有许多年轻人早就想教训教训蛮娃了，他们觉得蛮娃不过是一个粗蛮愚钝的傻子呆子罢了，不该让整个吴村的人感到害怕，更不该作为吴村的招牌保护起来。如果游客想看一丝不挂的野人，谁都可以剥光衣服扮演嘛。但是年轻人毕竟少数，村里更多的人并不这样想，他们早已将小康的生活和蛮娃的存在紧紧地联系在一起。他们跟在我们后面，不绝于耳的议论就像绿色的苍蝇在油渍上低回，他们担心蛮娃被我们打死了。他们老的老，小的小，拦住了我们的去路。

哥哥说，拜托，诸位！我们只是去救人，不会把蛮娃杀了的，请让路！这些人也不知哪儿来的蛮劲，阻拦着，我们不得不把他们推开……他们就赖在地上不起来……不过还好，就在众人僵持不下时，我哥派出的"先遣部队"陈国羊返回消息说，河滩上那个没完没了的嚎叫，并非蛮娃野性的发作，而是失去理性的陈集财要把蛮娃给枪毙了！

得到这个消息，所有人怔在那儿，不知道该高兴还是悲哀。

陈国羊说，集财发疯了！大家快去把他劝回来啊！事不宜迟啊！

我哥说，枪毙？集财有枪啊？

陈国羊说，大概是他从井下村猎人那儿借的吧。

我哥是个很文明的人，这时我听见他骂了一句"操他妈的"，然后，推开众人，往河滩上跑……

正如前文所说，那是一个让人窒息的、不安的夜晚，几乎所有人都被一种胆战心惊与义愤填膺交织的情绪控制着，不要说集财手中的猎枪，就连空气好像也能擦出火花。除去老人、妇女与孩子，几乎所有人都跟着陈集军奔跑，都准备投入一场战斗。有的跑着跑着鞋掉了，有的跑着跑着肚子疼了起来，有的跑着跑着耳朵里响起嗡嗡的声音，但是没有人停下来……因为几乎所有人都准备投入一场战斗。可是，别看这场战斗的另一方只有陈集财一个人，因为他的手中端着双管猎枪，我们赶到河滩之后，谁也不敢冲上去。人们只是踮着脚尖骂个不停：

集财，该死的王八蛋，给我放下武器！你不能这样做！

集财，千刀万剐的畜生！快下来吧！打死弟弟要坐牢！

集财，求你了！你老婆被油烫了，我们赔偿你行不行？

集财咬牙切齿道，你们这些混蛋，别嚷嚷了！今天，我就是搭上一条命也要毙了这个妖怪……我女人被油烫成那样,她的大腿根都起了水泡,你们知道不知道!?以后,就连我女人的大腿根都有硬硬的伤疤了呀……

集财说到这儿,声音哽咽了,他说,他知道,所有这一切都是"蛮娃"在报复他,他知道"蛮娃"什么都懂。集财终于抑制不住悲愤,对着黑暗的祖山嘶吼起来(他嘶吼的时候,狗也莫明其妙地叫了起来),出来,你给我出来!你这个妖怪!你有本事,你就针对我来!别拿我女人出气!你敢出来,我这就毙了你……妖怪……

因为担心集财的枪走火,老鹰尖下的河滩肃静得让人喘不过气。我的额头上全是冷汗。哥哥亦然。哥哥一面要想尽各种办法稳住集财,一面又派我和陈国羊去取现金。这现金是准备用来赔偿二嫂被油烫伤的损失的。哥哥说,拿了钱以后,顺路把集宝夫妇叫来,如果他们不肯来,就去把伯母背来,老娘的话他多少要听几句的……

我和陈国羊飞一般地跑回村,先从老会计那里取了五千元现金,然后又跑去哀求集宝和他老婆,希望他们到河滩上劝集财放下武器。不料数个月前蜇进集宝体内的蜂毒还在发作,侄儿开门让我进去的时候,大嫂正在用一种很难闻的草药给集宝治疗。集宝的脑袋肿大,而且还像拨浪鼓一样摇摆不停——大概他的脑子真的被野蜂蜇坏了。而我那嘴角生痣的大嫂呢,本来一肚子冤屈,听了我们的来意,竟拿起一个扫帚迎面劈来——我家老公被蜂蜇成这样,你们不管不问,现在集财老婆被油烫了,你们倒是积极了,你们这些欺软怕硬的东西!我打死你们!打死你们……

在这油锅般沸腾的仇恨中,我和陈国羊吓得魂都丢了,我们就像一盆洗脚水被她从楼上泼了下来。这一回很不幸,陈国羊的腿在滚下最后一截楼梯时崴了一下,他痛得站不起来。于是我那张牙舞爪的大嫂拿着扫帚,又从楼上冲下来了。我不得不背起陈国羊逃跑,终于跑到一个安全的地方,我累得快趴下了。

国羊,我们还去我伯母家接她吗?

不,集一,麻烦你背我回家吧,我的腿已经断了。

应该说,正是这个不大不小的插曲,浪费了许多宝贵的时间。因为我把陈国羊背回家,他的腿又不怎么疼了,他回家找来红花油擦了擦,然后一拐一瘸地跟着我来到戏楼，时间已经很晚。

实话实说，自从我开公司挣了钱，我已经很长时间没有关心过伯母的生活了。据母亲说，蛮娃逃走后，伯母眼睛就完全瞎掉了。瞎掉了眼睛的伯母非常可怜。我愧疚无比。我不肯上去。陈国羊硬是要推我上去，我们推辞了好长一会儿，这些因素都延误了时间。等我们终于决定赤手空拳地赶回那片狼藉不堪的河滩，很显然，已经错过了用五千块现金堵住集财枪口的最佳时机。以至于我们还没有回到河滩，在老鹰尖，悲剧已经发生了。

砰——砰——

我们一共听到了两个枪响。

啊，蛮娃，死了，一定是蛮娃死了！

陈国羊声嘶力竭地吼叫着，几乎要晕倒了。我呢，脑袋一阵发胀，几乎要炸裂了。集财！你不能这样做啊！毙了蛮娃，吴村就完了……得说明的是，我从来没有像那个瞬间一样，如此明晰地感觉到蛮娃于吴村的作用，于我个人的作用……

我搀扶着失魂落魄的陈国羊，跌跌撞撞地往河滩跑去……

# 十、揭开"野人之谜"

事情是突然爆发的。

没有人知道这是怎么回事儿。是由于火把和手电的光亮吸引了蛮娃？还是他真听懂了集财肆无忌惮的叫骂？在我和陈国羊离开后，蛮娃真的出现了，在树上时隐时现，有人发现了他，大叫，喂，喂，往树梢上看——蛮娃在那棵树上……人们循着他的指点望去，突然有一种阴冷攫紧了大家的心。模模糊糊的，人们看到了最不愿意看到的情景——密密麻麻的枝杈上好像有一团东西在飘荡。很显然，集财也看见了，他端着枪跑了过去，砰——砰——

我想，这就是我和陈国羊在往回赶的路上听到的两声枪响——

随着这两声枪响，树林里惊起了一群野鸟，从灌木中"扑哧"一声飞出，河滩发生了一阵骚乱。而与此同时，村里那些临危受命的狗，已经蹿了出去，行动敏捷得令人难以想象，没等陈集财换上新子弹，那些狗已经扑了上去……救命！救命啊！集财尖叫着，拼命挣扎，狗咬住他，激烈的嚎叫变成摧肝裂胆的哭喊，摧肝裂胆的哭喊回荡在老鹰尖上空，令人毛骨悚然……河滩上的人害怕了，害怕集财被狗咬死了，想唤狗回来，哪承想，就在这时候，蛮娃突然从一个树杈上纵身一跃，跳到集财受难的地方，他抓起一只狗，劈腿就撕，眨眼之间，村里几条咬住集财的狗身首异处，并被蛮娃甩到了河滩上……

到这时，怔在河滩上的人才反应过来——蛮娃也许被狗的凶残激怒了，或者被集财的呼救感召了——到这时，河滩上的人才没命地往公路上逃，不顾前面是水坑抑或岩石，摔倒了，额头磕在石头上，爬起来，继续跑，然而，他们还是被蛮娃追上了——后来，据亲历那场劫难的人回忆说，蛮娃追上他们的时候，他们也曾进行了抵抗。比如慌乱中，鹰钩鼻使出全力用镰刀向蛮娃砍去，蛮娃用手挡开镰刀，鹰钩鼻的头皮被蛮娃撕破了，鹰钩鼻感觉"头顶一阵发凉，风灌进了脑壳"，便晕了过去。小伙子阿飞呢，则用电警棍朝着蛮娃的头打下去，只听"啪！啪！啪"一阵强烈的电击声，把蛮娃电得"啊！啊"叫着弹出几米远，阿飞以为这下蛮娃一定失去反抗和进攻的能力了，谁知惊魂未定，蛮娃又向他扑了上来，高兴过早的小伙子阿飞感觉肩膀被蛮娃劈了一掌，只听"咔嚓"一声，手臂断了……

我无法想象，那是一个怎样激烈对抗、剧痛难忍的场面！只记得，当我和陈国羊往河滩跑去的时候，伴随着猛烈的狂风，突如其来的闪电在天地之间画出一个个雪亮的大枝杈，猛然间，我看见河滩上的人正朝着我们这边跑来，好像遭遇了强烈的地震，好像身后有恐龙追来，他们有的衣服撕破了，有的额头上流着血，有的发出了凄厉的呼喊：野人追来啦！野人追来了！快跑！快跑啊！

我和陈国羊吓得目瞪口呆。因为恐惧，仿佛有一堵墙倒塌了，压着我的胸口，浑身没有一点力气……

我已经记不起自己是怎样跑回家去的，只记得那一夜，到处都是撕肝裂胆的哭喊，这样的哭喊一直持续到了天亮。最后，也就是第二天清早，我们终于知道，试图枪毙蛮娃的陈集财死了。死了的还有一个无辜的村民，他的脖子被蛮娃拧断，头扔在离身体三米远的地方。两具血淋淋的尸体。一具是被村里人的狗咬死的，一具是被蛮娃拧断脖子的，都死得很悲惨！

我至今没有忘记，当我主动要求协助抬棺材的村支书陈松树为两个死者入殓，当我配合陈松树脱掉集财的血衣以后，陈松树叫我用清水冲洗集财的身体，因为血太多了。这时我那死去的二堂哥大概还能感觉到冷，就在我用冷水冲洗他身体的一刹那，他的头突然从台子上顺着边缘掉了下来，仰望着我。他的眼睛睁得大大的，就好像他有什么话要对我说……可以说，当时的体验，比我在殡仪馆第一次接触死人的身体更加恐惧。

可是，比起那些从河滩上逃回来的人所遭受的惊吓，我的体验又算得了什么？事件发生后很长时间，吴村笼罩在极度的恐怖气氛之中，人们不敢上山，害怕天黑，一闭上眼就会想到蛮娃，想到被他追赶自己的情形，感到胸闷气短，后脖颈发凉，心脏"扑通、扑通"跳个不停……没有人知道这场灾难留下的阴影何时才能终结……我的哥哥陈集军，由于惊吓过度，从河滩逃回来后，从此两眼发直，目光涣散，似中了魔怔一般。他不但失去了一部分记忆，而且思维混乱，害怕见人，尤其不能看见那些为招揽游客树立在公路两侧的野人画面，否则，他就会像癫子那样发作。每次发作过后，一切恢复正常，但是不久又会突然再发。

父亲因为哥哥心理上的病，整日唉声叹气，头发白了。

仙姑说，哥哥是冤鬼附体。但是仙姑没有治好哥哥的病。最终，我们决定，送哥哥到市里的精神病院去看心理医生。

走的那天，天下大雨，母亲哭得像个泪人。一些村里人站在屋檐下面，默默地看着。只有陈松树和陈国羊送我们上了车。这时候，哥哥已经不认识他们。哥哥始终处于极端烦躁、极度恐惧之中。当陈国羊走过来想跟哥哥说几句话，哥哥的恐惧症再次发作了，他大呼救命，从车里跳了下去，结果大家花了许多力气才把他从大雨中追了回来。哥哥整个人沾满泥浆。他被我摁在座位上，还在歇斯底里地哭号着：野人，野人来了！救命，救命啊！救救我们吧！哥哥喊着喊着，喉咙沙哑了，他的嘴里挂着白沫，浑身发抖。那一刻，我的鼻子一酸，差一点哭起来。我有一种不祥的预感，哥哥害怕见人的病弄不好非但不会好转，有可能还会变得更糟。我的心里隐隐作痛，心情变得沉重起来。

一路上，我不敢去想怎样来挽回今天的局面，我也不知道将来还会发生什么。我又想到了当初哥哥要搞旅游，是我先提到野人的，是我提醒了他……我陷入了深深的自责与难以名状的痛苦之中，被自己的这个想法压着。

野人，真的有吗！？

蛮娃还会来伤害村民吗！？

他真的是山上野人的后代吗！？我不知道……

下面的一些事，是我离开吴村后不久，陪护哥哥在精神病院治疗的日子里发生的：

据说，那段日子逃进深山的蛮娃还出现过几次。每次出现，村里人都要吓得哭爹喊娘，仓皇逃窜。为了抓住肆意为恶的"在逃凶手"蛮娃，公安局里的人倾巢出动。他们白天在山上放枪，晚上在山上发射照明弹，在炽烈绚烂的光芒中，蛮娃逃进云遮雾障的深山，不敢出来了。然而，好景不长，蛮娃逃进深山之后，有一天，又突然出现了，并且，好像跟一群真正的野人待在一起……

种种传闻，越传越玄。吴村人再次过上了梦魇一般的日子，人人神经紧绷，家家大哭小叫，恐惧如影随形。他们利用刺耳的大喇叭来驱散可怕的宁静，靠放炮仗来给自己壮胆。人们唯一能做的就是祈祷厄运不要发生在自己的身上。所有的人都要疯掉了。村委会那架公家的电话，也要被陈国羊拨坏了：

这一回，我们看见了真的野人啊！救救我们吧！救救我们这些人吧！我们就要死在这里了……

这时候，一支由国家科学院和政府组织的新中国成立以来最大的野人考察队来到了吴村。这支浩浩荡荡的考察队由来自北京、上海、浙江等省市的科研机构、大专院校、动物园专业人员，以及由部队派出的侦察战士等151人组成……这支队伍的成立，在海内外引起了各界的关注。

老实说，当我得知这个消息，我辗转反侧，一夜未合眼。因为，我又想起了自己曾经有过蓄须明志的理想：立志成为像珍尼·古道尔那样伟大的生物学家，从事野人考察及研究的理想！然而，由于哥哥的病情正如我当初预料的那样，非但没有好转，还日益严重，父亲又不识字，我不能离开……

接下来的几天，我每天都要打电话回去询问野人考察的事情，可是伤心的母亲并不比我懂得更多。直到数天之后，也就是我和父亲将哥哥从金华转到杭州治疗的日子，我在医院门口的报纸橱窗里，陆陆续续读到了这样的一些报道：

报道1：

本报记者11月8日电　"吴村野人"第三次大规模考察，最近有了新的进展。11月6日下午，考察队第四小组在飞霞岭北麓人迹罕至的龙井峡谷一带，近距离突遇三个直立行走、形体高大、身形矫健的"人形动物"。据目击者描述，三个"人形动物"高的约1.9米，矮的约1.5米，全身棕黑色，当时转过脸来，但没能看清面部。

考察队W队长闻讯，立刻派出30名侦察战士带上机枪，抄后路把这个地方包围起来，发现三个"人形动物"在一片树丛中嬉戏，说时迟那时快，参与考察的解放军战士端起步枪射击，只听一声孤绝的惨叫，一个做挣扎之后栽下了，另外两个受惊后逃跑，刚开始是两条腿跑，跑了一二十米后，又用四条腿跑，跑得很快，跑了30米左右，钻进了树林。被打死的那个系雄性，因慌乱，睾丸被夹在一个树墩的夹缝中，已死亡。最后查明，被打死的所谓的"野人"，系吴村一张氏村民。该村民曾被报纸称为"杂交野人"，因犯死罪出逃至原始森林。另外逃走的两个"人形动物"，至今无法确定是人是猿，抑或某种未知动物。

据悉，专家组已将被击毙的"杂交野人"尸体做了处理，准备运回北京做解剖、DNA分析。专家组E博士透露，初步鉴定结果，该村民类似先天愚型人，但与先天愚型病人截然不同。不仅外表与正常人相差很大，白齿与正常人也有差异，正常人白齿为第一大于第二，第二大于第三，该村民白齿的排列正好相反，而猿恰好是按这种规律排列的。参与研究的专家学者认为，找到"杂交野人"这一例极其罕见的人体异常特例，并取得完整骨架及DNA样本，可供今后研究做参照或参考。

报道2：

本报记者11月19日电　野人考察队员和解放军战士登悬岩、走峭壁、啃干粮、住帐篷、睡地铺，起早贪黑，不辞劳苦，前日凌晨

0点37分，在括苍山脉南麓的银坑再次目击野人出没。W队长向记者公布了一份《11月17日银坑"人形动物"目击现场勘察报告》。

报告详细披露了前日凌晨目击野人全过程，有摄像机全程录像。尽管由于光线不足，摄录的图像模糊不清，但是在第二天，考察队员勘察"野人"逃离路线上，提取到现场石膏脚模数十枚，找到不明毛发百余根，并且在海拔2000多米的高山箭竹林里发现一个"巢穴"，高76厘米，外围直径94厘米，有人认为这可能是"野人"的巢穴。

报告中称：此次目击野人所拍摄的录像和目击现场勘查提取的物证，不日将送往北京，由中科院、北京医学院、北京市公安局法医组织进行联合鉴定。调查小组认为：此次应为一起直立人形动物群体目击事件，具有重大意义。

## 报道3：

本报记者11月26日电　备受关注的"吴村野人"第三次大规模考察，经过半个多月的实地勘察，已经取得阶段性成果。昨日，《勘察报告》及目击录像和物证，已经送抵中国科学探险协会野人专业考察委员会，目前正在等待相关专家进行综合的评价。

在谜底尚未揭开之前，专家组成员T教授认为，在浙中金遂龙三县交界一带，确实生存着一种大型的、能直立行走的高等灵长类动物。它可能比世界上已知的四种现代人猿要进步，是适应某特殊自然条件而幸存下来的个别物种。也有可能是一种未被发现、未被命名的短尾猿。还有一种情况，就是所谓的"野人"很可能是某种特殊原因长期远离文明，在封闭自然环境中生活的极少数人的种群。据考证，在历史上，不论是"长毛"、还是日本鬼子打进汤溪一带，都有乡邻偷偷逃进原始森林避难，过起远离文明的蛮荒生活。后来有的逃难者下山了，有的却继续留在森林中。这些仍留在森林中的人或他们的后代，很可能就是现在人们所说的"野人"。不过，T教授同时指出，要彻底弄清楚，还必须加强力量，继续进行相当规模的、长期的、更加深入的考察。

本报记者将做后续报道。

"路漫漫其修远兮，吾将上下而求索。"很多年以来，一些个难解的问题一直笼罩在我们的脑海中，所谓的"野人"究竟是什么动物？在连绵千里的金遂龙交界原始森林，其中蕴涵着多少我们不可知的秘密？"野人"传说是否会变成科学的真实？"野人"的背后真的会隐含着一段离奇的历史吗？

　　啊，我多么希望哥哥的病马上好起来，我好早日赶回吴村，为此次野人考察尽自己的绵薄之力！因为这一回，"吴村野人"之秘真的要揭开了！

# 谎言，或者嚎叫

## 一

七月的一天清晨，当时还年轻的张德旺早早地起床了，他要上山查看前一天放置在山林里的野猪吊，他希望有野猪踩中它。这一年来，他坚持每天傍晚上山放置野猪吊，一早上山将它解开。野猪吊的原理很简单，选择一处隐蔽的位置，将绳套埋在地表落叶下面，只要有野猪踩进绳套触发机关，绳套就会借压弯的树干迅速反弹，将野猪吊在树下。张德旺自幼学会了这一看似简单、实则操作复杂的野猪捕捉办法，除了捕到过野猪，还捕到过野鹿、獐子、狗獾，甚至捕到过人。

当然，捕到过人是一种玩笑的说法。这是由于他的疏忽，没有及时将绳套解开而致使人踩进去的结果。所以从那以后他再不敢偷懒。

张德旺上山捕捉野猪，是业余的爱好，他每天还要参加生产队的劳动，不能耽误上工的时间。正因如此，他每次上山去，他的妻子乌凤都憋着一肚子气。这一天，她又埋怨起来："今天还要去吗？能不能待在家里帮我把猪圈修一修！"张德旺已经坐在门槛上换好了上山的衣服和草鞋，一把插在刀鞘里的柴刀，也已放在脚边，他这就要站起来往山上走，听见妻子又说修猪圈，他有些恼火："山上帮我们养着野猪呢！修什么猪圈的！"

乌凤轻蔑道："我可不信你的鬼话，想吃你的野猪肉，想得头发都白了，我还不如自己养一头。"

张德旺懒得理她，他把套着刀鞘的柴刀捆在腰上，就出了门。他心里有数：山上野猪很猖獗，就在几天前，他还看见野猪的脚印。张德旺很自信，只要野猪还下山来觅食，总有一只会被他设置的野猪吊吊上。基于此，他在上山的路上脚步轻快有力。

太阳还没有出来，山上雾气很重，只看得清离自己最近的山冈。张德旺像往常一样一边赶路，一边想着捕到野猪后卖掉一部分肉，剩余的留着解馋。这时一阵山风吹来，不知道是他太想捕到野猪产生幻觉，还是运气来了，他好像听到了野猪嚎叫的声音。是的，的的确确是野猪的嚎叫声，穿过重重迷雾传到他的耳际。难道真有野猪被吊起来了？

张德旺兴奋得跑了起来，就像冲锋陷阵的士兵，一口气从一座山跑到了另一座山，气喘吁吁地望着眼前的情景：他昨天设下的三副野猪吊，全部弹上去了，可是绳套上面什么也没有。难道吊在绳套上的野猪，咬断绳套逃走了？张德旺带着种种疑惑寻找野猪逃掉的原因，他大吃一惊：附近的腐殖土上，他发现了一串巨大的脚印。难道野猪被哪个山贼偷走了？这么大的脚印会是什么人留下的？

张德旺追踪这一串奇怪的脚印，不知不觉追到了一个人迹罕至的峡谷。峡谷高深莫测，两边陡岩上长着遮天蔽日的杂木。尽管已近中午，峡谷里仍然显得一片阴暗。这时他仰起头，简直有些不敢相信自己的眼睛，只见一个红毛怪物，坐在一块岩石上，正啃着一头野猪……

妈呀！张德旺被眼前的怪物吓了一跳。他定睛一看，这个怪物长得像个人，浑身上下一丝不挂，身上长着极其浓密的暗红色毛发，一张粗糙的脸上沟壑丛生，嘴巴突出，颧骨很高，两个眼睛很大，头发很长，耳朵是竖起来的。它坐着的身高，大约有四尺……

张德旺害怕极了，难道眼前这个怪物就是传说中的野人！？张德旺趴着，连气都不敢喘，心里想着，必须以最快的速度从这个可怕的峡谷逃出去。然而，他还没有站起来，怪物已经发现了他，嘴里发出"叽叽哇哇"的吼声，就像百米赛跑的起步跑一样的劲头，朝他疾步奔来……

## 二

张德旺所在的村子，是一个普普通通的小山村，关于它的存在，你在书上或地图上是找不到的。至少，在张德旺从山上狼狈不堪地逃回来之前，它还是那样的默默无闻。可是这种情况，很快就要发生改变，因为张德旺在山上遭遇野人的事情，已经传开……

人们议论着很久很久以前，听老一辈人说起过山上有野人存在，可是这活着的人谁也没有看见过，谁也说不清它到底是什么样子的。如今听说野人被张德旺撞见了，村里人都去他家打探。刚刚从惊恐中摆脱出来的张德旺躺在床上，给乡亲们讲述他遭遇野人的经历。这段经历让他浑身是伤，神智也变得不清晰，他的讲述有些前言不搭后语，后来他才讲得连贯了，讲到激动处，他脱下衣服，向村民展示他与野人搏斗时留下的伤疤。

张德旺说，那野人跑得飞快，好几次差一点被它追上了。他也不知道逃了多少时间穿过多少树林，只记得那野人追赶他的时候，凄厉的吼叫响彻山谷。他又害怕又无力，很想瘫下去或者藏起来，可稍一犹豫，野性大发的野人就向他扑来，他本能地蹲下身子躲过了它的利爪，并趁机拾起地上的柴刀向这动物砍去，遭砍的野人蹦起来，用手抓住了他的柴刀，他的头发也被它抓住了，衣服也撕破了，那时感觉身上很疼，只好丢了柴刀，继续往山下逃。

他没命地往山下逃，不顾前面是悬崖还是陡坡，惊恐之中不辨方向，在灌木丛中连滚带爬，一口气逃出了三四里地，累得步子越迈越缓，直到从一丈多高的峭壁上跌落下去。这过程，他如同死了一场。等他从晕迷中醒来，天上一弯月亮，山是黑的。我怎么会躺在这儿？我怎么会来这儿的？张德旺坐在黑暗之中，感到头疼欲裂，摸了摸身上，比水浸过还湿，他这才记起，白天被野人追赶的情景，当时是如何的恐惧……

当张德旺讲述这段惊心动魄的经历时，仍心惊不已。而他的遭遇在一波一波的听众心里激起的恐怖感与神秘感，更是挥之不去，以至于有胆小的人，因此不敢上山，害怕被野人抓住，吃掉……

所有听众当中，只有张德旺所属的生产队队长不相信他的话，认为张德旺自称遇到野人，是想逃避生产队的劳动。他威胁说，张德旺再不出工，他将扣他的工分，并上报大队书记。可是就在他决定处置张德旺的时候，公社突然派人来调查了。队长很得意："你们都给我等着结果，等到傍晚你们就会知道，张德旺因为制造谣言要抓起来了！"

可是不等傍晚人们就知道了，那几个公社来的人不但相信了张德旺的话，而且还要打报告上去，让上面派专家下来考察。而且，这件事在几天后的报纸上也登出来了。总而言之，张德旺与野人搏斗的消息，如同插上了翅膀，越传越远。先是公社领导知道了，后来县市领导知道了，再后来张德旺的家里，一天到晚挤满了人。

整个村子，甚至整个公社都在议论着张德旺要发达了，少说也要得到上千元的奖励。这奖励的数额是怎么得来的，又是从哪儿传出来的，没有人知道。但是大家都这么说，肯定有它的道理。有那么几个人，已经帮张德旺规划起这笔巨额奖金该如何花了，有人说先盖三间新瓦房……

张德旺一家，就这样被包围在一片繁复的议论和嫉妒的盯视里。这样的一种舆论，是很容易让人迷失自己的。张德旺的妻子虽然明白，就算上面真要奖励张德旺，也不会奖励这么多，但是她忍不住还是在心里暗暗乐开了。她打算等奖金拿到手，先给自己和孩子每人做一套的确良衣裳，再买一个缝纫机。如果有剩余，再把剩余的钱全部交给张德旺，让他自己去想怎么花，不管造房子、买猎枪，还是买自行车、买手表，她都不会反对。

"这样的事，一辈子只有遇到一次，张德旺是瞎猫碰上了死老鼠。既然他是第一个看见了野人，干部来表扬过了，报纸也登了，总不可能一分钱的好处都捞不到吧？可是，奖励为什么迟迟没有来？"

半个月后，等到上面派来的野考队进驻吴村，乌凤终于忍不住了。她对张德旺说："这次他们来找你带路，你可不要傻乎乎的把什么都招了，你要见到钱再告诉他们在哪里遇见了野人，如果他们不给钱或者给得少，你就不要理他们，更不要带他们上山！"

张德旺自从受了惊吓，一直病快快的，听乌凤也跟着村里人说这样不着边际的话，心里很反感。他感觉自己被推到了一个很高的舞台上，又孤立又惶恐，他还从来没有被人这么重视过。他说："我给他们做向导，队里照样给我记工分，野考队还给我工钱，这还不够吗？我又不是发现了一口金矿！"

乌凤说："你知道工钱能有多少？我说的是奖励，至少要五百元！没有这个数，你给我死在山上！"

# 三

野考队一共在山上考察了半个月。这可不是简简单单的半个月。首先，野考队上山，要雇佣村里的壮劳力帮他们挑帐篷、粮食和摄像仪器，还要蹲点守夜，村民的生活和生产节奏被打乱了。其次，野考队一共有三四十人，在同一时间，村里突然冒出来这么多讲普通话、戴眼镜的城里人，是从来没有过的。他们的到来，着着实实扰乱了某些村里姑娘的心……

只是，关于村里姑娘对城里男人的爱慕，注定是没有结果的。或许对于当时的某个姑娘，直到今天还会想起她曾经暗暗看上的野考队员，可对方或许浑然未知。因为他们刚进山的时候，野人存在之谜吸引着他们，让他们无暇顾及其他。后来经历几多艰难困苦，野人的不复存在，又让他们忍受着不愿言表的沮丧。因此，当野考队从吴村撤走的那一天，他们耷拉着脑袋，就像一支打了败仗的军队，完全没了刚来时的神气。

姑娘们看到野考队员这副样子，仿佛自己的心情也沉重起来了。她们在离人群很远的地方，手里拿着一个刺绣的布包或者一双纳底的布鞋，内心激烈地斗争着，不知道要不要鼓起勇气，跑去送给她暗暗看上的野考队员……

"看来，野人没有抓到。抓到的话，他们不会低着头走路的……"人群中，有人猜测着，问旁边的人。旁边的人叹了一口气，说："谁知道，也许野人是有的，只是他们没有抓到……"

空气中，弥漫着一种始料未及的沉闷气息，这气息似乎是失望，似乎是责备，它慢慢传染开来，让在场的人感到野考队的空手而归，与自己有关似的。仿佛是整个村子的人辜负了他们的期望。因此，野考队离开后的那天晚上，大家早早地睡下了，不论代销店那边，还是张德旺家，都没有围着一堆人。银色月光下，只有一些顽皮的孩子，在跑来跑去，他们进行着一如既往的追逐野人的游戏。在他们看来，野人是一种身上长毛的怪兽，所以充当野人的那个人，腰间捆着一张带毛的狗皮……

"抓野人喽，抓野人喽！看哪！我们发现了野人，快来看哪！"顽皮的孩子们，你追我赶，他们追逐"野人"的声音，回响在静默的夜晚，肆无忌惮。直到他们经过张德旺的家，这样的叫喊才被制止了。因为恼羞成怒的张德旺突然打开房门，从里面冲出来，恶狠狠地喊道："够了！狗杂种！再喊，我打断你们的腿！"孩子们朝他吐吐舌头，并未停止游戏，张德旺追上去，致使一个逃得慢的孩子哭了起来："张德旺打人啦！张德旺打人啦！救命啊——"

随着孩子们的哭声和叫喊声渐渐消失在街巷，村子重新安静下来。可是在张德旺家，激烈的争吵才刚刚开始。整整一个晚上，张德旺家都有争吵、哭泣的声音传出来……

# 四

人们怀疑张德旺在遭遇野人这件事上说了谎，是在野考队离开吴村后不久。事实上，关于这种怀疑，从一开始就存在着，只是到了这个时候，才找到了共鸣。就像大树底下的一棵禾苗，只有等到大树倒下之后，它才会得以重见天日，日渐繁盛起来。

人们有理由相信，山上是没有野人的。一是这么多年来，村里从未有人遇到过。二是野考队员加上村里的壮劳力，统共有近百人上山参与地毯式搜索也没有找到野人，更不用说将它击毙，这样的结果比金刚钻还要硬，不管张德旺的谎言多么逼真，只要拿它轻轻一戳，就能将它戳破。

这时候，再次被舆论推向风口浪尖的张德旺，回到生产队劳动已有一段时间，尽管他本人绝不相信野人就此蒸发了，但他始终拿不出证据来证明它的存在，这样的事实让他有口难言。

"我有什么理由撒谎？我为什么要撒谎？我没有理由欺骗大家啊！"

张德旺原本就是一个自尊心极强的人，队长曾经批评他捉野猪是"不务正业"，他都会耿耿于怀，从而在平时劳动时比别人做得更好。如今，他就是再卖力地干活，也不会被人看作一个诚实的人了。人们都在说，他是想出名，想捞奖金，是恶作剧，总之什么说法都有。

他想起父亲、祖父、曾祖父，都是村里有名的诚实人，到了自己这一辈，却要被全村人，甚至整个公社的人戳脊梁骨，忍不住泪水纵横。"我不能再沉默下去了！如果再有人诽谤我，冤枉我，我一刀捅死他——"

张德旺这么想了之后，才感觉自己一下子放松了许多，仿佛压迫着他的大山一样沉重的委屈，被他扔在了地上。

是的，他从没有像这一天这样想跟人打架，他感觉耳朵里响着持续的嗡嗡声，感觉肌肉变得紧缩，血液也烫了起来。他趁中午回家吃饭，在门后的架子上找到一把匕首，这把匕首曾经剥过动物的皮，也杀死过吊在绳套下的野猪。它很锋利。张德旺将它放在桌上，草草地扒了几口饭，脑子里搜索着村里几个欺软怕硬的家伙……

然而这时候，乌凤看见了他放在桌上的匕首，似乎感觉到了什么，问："你带匕首去干吗？"张德旺铁青着脸，闷闷地说："我要让所有诋毁我的人闭上嘴巴！"乌凤说："你疯了！嘴长在别人的下巴，你能管得住别人的嘴吗？是狗，就得夹着尾巴做人！"

"你什么意思？你说谁是狗？"

"我不想说！"

"你说不说！？"张德旺站起来，一下子将桌子翻掉了。张德旺的愤怒吓坏了乌凤，更吓坏了坐在门口玩耍的儿子，儿子哇哇大哭起来……

看着儿子哭了，乌凤走出去一边哄着孩子，一边流着眼泪。她朝张德旺说："就你有能耐，让一家人跟着你抬不起头来！如果你本本分分，不去山上捉野猪，如果你不说遇到野人，我们何至于这样被人骂！现在你又要和全村人作对，你就是被人打死，我也不会为你流一滴泪的！你这样做，是故意让全家人倒霉……"

张德旺默默地蹲在一摊被他掀倒在地的饭菜面前，几只鸡跑过来，在他面前啄食，他抬起手，下意识地摸了摸自己的面颊，手上都是眼泪。他不知道自己该如何从这个倒霉的事件里摆脱出来。他抽了抽鼻子，将掀倒的桌子扶起来，又将地上的碗筷从鸡的爪子间捡拾起来，嗫嚅道："乌凤，我、我真的没有说谎！野人一定还在山上！只是，暂时没有找到……"

"我不想听！不想听！以后，你不要再到山上去，就算我求你，不管村里人说什么，你都当没听见……如果在你的心里还有我，还有这个家，你就听我一句话，做一回聋子、哑巴……"

说着，乌凤又嘤嘤地哭泣起来。乌凤的哭泣又引起了儿子的哭泣。张德旺呆呆地站了几分钟，然后走出来，拿起地上的簸箕，去生产队……

# 五

张德旺变得沉默寡言了,或者说,他原本就是一个很少说话的人,现在变得更加不爱说话了。村里人看到他终日铁青着脸,一副苦大仇深的样子,再没人去讥讽他。谁也说不出,他们看见张德旺的感受,是怜悯还是恐惧。这个时候,谁都不愿撞在张德旺突然发作的枪眼上。张德旺好像有些不正常了……

可是,人们没有等来张德旺的突然发作,张德旺失踪了……

"这个王八羔子,懒骨头!他妈的,又跑什么地方偷懒去了,等到粮食收割,他家别想分到一粒粮食!"队长想到的,首先是张德旺不守纪律,并且如何惩治他。社员们可没有这样的官方视角,他们坚信张德旺不是因为偷懒。基于这样的把握,他们都劝伤心绝望的乌凤不要上山去找。

"饿他几天,冻他几天,他一定会回来的……"

"他这样做,就是为了跟全村人赌一口气……"

话虽如此,他们隐隐约约地感到,张德旺的突然失踪,是一个危险的信号,张德旺可能真要发疯了,他针对村里人的报复可能就要来临了。以至于上山的时候,感觉背后冷飕飕的,仿佛张德旺就埋伏在草丛里,或者担心踩中野猪吊……

最终,在征得队长的同意后,有十多个人,陪乌凤上山去找他。他们从早上出发,沿着野考队员开辟的道路,走了整整一天,果然在天黑之前找到了张德旺。乌凤就像疯掉了一样,扑上去又是抓又是挠又是哭,责问他为什么不回家。张德旺任由乌凤抓,直到旁人将她拉走,他才说他从来没有撒过谎,他上山只有一个目的,就是要找到野人。他要给所有怀疑他的人一个交代。

他的话很简短,却好比一记耳光,狠狠地掴在每个人的脸上。那个瞬间,没有人不为曾经伤害了他感到后悔,大家纷纷劝他回家。可是他说:"你们说我没有撒谎,并不能说明问题,我只有抓到野人让你们看到,才能证明我没有撒谎,我才能心安。否则我走在街上,不论遇到谁都会不自然。"

人们听张德旺这么说，更不知怎么说服他了。从他的口气中，一是可以听出他对山上有野人毫不怀疑。二是今天的问题皆出在他自身。既然这样，只好说："我们相信山上有野人，你也肯定能找到，但是我们还是希望你先回家，因为野人受了惊扰，肯定不会在一朝一夕出现，你以后可以利用空闲时间再上山找。否则，你的老婆孩子由谁来管？"

张德旺听了大伙的话，觉得在理，就跟在大伙后面下山了。然而，事实证明，张德旺的生活已经被"野人事件"撕开，再也难以弥合了。

张德旺原以为下山后，村里人会像劝他的人那样相信他了，生活也会很快回到昔日的状态中。然而他总感觉，村里人看他的眼神，是和从前不一样了，无论走到哪里，似乎都能听到别人在议论他，而他一走近，就把话题转移了。

有一次，一个村里人特意对他说，前几天他在什么地方干活，看到一个动物在对面山上的丛林里跑。那动物形体精瘦，浑身长毛，爬坡的速度迅捷，仅仅几秒钟时间就隐没不见了。那个人的本意可能是出于好心，可张德旺两手空空地回来时，却认为那人是故意捉弄他。当然，也不排除那人真有可能捉弄他。

总之，在此后的一段时间里，张德旺时常感到心情压抑，有时半夜压抑得无法呼吸，只好坐起来，暗自伤心。一方面，正如上面提到的，他与周围人相处总是隔着一堵无形的墙。另一方面，乌凤对他的态度越来越不好了。她总是唠叨他，简直没完没了。

在张德旺的记忆中，乌凤曾经是一个善解人意的姑娘，她性格温柔、身材姣好。可是现在，她已经成了一个可憎的不通人情的泼妇。自从他遭遇野人得不到奖金，自从村里人诬陷他撒谎，她对他就处处不满意，看哪儿都不顺眼，尤其是他想偷偷摸摸去山上寻找野人，一旦被她知晓，就要跟他吵，多么难听的话都会从她嘴里骂出来。

这是让张德旺最痛苦、绝望的地方。

# 六

有一件事，是过去好多天之后，张德旺才从一个好事者那里知道的：那一天，村里来了三个陌生人，他们背着很沉的帆布包。他们刚进村，就问张德旺住在哪里。当时那个好事者刚好站在村口，问，找张德旺什么事？他们说："我们是野人考察爱好者，自发来你们村找野人的。"

那个好事者把他们带到了张德旺家。张德旺一早就去生产队做工了，家里只有乌凤在。乌凤一听来找张德旺去找野人，气就不打一处来："你们回去吧，山上没有野人！""怎么会呢，报纸上都登了的！"乌凤变得不耐烦起来，凶巴巴地说："走吧！张德旺从来就没有遇到过什么野人！报道是假的！"

那几个人你看我，我看你，不明白到底发生了什么事，他们背着帆布包原路返回了，因为不心甘，又随口问跟着他们的张德旺的儿子。张德旺的儿子说："我爸爸说他在山上遇见过野人……可村里人都说，我爸爸是一个大骗子……"

这件事，让张德旺彻底寒了心。那一天，他整个人都是乱的。原来，乌凤就是这样看他的！就连他的儿子，也相信了村里人对他的诽谤！张德旺感觉全世界都抛弃了他。他感到无助无望，犹如掉进了深山谷底，一切已无可挽回。他终于决定，他要赶在冬天来临之前再一次上山。而且发誓，如果抓不到野人，他决不下山！

他简单准备了一下，就出发了……

此时，正值农历九月，正是割稻季节，为了赶在秋雨来临之前收割完毕，在队长的带领下，全生产队的人割稻的割稻，脱粒的脱粒，挑担的挑担，晒谷的晒谷，忙得汗流浃背，腰酸背痛的。而张德旺的再一次失踪，明摆着少了一个劳力，从而引来了越来越多的不满。

"又发神经了，他妈的，他到底跟谁过不去！？"

"没人害过他，是他自己有问题！这样的人，真被野人抓走才好！"

"哼！他被野人抓走当女婿呀？弄出个小野人来送给你养！"

"我说，他家不是还有一个'千金小姐'吗？她为什么不出工呀？"

家里没有了挣工分的男人，乌凤不得不把孩子放在家里，去生产队劳动。乌凤平日里被张德旺宠惯了，自从结了婚生了子，就很少出工。而割稻子是最衡量一个人农活水平的，它就像一项劳动竞赛一样，谁割得快，谁割得慢，看得很分明。乌凤总是落在最后边，遭人指责（除了指责，当然还有关于张德旺"发神经"的闲话）。

乌凤忍着委屈、疲惫，在生产队硬撑着，终于挨到傍晚收工，急匆匆回到家中，又看到儿子满脸泪痕，饿得狼吞虎咽的样子，不禁悲从中来，躲到暗处偷偷地哭："张德旺！难道你真的不回来了吗？你这个老虎叼的，你为什么要这样折磨我！"

好在这样早出晚归地忙了半个多月，稻子收割完了。

从那个年代过来的人都知道，生产队的收获季节也是分配季节。分配的主要依据是工分，它与每个人的口粮挂钩。工分挣得少的人家，分到的粮食自然不会多。尤其像张德旺这样目无纪律的人家，队长曾扬言，是绝不分给粮食的。可是等到分配粮食的那一天，看到乌凤带着孩子一副可怜兮兮的模样，队长还是分了她一袋稻谷。不但如此，他还从自己的口粮里赊了十斤红薯给她。

待分配结束，人们挑的挑、抬的抬、背的背，每户把分到的粮食运回家。队长对乌凤说："你家那个张德旺，真不是玩意儿，他在山上倒是逍遥了，丢下你这么个俏媳妇不管不问。这不是发疯吗？如果不是遇到我这么好心肠的男人，我真担心你们娘俩这个冬天怎么过……"

乌凤低着头，领了粮食逃一样地离开了，她害怕看见队长盯着她看的眼神，更不知道未来的日子，该怎么过……

# 七

然而，张德旺是不会轻易下山了。虽然存在着一种可能，就像他第一次遭遇野人那样，他与野人再次狭路相逢了，他冲上去，用匕首将它刺死……如此一来，或许明天就可以回家了。遗憾的是，山上的野人始终没有出现……

是野人受了惊吓，从此藏起来了？还是野人被他砍伤后，伤口发炎已死在山上？为了找到野人，张德旺从这座山到那座山，攀悬崖走峭壁，每天在期待与挫败的交替之中受着煎熬。渴了就喝山泉水，带的干粮吃光了，就到林子里采摘野果果腹。有时连野兽都不愿去的地方，他也要想办法爬上去观察一番。他认为野人比任何动物都要聪明灵活，只有学会与他们一样能攀善爬，才能与他们相遇。

有一次，他在大树下过夜，突然下起雷雨，雷就击在离头顶不远的地方，他害怕得跪在漏雨的帐篷里，浑身发抖。这才意识到，自己已经离野人最可能长期栖息的地区越来越接近，在这里，山势险峻、气候异常，毒蛇猛兽很多，如果还要继续留在这里，就必须建起一个遮风挡雨的"家"。

于是他花了三天时间，在一块悬岩下辟出一个地方，用石头、树枝和茅草倚着岩壁搭成一个岩屋。然后，又在岩屋的里面垒了一个烧火的火塘。

张德旺上山时，特意带了几盒火柴，火柴被雨淋湿几次，幸好还能用。他点燃了晒干的苔藓，在火塘里生起了火。虽然山上没有锅，既烧不了饭也烧不了水，可是火能烧烤兽肉，可以煨熟坚果，还能带给他温暖。张德旺心想，有了这间岩屋和这口火塘，这就等于有一个家了。他做好了在山上长住的准备。

这个季节，正是野栗子、猕猴桃、橡子、榛子、山楂、野柿子等等野果成熟的时候。接下来的日子，张德旺一面储备这些食物，一面用沥完葛粉的葛根编织成绳套，设置在兽道上。他希望能捕捉到野兽，更希望能捕捉到野人。

他每天忙忙碌碌的，天刚亮就起床，去山上寻踪查迹，投放诱饵，设置绳套，以及采摘更多的野果。他要一直忙到天色擦黑，才能回到岩屋。

山上的天气冷得早，岩屋成了他生命的庇护所。一天中夕阳染血，血块变暗，黑夜还没有完全笼罩的空蒙时刻，是他最安详的时刻。这时他一边用吹火筒对着火塘吹火，一边往火上烤（煨）一些吃的，一边暖和身子，几乎不去想肌体需要之外的事情。

他的食物，以采摘野果、挖野菜为主，深山里的野菜遍地都是（他已学会用竹筒灌水将它煮熟）。但是也能经常吃上兽肉，鬣羚、黑麂、山鸡、野兔，他都捕到过。他把兽类的皮剥下来，钉在树上晒，兽肉则放在火上烤。烤的时候，在兽肉上涂抹野蜂蜜和野生香料，以此掩盖没有盐做佐料的缺憾。当然啦，他已渐渐习惯吃没有放盐的食物了。

等到吃饱喝足，他就要睡了，因为他又困又累，或者说，他这才感觉到又困又累。不过睡之前，他还要把床铺到火塘边。他的床是一堆杂乱无章的干草，他把它们从角落里抱出来，铺在火塘边滚烫的地上，然后钻进去，在里面蜷缩成一团，一面聆听外面的动静，一面响起断断续续的鼾声。

然而，他的睡眠很轻，总会在凌晨三四点钟醒来。他往往是被噩梦惊醒的，梦的内容大多是梦见野人追赶他，不管他跑到哪儿，冷不防就会从四面八方的树上跳下来很多野人，有浑身红毛的，也有浑身黑毛的，有公的，也有母的，他们一个个面目狰狞，追得他魂飞魄散，而他的双脚，仿佛被什么东西粘住了，迈不开步，直到他就像真实经历的那样大喊一声，醒了。

"我这是在做梦吗？还是我已经死了……"

这个时候，岩屋里面是黑的，外面也是黑的，世界就像一个黑洞，总能听到有野兽在乱叫，张德旺睁着恐怖的眼睛，他要过很久才明白我是谁，我这是在哪儿，是怎么回事。只有在这个时候，无以形容的孤独与茫然，叫他后悔"自我放逐"的选择。

他怀念往日欢乐的点点滴滴，怀念和妻儿生活在一起的情景。虽然说，对于离群索居的生活，他早已有心理准备，可是作为一个正常的人类，他还是习惯群居，习惯一家人坐在八仙桌前吃饭的氛围。他多么希望乌凤再次上山来找他，然而他又害怕她会责备他……

当眼泪再一次湿润眼眶的时候，他在黑暗中无声地哭泣起来。

# 八

他不知道自己何时才能找到野人，更不知道他还能不能回到他的家。他告诫自己，唯一的希望就是坚持下去。虽然这坚持的背后有着太多无奈与逃避，但与此同时，也有一种希望暗藏于他的心底。那希望有时候是一根动物毛发，有时候是一堆动物粪便，有时候是一个可疑脚印，有时候是一处可疑动物睡过觉的"窝"……

时至今日，张德旺已经采集到了一百余根可疑毛发；发现了三百余个可疑脚印（其中最大的脚印约有四十厘米）；数堆可疑动物的粪便（它似人粪，螺旋形打转，上面还有个尖），还发现了十余处可疑动物栖息采食场所，竹窝、草窝、树窝（尤其树窝，四脚落地的动物是造不出来的）。

更让他激动的是，他还在一个"树窝"附近发现了一具獐子的骨架，连同一个依稀可辨的巨大屁股坐出来的"屁股坑"。獐子的骨架就丢弃在

"屁股坑"的正前方。骨架上的肉已被啃光，相隔数米处，还有一堆獐子毛，似乎是用手拔下来的，有的毛上还带着皮。这只獐子很可能是被野人拔毛后吃掉的。因为食肉兽吃獐子的话，没有拔毛吃肉的习惯。

这些很有可能是野人留下的痕迹，让张德旺经常处于兴奋与幻想之中，虽然他始终没能与野人面对面地相遇，他却越来越坚信野人是存在的。有可能它就藏身于绿树浓荫，同样窥察着他的一举一动；有可能他上这座山的时候，它逃到了那一座山上，因为野人对山上的生活更适应，行动起来更快捷，它想要躲避人类很容易做到。正因如此，他必须沉下心来，一点一点地追踪它，靠近它。

有一次，张德旺设置在山林里的野猪吊，吊到了一头野猪，垂死的它就像一个疯子那般绝望地号叫着。张德旺灵机一动，决定用野猪作为诱饵，诱使野人出来。于是他蹲守在浓密的丛林里，紧张地守候着，观察着四周的动静。他盼着野人的出现，哪怕抓不到他，甚至再次被他所伤，那也值得。可是他熬了一天一夜，除了努力地驱赶蚂蚁和虫子，野猪没能将野人引来。

第二天，野猪已不再叫唤，它死了。大山里静悄悄的，只听到风吹树叶和泉水流下岩石的声音，他感到又冷又困倦，在等待的过程中睡着了。迷迷糊糊中，他似乎听到一声怪叫，睁眼一看，有一个黑家伙，正摇头晃脑地朝绳套上的野猪扑过去。他心里一惊，是野人出现了！他奋不顾身地从灌木丛里跳出去！

不料，那个黑家伙咬不到绳套上的野猪，突然转身朝张德旺跑来，张德旺这才发现它是一头熊。他惊慌地向山坡爬去，山坡又高又陡，他张牙舞爪地跌落下来。结果，他跌落的姿势把黑熊吓了一跳，几乎是救了他——因为就在黑熊一愣神的片刻，张德旺迅速爬上了一棵大树——熊在树下嗷嗷乱吼一阵，才离开了。

张德旺下了树，好久才从刚才的遇险中缓过神来。他拖着沉重的脚步回到岩屋，因受惊过度，在此后的很长一段时间里，他都感到很后怕：如果当时稍慢一步，或许命已经没了……回忆当时的情景，那一只朝绳套上的野猪扑过去的熊，靠树站立起来的熊，远远望去，很像一个浑身长毛的野人。而他在那个上午，在光线昏暗的峡谷里遭遇的那个野人，会不会也有可能是在惊恐之中对熊或是一种自己不大熟悉的动物造成的误判呢？

不，不！那个浑身长毛的动物，绝不会记错，它个子高大，手臂很长，直立奔跑，有一米八九那么高，甚至接近两米，它长得像个人，但绝不是人，更不是熊……它朝他疾步奔来，它野性大发地向他扑来……他到死都不会忘记。可是，它究竟在哪儿？如果它真的存在，为什么没有再一次出现！？

张德旺的心里不免有一丝惶惑了。尽管，他从不怀疑自己的记忆，并且把一定要找到它当作一个信念，可是一天天地寻找，除去找到一些疑为野人存在的间接证据，从未找到能证明这种动物真实存在的活体（哪怕没有活体，找到一具骨架也可以）。这样的结果让他很灰心……

他心里清楚，不捉到或者打死野人，村里人是不会相信的。

# 九

现在，已经是冬天，随着天气变冷，山上的草枯了，许多阔叶树落了叶子，许多动物冬眠了。冬天的大山就像一个衰老的女人，变得枯槁、阴郁起来。

早上，山上降了霜，地上冻出了冰，冰是从地表冻上来的，像萝卜丝，踩上去嘎嘎作响。太阳一晒，它化作黏土。

张德旺一如既往地在大山里奔走，寻找着野人的踪迹。他的衣服、鞋子，因为耐不住这日夜的奔波，早已残破。现在，他不得不用各种兽皮缀在一起捆在身上御寒，又在脚上套了一双厚厚的草鞋。起初他也觉得身上捆着兽皮怪别扭的，动物皮毛有些硬，样子也不好看……后来也就习惯了。

除此之外，他还用树枝做了一根拐杖，用竹筒做了一个"饭盒"。随着冬天的到来，他的胃在渐渐地变坏，中午也需要吃到烧熟的食物。于是他砍了许多毛竹，用竹筒做成"饭盒"，随身带着。有时候里面装着一块兽肉，有时候装着半筒用坚果磨成的粉，有时候装着几个从地底下挖出来的野山芋。

就这样，张德旺神奇般地活了下来。虽然这样的生活说不上美好，但是至少没有挨冻，也没有饿着。

只是，随着春节的临近，张德旺想家的情绪与日俱增。不论在山上，还是在岩屋，不论在行走，还是在睡觉，他的眼睛都好像蒙着一层雾。

他粗粗算了一下，他已经在山上待了三个月了，他不知道这三个月他的家人是怎么过的，他走的时候，家里的粮食快吃光了。他也不知道，当他两手空空地回去，他的妻子会怎么骂他，村里人会怎么讥笑他，他该如何向乌凤解释，又如何向村里人解释。他离开的时候，是发了誓的……

张德旺思前想后，他的心直往下沉。他是知道的，蒙屈受辱的日子，并不比在山上的日子好过。不过，他又这样想："抓不到野人并不能说明野人不存在，山上有没有野人，天是知道的，地是知道的，只要我问心无愧，谁能把我怎么样呢？"张德旺这么想了之后，回家过年的理由似乎成立了。

从此，为了回家过年，或者说自从有了回家过年的打算，他就跟一个远离家乡当兵或者服刑期的人似的，越是临到探亲的日子心情越是迫切。他再不舍得吃野兽肉了，而是将它们晒成了干，还把一些味道不错的坚果也保存起来。

他想象着回家的日子，他如何在村外徘徊，又如何在天黑之后，就像一个被通缉的逃犯，悄悄地溜进村子，然后在自己家的门前，心里激烈地斗争着，去敲那扇熟悉的门。门过了很久才打开，乌凤认出是他，拉下脸，扭身朝屋里走去……

他很尴尬，真恨不得掉头就走，可他没有勇气，他多么想念她和儿子啊！他低着头，怯懦地跨过门槛，走进自己家的屋里去。是的，他的儿子正坐在凳子上吃饭，看见他瘦骨嶙峋的身上捆着兽皮，蓬乱的头发像个鸡窝，一寸多长的胡子乱糟糟地遮盖了大半个脸，儿子吓得哭了起来……

是的，他就像一个非法闯入者，儿子已经认不出他来了。可是他能怎么办？作为父亲，他没有尽到责任，他是有罪的，现在，他就连怎么去哄一个孩子也不知道怎么做了，他刚要把他抱起来，他就挣扎着，跑向乌凤。母子俩的哭声，就像一枚针扎着他的心。

"乌凤，我回来了。对不起……"他努力地克制着自己，整个人都在发抖，"我知道，野人没有找到，我不该回来，可我……实在太想你和孩子了。如果你恨我，你就骂我吧。我在山上，也受了很多苦。我、我只求你原谅我……"

是的，他宁愿被她咒骂、挨打，宁愿她像泼妇那般待他，他也不愿这样看着她哭。他无法承受那种巨大的无法打破的沉默。如果那个时候，需要他下跪，他也一定会下跪的……

然而，当张德旺左等右等，终于等到春节临近的日子（尽管山上没有挂历、钟表，也没有门口排起队买白糖和糕点的代销店，张德旺还是有一种明晰的感觉，这倒霉的一年就要过去，新的一年就要扑面而来），天变得阴沉沉的，浓浓的云重重地压下来，光秃秃的枝条颤动着，风在上面吹着哨子。

一场大雪，差一点将他封锁在大山里。

十

张德旺从未见过这么大的雪，舞蹈一般肆虐在空中。他焦急不安地盼着雪早日停歇，然而雪一直下着，直到第四天才停了。这时，大雪已经封锁了大山。张德旺望着白皑皑的大山，大山仿佛为这个世界穿上了孝服。即便这样，他还是用一根木棍挑起一副简易的担子，步履蹒跚地下山了。

山上本来就没有路，下了雪就更看不清楚。张德旺在雪中走了将近五个小时，最终迷路了。他在雪地里兜着圈子，找了好长时间也没有找到回家的路，也判断不出，这是在哪一座山上，平日是否到过这里。眼看着时间悄悄流逝，张德旺知道，现在唯一的办法，就是循着来时的脚印，重新找回岩屋去，等到来日大雪消融再下山。

然而他心里清楚，雪在短时间内不会融化，他必须回家过年，不管走错路也好，冻死在山上也罢，他必须下山！可谁知此后的行进，他完全失去了方向。更要命的是，他掉进了一条山涧中……

冰冷的水打湿了他的草鞋和裤管，他的头上身上沾满了雪和落叶，他检查了担子，辛辛苦苦积攒的兽肉干和坚果已经散落，再也难以找回，好在柴刀和匕首还捆在腰上，他挥舞柴刀，给自己开路。这时他的脑子清醒起来，他看见了山涧中水流的方向。他突然欢喜起来。

山上的水总是要流到山下去的。而且，被大雪覆盖的大山只剩下有泉水流动的地方，没有覆盖着雪。没有覆盖着雪的山涧，就像大地上的一条涵洞，为他指引着下山的道路。他于是跟着山泉流淌的方向，就像一只行动迟缓的蛤蟆，有时在泉水流淌的岩石之间爬行，有时干脆在冰冷的水中跳跃，有时泉水从陡峭的岩壁上跌落下去，形成了小小的瀑布，他不得不绕到旁边的树林里，抓住植物的茎秆和藤条，一点一点地往下爬……

我们都知道，这是怎样的一种力量支撑着他。天黑下来时，张德旺已经浑身湿透，身上多处受伤，手脚冻得失去知觉。然而，山涧终于把他带到了一处开阔、平坦的地方。在雪光映照下，一条山路的轮廓依稀可辨。张德旺就是凭借这样的微光，大步流星地赶路。

然而，就在这样的时刻，谁都没有想到，野人再次出现了！

"那是谁的脚步声！？会不会又是一种错觉？"因为之前有把黑熊误认作野人的经历，这一次当他听到雪地上响起一阵沙沙的声音，并没有立刻把它与野人联系在一起。"谁呀？"他自言自语着，又走了一会儿，一阵沙沙声又从山崖的密林中传来，张德旺不经意地瞥了一眼，他怔住了，他不知道是激动还是恐惧，他就像一只惊弓之鸟，两腿发起抖来……

是的，他分明看到不远处的雪地里，有一个体形高大、两腿直立的黑影，正一步一颠地从侧面林子里走出来。这个黑影离他的直线距离约两百米。"难道它不是一个野人吗！？"一次次的失望，终于变成一次希望，张德旺当时心情十分激动，有一种旷日持久的愿望在他心中激荡。他赶紧蹲下身子，去摸匕首。

这时，那个黑影已经离他越来越近，看到张德旺，突然停了下来……"啊！会不会就是以前遇到的那个野人？"……一瞬间，空气仿佛凝固了，张德旺张着嘴，心中想着最坏的结局，哪怕他的头被它拧断，他也要将匕首捅入它的身体！想到这一情景，张德旺的脊背发凉，浑身的肉都是麻的。

"我必须赶快采取行动，不能让它看出我的胆怯……"但是一眨眼工夫，那个黑影突然转身，向后跑去。张德旺一看形势不妙，立即腾跃起来追赶而去，然而那个人形动物爬坡的速度要比人类快得多，张德旺仅仅追出五十多米，那动物已从半山腰跑到数百米外的高坡，很快，到达山脊，隐没在大雪茫茫的林海。

张德旺当时真有点懵了，这是他上山以来遇见的最鬼魅的事情。他感觉那野人不是在逃，而是在遁。虽然知道追不上了，他还拿着匕首往山上冲，用了近二十分钟的时间，才冲上那个高坡，他又恨又恼，一种难以按捺的想哭出来的情绪，让他不能自己，他就像发疯似的，在雪地里吼着……

# 十一

从现场看，野人的脚印清晰，脚掌前宽后窄，步幅跨度在一米以上，有些脚印上还能看出叉开的大脚趾。在接近山脊处，却出现两个间距较小的脚印，可能野人在此停留、朝后张望过。张德旺就从这地方开始跟踪，不知不觉间，他穿越了数片树林，又翻过了一座山头。这时，野人的脚印突然消失了。张德旺在雪地里来来回回找了很久，最终在一片广漠的荒地里，重新发现了许许多多的野人脚印。

如此密集而杂乱的脚印，会是同一个野人留下的吗？显然是不可能的。这么多野人脚印的出现，说明野人经常在这一带来往活动，而且这里很可能是野人的大本营。说不定这里生活着野人的一个家族。可令张德旺吃惊的是，这些脚印虽然踩得很深，却看不出脚掌的基本形状，步幅也要比之前突然消失的脚印小得多。难道这是一个雌性野人留下的脚印吗？在张德旺的想象中，雌性野人的个子肯定要矮一些，步幅也要小一些。

曾有一个传说：村里有个叫阿中的人，一天进山去打猎，没想到被什么东西打晕了过去，待他渐渐清醒过来，才看清一个胸前有两个像葫芦一样大的乳房的雌野人要与他成亲，他虽是一个光棍，却也知道什么是做人的伦理，所以女野人撕他衣服的时候，他拼命反抗，但最终被雌野人强暴了。结果一年后，雌野人生下一个小野人，并且带着小野人来村里找阿中认爸爸。阿中不敢认自己的儿子，力大无穷的雌野人突然发怒，将阿中的命根扯断了。

诸如此类的传说，在张德旺的童年记忆中留下了恐怖的印象。现在，想到自己也有可能被雌野人掳走，张德旺的心里有些矛盾，既盼着雌野人的出现，又害怕会遭到难以抗拒的强暴。雌野人的形象总在雪地里闪现，那形象是丑陋的，眼圆颧高，龇牙咧嘴，像妖怪，他下意识地勒了勒腰带，战战兢兢地跟踪这些脚印，猜想断了命根后的阿中，一定比他更痛苦……

同时，让张德旺感到困惑的是，这些神秘的脚印常常将他引入歧途，这样的困惑，直到他循着脚印来到一个山势陡峭的山谷凝神站定，才算终结。因为他看见不远处出现了一幕最为熟悉的场景。这场景里有一间简陋小屋，搭建在一块悬岩下面，如同小鸡依偎在母鸡身下……

他恍然大悟：他在荒地里找到并跟踪的野人脚印，是昨晚自己在迷路时踩下的。顿时，他感到整个人垮了下去、散了架子，一屁股坐在雪地里。他想逼自己挣扎起来，趁天没有完全黑，返回去继续寻找那个失踪的野人。可是，他感到虚弱无力……

第一次，他病倒了。而他的火塘，已经熄灭了，他储备的兽肉干，也散尽在昨夜的雪地里。他的岩屋就像一个冰窟，没有吃的，也没有温暖。他就像死人那样躺在返潮的干草上，眼前浮现的是他死去的情形：野兽们闻到尸体腐烂的气味，倾巢出动了。它们撕裂着他，吞噬着他。他痛苦得"哎哟"一声叫起来。周围一团漆黑。

他看见黑暗中野狗的眼睛蓝荧荧的，津津有味地啃食他的小腿肚。他痛苦地号叫起来："滚开！畜生！疼死我了！"野狗停下咀嚼，惊恐地跳到一边，四下里张望，然后它再一次埋下头去，一下，两下，干脆叼起他的小腿肚，跳过一条藤蔓遮盖的山涧，逃走了。

"不，不，饶了我吧！"顿时，他感到他的滴着血的小腿肚在锯齿草与灌木丛之间穿行，他的皮肤被划伤了，紧接着，他分明感觉到了一群野狗——扑上来咬他，它们的牙齿咬中他的脚筋时，疼得他发抖、战栗，连空气也如同打碎的玻璃刺进他的身体，他痛苦得再次哀号起来……

在哀号中，他清醒过来。原来，是几只饥饿的山鼠在咬他的脚。他的脚已经冻得溃烂了。血，正汩汩地流……

事情就是这样。他病了四天五夜，等他从死一样的昏睡中醒来，雪开始融化，到处湿淋淋的，屋里很冷，他逼着自己站起来，偏偏火柴用光了，他倒懂得老一辈人用铁器敲击石头取火的方法，可是他收集不到干燥的苔藓和草叶，他有气无力地趴在地上打了许多火星，始终没有将火点燃……

他又灰心又恼火，将敲击石头的柴刀狠狠地扔在地上。突然间，他有些后悔，在那个晚上最关键的时刻，他没有当机立断，没有采取果断的行动，以至于野人转身逃走……他也很后悔，当他追不上野人，没有继续赶路，以至于耽误了回家过年……

现在，他不知道自己，还要不要回家，还要不要在山上继续寻找，还要不要活着。

# 十二

谜，依然是一个谜。野人究竟在哪儿？还要多久才能抓到？会不会第一次遭遇野人是在山上做了一个噩梦？第二次遭遇野人是在雪夜里撞见了鬼魂？还是两次遭遇都是眼前出现了幻觉，得了癔症？不，没有那样的事！两次遭遇野人，都是明明白白、历历在目的。然而，为什么找到的似乎总是它的影子？

张德旺越来越多地陷入了自我的怀疑和难以解开的疑团之中。在这之前他可从不怀疑自己，他是真理在握的。然而随着月复一月、年复一年地寻找，他不但没有抓到一个活体野人作为实证，而且连这个动物的影子都难以遇到之后，他不免要这样怀疑自己。要知道，现在距离他发誓"抓不到野人就不下山"的日子，已经过去了好几个年头——

是的，我承认，当我说出"好几个年头"的时候，时间在这里似乎起了波澜，似乎加快了速度。其实不然，时间对于张德旺而言，永远是缓慢的存在。正因如此，张德旺才会觉得，时间是他无止境的痛苦的帮凶，他快要被这无止境的时间和从时间之河泛上来的痛苦逼疯了。他多么希望时间如同一匹快马，早日将他带到解脱痛苦的另一个世界。然而我们都知道，时间的流速永不改变。

现在，张德旺在山上具体已经度过了多少个年头，恐怕连张德旺自己都记不起来了。他已经不去想他在山上度过的时间，他害怕去想它，甚至害怕去想他那不能摆脱的过去。仿佛他从未得到过那样的生活，仿佛他从一出生就被扔在这个杳无人烟的地方。虽然他心里明白，他始终拥有回家的自由，但是他总觉得，他已经失去了回家的最佳时机，他现在已经无法（也不愿）再回去。

于是，事情似乎变得简单起来。张德旺似乎已无须证明什么，因为不管他能否找到野人，他都已失去了一个旧的世界。他也只能听天由命了。而事实是，张德旺从未停止他的寻找。这种寻找似乎已成了他生命的一部分。他每天依然忙忙碌碌的，从这座山爬到那座山，攀悬崖，走峭壁，依然在希望与失望的交替之中受着煎熬。重复的日子，同样的痛苦，同样的疑惑，时间在他面前缓缓流过，却没有带来任何新的收获。

　　是的，大山还是那个样子，从这个山顶望到那个山顶，重峦叠嶂、沟壑纵横，又总是被更高的山峰挡住视线。山里的气候，也还是那个样子，从严冬到酷暑，从初春到深秋，花开叶落，四季分明。就连月圆之夜月亮升起与落下的轨迹，都有着固定的路线。虽然为了寻找的需要，张德旺搬了两次家，从一座山搬到了另一座山，但是他从未觉得这座山与那座山之间，有什么本质的区别。

　　这个过程中，如果一定要说出某种变化，就是张德旺变得黝黑了许多，粗野了许多，甚至变得不像一个文明世界里的人了。他刚上山时，虽然说不上细皮嫩肉、衣冠楚楚，至少是干净、整洁而且得体的。现在呢，他不刮胡子、不剪发、不修指甲，浓密的胡须就像野草，狂乱的头发遮盖双肩，从家里带出来的几件衣服穿破了，他就以山麻、藤皮、葛根为原料，用石头砸烂洗净后编织成麻片，然后拼凑成衣服套在身上。如果是冬天，他还要在这身装束的外面缀上兽皮。由于不经常清洗，这身衣服连同他的身体总有一股怪怪的膻味，他自己似乎从未闻到。

　　风吹雨淋的野外生活，的确让他改变了许多。以前他爬一个坡要歇好几次，现在他一口气就能爬上去。不是说他的体格在辛劳的奔走中变得强壮了，而是爬山攀岩的技能提高了，练就了走山路攀峭壁如履平地的本领。以前他害怕黑夜和雷雨，现在他懂得了如何应急。以前他被蚂蟥、蚊虫、竹虱子咬了，身上斑痕点点，苦不堪言，现在他的皮肤坚韧得就像刷了一层漆，就算咬了也不会红肿。这样的皮肤不穿衣服也不会被荆棘划伤，天热的时候之所以没有像野人那般赤身裸体，仅仅是出于遮羞和衣着习惯的考虑。

　　总之，孤立无援的野外生活虽然是让人绝望的，张德旺却适应了这样的生活。更重要的是，他在适应恶劣生存环境的同时，也战胜了一个人远离尘世的孤独。毫无疑问，战胜孤独要比适应环境更难应付。刚上山时，他每天都要想念妻儿，每晚都要担惊受怕，担心随时有猛兽袭击，尤其做了噩梦，在孤独、惊恐和茫然中，他瑟瑟作抖。现在，当太阳每天从同一座山上升起，当每一天他从同一个地方经过，一次一次地听到同一只鸟站在枝头啼鸣，他逐渐地喜欢上了大山，喜欢上了山里的小鸟，并懂得了与各类野兽打交道（而不是只想着吃掉它）。幸好有这些鸟兽做伴，让他感觉一个人住在山上并不孤单。

现在，他已经习惯了这样的清净日子，有时候真想永远这样生活下去。在山上开垦荒地，栽水稻、种花生、种菜、种瓜。只是，这种想法往往是昙花一现，并不去实施，因为在他的内心深处，他依然想念他的妻儿，怀念往日的欢乐、忧伤，依然有一种刻骨铭心的屈辱，像蛆虫咬噬着他痛苦的灵魂……

# 十三

日子，就这样一天天地挨过去了。那是一个天气晴朗的早晨（现在，张德旺又在山上度过了若干个年头），张德旺在一阵急促的鸟鸣中醒来。"点点点、点点、点点点"，这是石灰鸟的叫声，它的叫声是天要下雨的预报，叫声越急，雨点来得越快。然而，张德旺从山洞里探出头来，看见的是湛蓝的天空，完全没有下雨的迹象。

他有些纳闷地回到洞中，等他从山洞里再出来，手中拿着一捆绳子。这个山洞是张德旺最新的家，他每天必须借助这样的绳子爬上爬下。他先把绳子放下来，然后抓住绳子，就像猴子一样溜到地上。不一会儿，他就来到了一个地势比较平缓的山坡，这里有大片的映山红，就像火焰似的开放，映山红的花瓣是微甜的，他一边摘一边吃，吃得半饱，才继续跋涉。

此时正是春季，山上的树木抽出新枝，嫩叶嫩得透明，如同翡翠。五彩斑斓的野花，芳香四溢，摘一朵闻一闻，又扔下。大自然到处蓬蓬勃勃，就连平日里藏匿岩缝的癞蛤蟆也出来了，它们在泉水流淌处欢快地跳着，一串一串地拥抱在一起。走不远，又看见两只松鼠在树梢上追逐嬉戏，它们悬在随风摇曳的树枝上轻声细语。

混沌潮热的丛林里，到处可见一对对热恋的情侣，交欢的叫声此起彼伏。尽管野兽们因专心交欢而失去御敌的警觉，张德旺却不忍心去伤害它们。目睹此情此景，让他不由得想起他和妻子的婚姻，想起新婚的幸福与甜蜜。那时候，村里人都说他和乌凤是天生的一对。他们是自由恋爱的，就像这丛林里的野兽……

可是，想到自己离开妻子的原因，他的心情又变得复杂起来，这么多年没有回家了，妻子可能早已改嫁，儿子可能痛恨有这样一个躲在深山里的父亲。想到这些，张德旺的心还会疼痛起来。仿佛，这么多年的痛苦是一块压在心头的锥形石头，就连黏稠、阴冷的光阴，都无法磨蚀它钻心的棱角。

只是，这一切又如何能怪他？年复一年地坚守，寻找，最后连野人的毛发、脚印都越来越难发现了，是不是挣脱世俗的纷扰，来到这个没有人烟的地方，恰恰证明了这样一个事实：山上没有野人？我在寻找一个根本不存在的动物？我就是为了证明这个完全相反的结论吗？张德旺觉得，他现在的处境，是老天爷对他错失那么多能抓住野人的好时机的"惩罚"……

所以，他今天的任务，是要到一片他从来没有到达的区域去寻找。那一片区域地处边陲，谷深坡陡，地形复杂，根据他的判断，已经隶属于邻县的管辖范围。而野人是不分户籍的，它很可能逃往该区域藏匿。张德旺的心里燃起了新的希望，大约走了三个小时，终于找到了一条隐约可辨的通往邻县山区的小径。这条小径会不会是野人穿梭往来于两县交界走出来的？

张德旺满心欢喜，却不敢流露。他就像一只野兽，嗖嗖地，健步如飞。果真，当他翻过一个山垭，一直向前方搜寻时，看到对面山谷有一个人影晃来晃去。会不会真是野人出现了？出于某种条件反射，张德旺立刻屏住了呼吸，并且怀疑自己是不是又看走了眼。他躲在棘刺丛里，瞪着眼睛望过去，吓了一跳——只见一个穿着衣服、背着背篓的人，正从离他不远的沟里往上走！

"谁！？"那人轻轻地问了一声，然后用一只手遮住太阳，对着张德旺所在的棘刺丛张望。张德旺当时真的吓坏了，趴在棘刺丛里像一只淋雨的山鸡，本以为找到野人的欢喜就像是遇到冷水的岩浆，一下子冷却、凝固了。好在那个人张望了一会儿，向他这边投掷了几个石头，接着上路了。他一边走，一边从背篓里抓一把石灰，撒在地上。

"他想要干什么？他跑到山里来干吗！？"张德旺已经有好几年没有看见有人进山了，寂寞难耐时，他真想跑到有人类活动的浅山上去大声喊叫，引起他们注意，但是又怕他们追来，看见他毫不体面的生活。因此，他现在很紧张，打定主意赶快逃离这个鬼地方。可是当他悄悄爬上山冈，正准备原路返回的时候，没想到对面山上还有其他人，其中一个发现了他，惊呼起来：

"你们看哪！野人！野人！双脚直立的野人！"经他一喊，另外几个人也看到了，他们就像紧急救火似的，朝张德旺逃跑的地方跑来。

# 十四

张德旺很害怕，这是怎么回事？他们喊的是我吗？他越逃心里越慌张，好几次想停下来，跟那些人解释，他不是野人。可是，他已经不敢停下来，没有办法停下来。他看见追他的人越来越多了，那些人有的拿着斧头，有的拿着锄头，嘴里呼喊着，穷追不舍。

张德旺好几次差一点被人追上，又好几次侥幸逃脱。这时，他的身体渐渐热了起来，他在山上生存多年练就的爬山本领总算得到了发挥，他已经没有刚才那般慌不择路、辨不出东西南北，他认准了"回家"的方向，没命地跑。

那些追兵呢，已经越来越追不上他，明明看见他在半山腰，他们追上去，他已经跑到了山顶。当他们追到山顶，没路了，明明是深渊，他却抓住一根根藤条，像荡秋千一样跳下去了……追兵们追得满头大汗，气喘吁吁，就连他们的叫唤，也越来越涣散。但是他们心里都很兴奋，因为他们发现了野人！

不管怎么说，谁都是第一次亲眼见到野人，既好奇又自豪又感到一丝恐惧。他们从上午追到了下午，从这座山追到了那座山，在他们的一生中，大概还从来没有这么执着地追逐一个东西，哪怕它是一头追到后可以宰了分肉的野猪。如果追过两个山头还没有追上，那也只能抹抹嘴巴，为吃不到野猪肉感到惋惜。可是，今天的情况让他们欲罢不能，尽管十分劳累，他们还是决定继续追下去。

这时，他们发现那个野人奔跑的速度也在减慢，它好像受伤了。于是，他们就像打了强心针似的，又来了力气，他们大呼小叫着，在茂密的丛林里，像一只只训练有素的猎狗……直到猎物被他们围困在一片越来越小的区域……他们又兴奋地叫喊起来：

"你们看哪！他在那边，那边！他朝那块悬崖逃去了！"

"快来啊，不好了，他爬上去了！他要爬到山洞里去了！"

"快！快啊！他爬不动了……"

是的，此时的张德旺，已经没有力气了。更要命的是，蛇毒开始发作了。蛇是一条蝮蛇，半个小时前他从一坑洼地跳过去的时候，被它咬了。当时，他只做了简单处理。现在，他必须爬到山洞里去，那里有他平时预备的蛇药。可是被蛇咬的，正是他的手臂，这只手臂已经肿胀，他只能使用剩下来的一只手臂抓住绳子……好在，在追兵赶到之前，他最终逃回了山洞……

随即，就有人抓住绳子也要爬上来，张德旺拿起一块石头，将挂出洞外的绳子砸断，那个人掉了下去……

张德旺靠在洞的岩壁上，心还怦怦地跳。

现在怎么办？

对，蛇药，赶快，找到了。

他用嘴咀嚼蛇药，然后把嚼烂的蛇药敷在发黑的伤口上，另一部分蛇药吞进了肚子里，他感到伤口剧痛，胸部恶心……

那些人已经将他包围了……

# 十五

是的，这的的确确是一群来自邻县的人。他们上山来的目的，是要给刚刚属于自己家的承包山划界的。就在几天前，这些人家通过抓阄的方式，分到了这一片偏远的"荒山"。由于路途遥远，山上多岩石多杂木，这片"荒山"远没有村子附近的杉树林、松树林、毛竹林受欢迎，所以他们抓阄抓到这里，连连叹气。

他们是背着背篓、石灰、油墨、柏树苗、锄头、斧头来山上的。他们显然在山下就分了工，谁用石灰标出各家承包山的分界，谁用斧头在立于分界线的树干上劈出一块白皮，写上一个"中"字（即"界"的意思），谁用锄头在分界处的空地上栽上一棵柏树苗，各司其职。然而，他们这一天的工作还没有展开，就被张德旺的出现打乱了计划。

他们听到"野人！野人"的呼喊，赶忙丢下手中的活，从不同的方向，追赶起野人来了。没想到这一追就追了大半天，当他们终于追到野人的"老巢"，天色已经黯淡下来。抬头仰望，可以看见高高的悬崖上有一个不规则的岩洞，洞口被青藤遮盖，谁也不敢轻易爬上去。

"野人呢，野人长什么样？"

"长头发，黑色，披在肩上，脸长，上宽下窄，像马脑壳……"

由于当时目击野人的距离较远，大部分人都没有看清野人的真面目，有的说它个子很高，将近两米；有的说它跑得很快，一个跨步能达三米；有的说它浑身长毛，无尾巴……它长得像个人，但绝不是人，是一个公的……

总之，那个晚上，山洞下面吵吵嚷嚷的。那些来自邻县的人点起了篝火，烧起了吃的东西，都沉浸在一种前所未有的欢乐与成就中。他们已经派人回去借猎枪了。他们都在说着，自己一路上追赶野人的功绩（仿佛整个追赶过程，他才是最关键的），或者议论着，抓到野人后可能会得到很多奖赏。

"你们还不知道吗？听说许多年以前隔壁县有一个人，光是远远地看见了一个野人，国家就奖励了一千元！"

"是吗？那我们大家都看见了呢。"

"要是活捉了这个野人，那该奖多少啊？"

"至少上万吧……"

他们越说越激动，觉得这个月光如洗的晚上，既新鲜又美好，有几个年轻人已经唱起歌来了……

可是，就在这些邻县人如过节般高兴的时候，对于躲在山洞里喘息的张德旺而言，则是活在另一个世界。

是的，蛇毒在他的体内扩散了，他的整条手臂发黑了，皮肤胀得裂开了，浆状血由伤口渗出，他感到浑身灼痛，他努力地支撑着自己，咀嚼蛇药，却吞不下去。他张着嘴，嘴唇抖动着，视线变得模糊，他能感觉到死神在召唤他。死神，跟野人一样浑身长毛，像猿像鬼又像人，狰狞地笑着……

不，不！我不是野人，我不要作为野人死去！我也是人……张德旺振作起来，他要爬到洞口去，说出他是谁……

然而，他的身体，万分沉重。像溺在水底。他东倒西歪，倒了下去……

# 十六

他是被那些邻县人抬回去的。没有人以为他还能活过来，他们是把他当作尸体抬回去的。他们把他扔在村口，供那些闻讯赶来的人参观。人们拥挤着，伸长脖子，里一层外一层，高声地议论着他们看见的事实：一个传说中的野人。

这个野人虽然不像传说的那样高大、吓人，但是，它与常人比起来，的确要丑陋得多：首先它不穿衣服，只在身上吊一张兽皮，以此遮住羞处；其次是它的皮肤，就像树皮一样粗糙、发硬，汗毛更是要比人类浓密得多，简直就像稀疏的头发一样；还有它的脸，一张脸上沟壑丛生，嘴巴突出，颧骨很高；以及它的手掌、脚掌都很大，关节的弯曲也与常人不同……

一时间，张德旺的四周围满了人。人们一波波地涌来，对着张德旺指手画脚，议论着他与人类比较有什么不同。这个过程中，那几个参与追捕野人的年轻人，一直高声地向新来的人讲述着追捕这个野人的过程。人们听了又听，简直比听说书更着迷。毕竟，这不是一头野猪或是一头熊，而是一个野人啊！只要想一想这辈子能亲眼看见过一个野人，就不枉来世上一遭……

只是，这个野人要是还能活过来就好了，说不定野人比猴子要聪明许多呢，说不定野人还会说话呢。有人就是抱着这样猎奇的心理，趴下身去探了探张德旺的鼻息，似乎还有一丝气，又掰开张德旺的嘴，发现舌苔又黑又紫，接着，他还把张德旺的眼睛翻了开来，没想到，张德旺的眼睑翻上来之后，他那足有乒乓球那么大的发红的眼珠子，就一直瞪着他了。

"啊！野人醒了！野人活过来了——"

那呼喊，又恐怖又尖利。所有人都跑开了。

跑开，又重新围拢来。

张德旺就这样陷于惊恐的目光和"嗷嗷"的起哄声里，他已经有太长时间没有见到如此多的人出现在他的生活里，他感到很恐惧，挣扎着，想坐起来，重新逃到山上去。但是，他犹如坠入一个噩梦之中，动荡不了。

有胆大的人，试探性地问候他："喂喂喂！野人，你好啊……"见他直着眼睛没反应，以为他愚钝得很，就捡起一块小石子扔过去。

"喂，喂！野人！你不穿裤子，都露出你的小老弟了，你的小老弟倒是不小啊，哈哈哈……"

经他这么一提醒，大家都朝张德旺的两腿根望去，只见他的两腿根，真耷拉着一根和人类一样的生殖器。这一极不雅观的情形，让许多妇女羞红了脸，她们正要去骂那个与野人打招呼的人。没想到这时，野人突然张开嘴，"哇"的一声长啸，把所有人吓得没命地逃。

逃了好一会儿，才发现野人并没有追上来。但是他们都不敢走回去了，远远地看着野人扭动着身子，嘴里喊着他们听不懂的"叽叽哇哇"的话。那声音难听极了。

可是，尽管被邻县人当作野人抓回来的张德旺竭力呼喊着什么，试图证明自己也是人，就是许多年以前第一个发现野人的人。然而，此时的张德旺，已经有许多年与外界失去了语言交流，他的语言功能退化了，再加上隔着大山的两个县方言不一样，就算从"叽叽哇哇"的吼叫中偶尔冒出一个词语，邻县人也难以听出其中的含义。他从来没有意识到，他已经说不出完整的话语来表达自己的情感……

张德旺喊着喊着，眼泪就像瀑布般地泻下来。

"野人哭啦！野人哭啦！"

"野人也会哭呢，野人跟我们一样，哭得可伤心啦！"

那些翻来覆去看他的人，你推我搡，又往前挤，想看看野人哭的样子，但是又害怕野人突然挣脱绳子追上来，结果闹哄哄的，差一点打起架来。直到从他们的身后，有一只巨大的铁笼子抬了过来，喧闹的人群才肃静了。

那铁笼子，大家一看就知道，是许多年以前大队熊场里用来关熊的。那时候，人们把熊关在笼子里，隔几天提取一次熊胆。现在这个笼子，已经抬到了他们的跟前，接着又抬到了野人的跟前。那野人一看见铁笼子，又拼命地挣扎起来，"叽叽哇哇"地吼叫着。可是，有几个胆大的人突然扑上去，狠狠地抓住了他杂乱的头发和乱踢乱蹬的脚，将他拖进了笼子里。

"哐当"一声，铁笼被一把大锁锁上了。

就这样，张德旺简直傻了眼，他被那些邻县人当作真正的野人关起来了。

我不是野人！我不是野人！放我出去！……

张德旺张着嘴，却喊不出这一句话，那些曾经属于他的词汇，都背叛了他。张德旺愤怒地用那只剩下来的手，使劲地摇晃着铁栅栏……

他号叫了一夜。

# 流　产

## 一

早年，我的职业是司机。我开货车开了好几年，后来又开工程车，很是辛苦。当然，工资还可以。记得那一年，我开铲车，在工地上挖土，一个叫"蛋"的人托人捎来口信，叫我帮他开中巴车。我去见他，是想问一问工资的事，因为我知道，开中巴车活儿轻松，工资要低一些，我不太愿意帮这个忙。

几杯酒下肚，蛋对我说："你整天在泥土里打滚，你都不知道你现在成什么样儿了吗？又黑又亮，乍看上去像一只蜣螂。"

"蜣螂是什么东西？"

"屎壳郎。"

我把酒杯重重地砸在桌子上，要走人。他却说，他让我帮他开车，是为了我好，司机并不难找，他是不忍心看我一天到晚只知道干活，到头来连个对象都相不上，开中巴车能接触到姑娘。他的话捅到了我的痛处。我当时三十了，想女人想得发疯，有时候铲车堆了一个一个土包，我都会联想到女人的乳房。我自然不放过这次机会。

我开的是一辆能乘坐二十八人的客运农用车，路线是"金华—汤溪—吴村"。这条路线蛋只花了一万块钱就承包了三年。也难怪，从金华至汤溪虽然是柏油路，但我们基本上拉不到客，因为平原人不愿意乘坐农用车。而从汤溪镇往里，虽然坐车的人多了起来，但是道路崎岖，裸露的小石子就像刀子一样割着轮胎，特别是车过山乡驻地，公路基本筑在半山腰的岩石上，据说这段公路刚通没多久，就死了不少人，有的淹死在水库里，有的掉进山涧里，车一掉下去等于直接进地狱。

我记得，我每次经过那些容易出事的地方，总是胆战心惊，因为总有祭奠死人的蜡烛和香梗插在石缝里，偶尔，还会听到公路下面传来凄厉、悲惨的叫喊，仿佛又有一辆车从公路上滚下去……当然，这些事情跟我要讲的故事关系不大。

好吧，关于我的不幸，还得从我见到美信的第一眼开始讲起。那时候，我在这条山路上开了一年车了，我很灰心、很沮丧，我在盼望与失望的交替中度过每一天。我做梦都梦到我的爱情如暴风骤雨打在挡风玻璃上。

毋庸置疑，来往于城乡的姑娘肯定是有的，不能说一个个都很土，有一些还是很洋气的，比如在汤溪镇中学上高中的小姑娘，已经发育成熟，美得人心慌。还有一些在城里打工的姑娘，逢到节假日回家探亲，我白着眼珠不停地朝头顶的后视镜上看，恨不得在后脑勺上长出一张嘴，跟她们聊上几句。但是，我这人有点儿"呆"，跟这些姑娘谈话很少的，一是碍于情面，怕别人看破我的动机；二是我不知道跟她们谈什么好。我至多在姑娘上车的时候，扭头朝她笑笑，到哪里下车啊？到吴村吗？什么，到井下村？你在金华什么地方工作呀？

我最怕碰到这样的事情：我好不容易结识了一个姑娘，并且打听到了她的姓名，日盼夜盼，以为她也惦记着我。到头来，她却带了一个油头粉面的男朋友来上车，粘了胶水似的依偎在一起。一路上，我的耳朵里只听到这一对恋人的浪笑声，醋水淹过我的头顶，我难受得要命，我会把车开得就像得了狂犬病的狗一样。待到终点站，由蛋雇来卖票的那个张阿姨总是要骂我：

"陈师傅，你看看，你看看，车里吐得就跟厕所一样脏，你今天怎么回事？蛋还说你是老司机，我看驾龄不到一年的人也比你强。"

我真是有苦难言。

好在苍天有眼，我终于遇到了美信。正如你们猜测的那样，她是一个美人儿。我是在一个正月里，在吴村的桥头（也就是汽车终点站）与她目光相接的。老实说，那个瞬间我的眼睛直了。天上的太阳突然苍白了。整个世界白晃晃得可怕。我只看到一双眼睛，它躲着我转了转，然后，又瞟了我一眼，接着，她就走开了。整个世界只有她是彩色的。她走到桥头的小卖店里去了。

过了很久，我都不能从突如其来的眩晕中恢复过来。那是早上九点钟，要到平原上走亲戚的山里人挤了满满一车，他们很粗野地催我开车，用拳头擂车板。我只好让车跑了起来。

下午，车刚停好，我就去小卖店打听早上出现的那个姑娘。小卖店的老鳖跟我关系还好，他将一只手摁在脑门上帮我回忆，他告诉我那姑娘叫美信，好像是在深圳做什么事情的。至于做什么事情，他没有说。他还告诉我，我没有见过她，是因为她每次回家都是从金华直接坐出租车回家的，因为她有钱……

我再也不想打听什么了，一个漂亮又有钱的姑娘，就跟电视里的明星一样，最好的办法就是别去胡思乱想。可是我忍不住要想她。在接下来的几天里，过完年的年轻人开始陆续回城了，但我知道她是不会来坐车的。我有些惆怅，目光总在路上搜索出租车。如果我在路上遇到一辆进城的出租车，我会把那辆车拦下来。事实上，这只是我的想象而已。尽管我长得五大三粗，并且留了络腮胡子，我却没有胆量去公开追求的。

正月十五过后，我想该出门的都出门了，车停在吴村桥头等客，我不再东瞧西看。这时候，她却出现了。我张着嘴，有一种错觉，以为我看到的是我幻想出来的，并不真实。

她就坐在我右侧的那个座位上。

车发动之后，她跟我说："师傅，你能不能在村口停一下？"

我说："好的。"

原来是她的行李，还有她的父母，在村口等着她。

那一天车上人并不多。等行李都上了车，她的父母下去了。车又开了起来，她一直在招手，我呢，尽量把车开得慢一些，可是道路拐了弯……我留意到，她的眼里噙着泪水，那一刻，我的心里也酸酸的，我觉得她正是我要找的人。可惜由于我的卑怯，我没有跟她说上几句话。我只是偷偷地看她，她是那么美，眼神中时不时流露出忧伤与渴望……临到下车的时候，我才鼓起勇气将写有传呼机号码的条子塞给了她……

那是十多年的事了。她回深圳后给我打传呼机，我开车没地方回。

于是约定每个周二的晚上，我们通一次电话，我在一个公共电话亭等着她。她给我打电话，她经常哭，我问她怎么啦，她却不回答。其实我已经听说了一些关于她的流言，我只是不愿意相信。再说，她有她的苦衷。可是有一天，我还是冒冒失失地问了她一句不该问的话，她大概感觉到突然，在电话那头歇斯底里地喊了一句："你并不爱我！"电话"咔嚓"一声挂了。我的心里七上八下，在街上游走了一圈，又回到电话亭摁了回拨。接电话的是一个妇女，她告诉我这是小卖店的电话。

这以后，我不再有美信的消息。周二的晚上，我经常等到天亮。你可以料想到，那一年余下的时间，我在回忆中度过。有时候，我甚至感觉她还坐在我右侧的位置上似的。就这样，我盼了她一年，她如期归来了。你大概没想到吧，她是坐我的车回吴村的。那时春节临近，坐车的人特别多，我被车里人吵得头昏脑涨。车刚出站，又有人招手。张阿姨叫了起来："别停，别停！这里有交警！"

我正想丢下这个人不管，却突然觉得这个人很面熟，我踩了一个急刹车。她追上来了："等等，等等呀，我还有东西呢！"我的心剧烈地跳起来，又紧张又高兴。等她提着行李上了车，我发现我的眼前浮着一层雾。我的眼眶湿了。我很想问一问她："你怎么不坐出租车回家！？"这个问题，我当时没有机会问，因为车上人太多。等我想起来问的时候，她已经嫁给我了。她眨巴一下眼睛，羞涩地说："这个，哼！还用问吗？真笨！"

我现在依然认为，我和美信的确幸福过。幸福是不会骗人的。只是有些夫妻幸福的时间长一些，幸福了一辈子，正所谓"白头偕老"；我们的幸福却只有短短的两三年。这不是我们的错，是老天不眷顾我们这对新婚夫妇，可是我已知足。

好吧，你如果不嫌烦的话，我想告诉你，我们的幸福是怎么夭折的。那时候，我基本住在吴村，差不多是以上门女婿的形式与美信结合的。当然，这个说法也不准确，因为美信还有一个哥哥，只不过这个哥哥属于智障之类，有点痴痴傻傻的，美信的父亲（即我的岳父）总是希望我能在吴村待下来，将来，我和美信可以照顾到这个哥哥。

刚开始我很不习惯在美信家生活，我一个人自由惯了，又特别会吃，生活习惯也不好，生活起来小心谨慎。加上美信的父亲从容貌到性格都很硬冷，有点像电影里的日本演员，常常一天都不开口；她的母亲呢，又总是生病，她的唉声叹气会让人联想到猫头鹰的不祥之声。还有她的傻哥哥，总把我当成一个侵略者，他一天到晚的任务就是监视我，我不知如何跟这一家人相处。

顺带说一下，我此时已经不给蛋开车了，所以待在美信家的时间比较长。我和蛋是因为美信闹翻的。因为蛋听说我要和美信结婚，他一个劲地埋怨我，问我从金华到吴村，路上什么样的女人没有？偏偏喜欢上一只鸡？我听他这样诋毁我心爱的姑娘，火了，打了起来，谁也不让谁。等我冷静下来，蛋已经被人送进医院。后来，他就把我辞掉了。

比起蛋对我的鄙视来，我在吴村的日子，更多的难言之苦来自于这里的村民。这里的村民一个个都很善良，但有时表现得很无趣，他们就像蚂蟥一样始终咬在美信的身世上，他们在我到来之后更加强调美信的清白，认为像我这样一个有本事的人（司机在他们看来是好职业），不该为了"钱"跟一个名声不好的女人生活在一起。我都弄不懂他们是在同情我，还是嫉妒我。

美信是一个好女人，如果不是因为她对我既温柔又体贴，很难想象我会干出什么事情来。一个人的忍耐是有极限的，加上我本来脾气就不好，每次在小卖店打几圈牌，都会跟村里的几个二流子吵起来。其中有一个叫阿发的家伙，他大概也追求过美信，听说情书写了上百封，结果美信嫁给了我，他总要拿刺蜇人。

我对他说："你别惹我，我的拳头不认人！"

他却说："你吃女人饭你还牛气个啥！"

我随手拿起屁股下的凳子，把他砸趴在地上。这下子我闯了祸，他家的一群兄弟抬着装死的阿发跑到我岳父那儿要求赔钱。他们心想你家不是有钱吗？我要你赔个三万五万的。这件事闹得收不了场，村里人围了个里三层外三层的。我只好拿了一把菜刀，还有一块砧板，将它扔到那群兄弟跟前。

我对他们说："你们别太张狂，我是用这只手将阿发揍趴下的，现在随你们怎么样？别他妈的跟我岳父纠缠……"

看热闹的人似乎吃了麻辣烫，嘴里发出吱吱的声音。那群兄弟商量了一下，由那个脸上长块疤的兄弟出面说："你如果敢砍下三根手指，我们就扯平了，我们永世不跟你过不去！"

我说："好啊，我愿意这样做。只是，我这三根手指你要给我吃下去。"

他一听我说这话，以为我胆怯了，说只要我砍下来，他就吃下去。

我把砧板架在两条凳子上，手起刀落，左手上最小的那根手指跳了起来，掉在地上。我忍着钻心的疼痛，俯身捡了起来，走过去递给他说："你先吃了这一根我再砍下一根。"

他后退着，不敢接那根手指，我跳上去，一下子掐住他喉咙，将那根硬硬的东西塞进他的嘴里，他拼命地拍打胸脯，等我松手的时候，他已瘫在地上，呜啊呜啊的呕吐声，就像一只乌鸦在叫唤。

我对其他几个兄弟说："下一根手指……轮到你……"

他们混迹在人群里，逃之夭夭。从此这些无事生非的家伙，再不敢当着我的面说三道四。然而，美信却在那一个晚上，流产了……

## 二

似乎命中注定有如此一劫，怀孕三个月的美信大概受了惊的缘故，在人群散后感觉下腹疼痛，然后发现下身有少量流血，接着，腹中的胎儿还没有成人形就死了。也不知道像这样未能出生的孩子最后是去了天堂或者地狱，美信哭得很伤心。当然，我也很伤心，那是我们的骨肉啊！

那次不幸之后，我很自责，觉得这样混下去终究不是办法。我想重新出去工作，给包工头开工程车或者给运输公司跑长途。跑长途工资高，美信却舍不得我去受这样的苦。她说，我用武力教训那些嚼舌根的村里人是对的，这让她父亲对我这个女婿很满意。还说，她这些年在深圳存了一笔钱，这笔钱原本是想拆了老屋造洋楼的，造了洋楼再给她的傻大哥买一个老婆，她作为妹妹和女儿也就仁至义尽，她将随我上哪儿到哪儿，相夫教子，恩恩爱爱。

我听了很感动，我是愿意帮她造房子的。如果可能，我还愿意跟随人贩子到外省去骗个女人回村。可是她的这个计划跟我是否出门打工关系不大。这时，美信才说出了她的真实想法。她说，她想把这笔钱取出来，给我买一辆车，等我们挣了钱，再给哥哥造房子娶媳妇也不迟……

客观地说，美信的父亲是一个不好讲话的人，他那副不苟言笑的样子谁看了都不舒服。可是他在买车这件事上却是支持的。我也说不清他是一时糊涂，还是对我抱以过分的厚望。我们商量了几天，关于买什么车做什么用挣不挣钱，都梳理了一遍。这样，我和美信就有了一辆名副其实的中巴车，走的路线是跟蛋一样的。我们的想法是，我开车，美信卖票，我们既照顾了家里，又挣到了钱。

至于我们是如何拿到营运许可证，又如何取得线路经营权的，这个过程可以用"惊心动魄"来形容。最终，扬言要把我撞死在这条路上的蛋，他的农用车被禁止在这条路上营运。

事情发展到这儿，你不能不说顺风顺水。事实也是这样的，我们的中巴车开始给我们挣钱了。我们一早从吴村出车，班次由来回两趟增加到三趟。由于我的驾驶经验，由于坐中巴车比坐农用车舒坦一些，由于美信的热情，中巴车又在吴村过夜，来往于城乡间的人似乎比以前增加了。我们第一个月就挣了五千多块钱。

没过两个月，我和美信就成了这条线路上家喻户晓的人物，因为我们是夫妻，开的又是自己的车。特别是谁家在深夜遇到病人要急诊、孕妇要生孩子，一个电话打过来，我们一般会出车。平时，要是有人托我们从城里捎点东西，从山里运点东西，我们都很乐意帮忙。渐渐地，人们似乎接受了一个新的美信，她是这样会吃苦，这样爽朗，乐于助人，如果再去提那些道听途说的传闻似乎不合时宜，也就不提了。

我们的事业蒸蒸日上，而且家庭和睦夫妻恩爱，我常常感慨自己熬到三十多岁结婚没有白熬，一路上不知不觉哼起小曲。人们都说我胖了，有了啤酒肚，我自己却没有察觉到。美信还说我常常在梦里发出笑声来，吓得她不敢睡，将我摇醒……

人有痛苦往往藏得很深，快乐总是被流露。我的岳父很爱惜我们的车，他喜欢看我们开着车在公路上跑。他喜欢跟人说"我女儿的车"。一到傍晚，在离家不远的一块空地上，他雷打不动地拿着一根皮管，还有一个刷子……他就像一匹公马爱护一匹母马一样爱护我们的车。有一段时间，他还经常带着傻儿子到金华去"见世面"，人家见他儿子像老鼠一样多动与紧张，问他"这是你的儿子吗"，他回答得理直气壮，似乎该到**扬眉吐气**的时候了。

可是随着时间的推移，有一件事黑影一般追随着我们，我整天在提心吊胆中过日子——美信的第二次流产叫人不安。医生说，流产有三种特殊情况，美信的情况属于"习惯性流产"。我对妇科知识一窍不通，也不感兴趣，但是医生在流产前面加上"习惯性"三个字，我还是能明白其中的含义的。我那时就有一种预感，美信有可能生不了孩子……

你别看我这人粗得像一根木头，心却细得像一枚针。我有些伤心起来，弄不清是为了孩子，还是美信。当美信第三次怀孕，欣喜的心情没有了，取而代之的是忧虑。每次车过和尚村的一座小庙，我都要在心里默默祈求菩萨保佑。

经过前两次的流产，美信瘦了，形容憔悴，尽管她还像以前那样跟乘客有说有笑的，看上去心情不错，但是我知道她偷偷哭过。我跟她说，你的身体比钱更重要，从明天起你在家里养身体。美信不理解我的意思，说她妈生她的时候，一个小时前还在田里干活……我说，你没看见你妈现在百病缠身的？再说汽车尾气有毒，车体的抖动会影响到胎儿，以后孩子的心脏说不定会跳得比正常人激烈……就跟每天都有警察来抓他似的。

美信笑了，笑完之后，神情黯淡。她说，她如果待在家里，村里人不就都知道她又怀孕了吗？这倒是真的。由于前两次我们估计不足，美信的怀孕及流产弄得路人皆知。有好心的，告诉我们以后该怎样保胎，有嫉妒我们挣钱的，在背后议论我们，意思是世上的好事怎么可能都被你们占了……人心就跟公路底下的深渊一样。

这时候，我的父母来吴村了。他们不知从哪儿打听到胎儿死了，是因为子宫太小，所以闷死了。他们来的时候，带了一些胀气的草药，听说这些草药吃下去，子宫会像吹气球一样胀大一倍。我怕他们会在村里到处宣扬这个科学原理，很想劝他们回去，又怕他们说我不孝顺，只好忍着。

"胎儿又不在胃里，亏你们想得出来。"
"你懂什么？是你把我们生下来的，还是我们把你生下来的。"
"就怕分量控制不好，把子宫撑得过大，像游泳池一样……"
"这个，我会掌握的，每次不能吃多，但吃的次数要多。"

"就怕气呛到胎儿嘴里去……"

"胎儿的嘴连着母亲的脐带，你可是什么都忘了。"

我的父亲是个叫人哭笑不得的人，他一天到晚都在说话，而美信的父亲又像毛驴那样严肃，我怕他们单独在一起会闹出矛盾来，乘机叫美信在家里招待与圆场。美信不得不照着做。

第二天，我偷偷抓了一撮药，请教了车站附近一医院里的医生，医生告诉我胀气药是给不打嗝也不会放屁的人吃的，既然美信没这个毛病，他就开了一些真正的保胎药给我。这样，美信每天把我父亲煎的药倒在一只罐子里，等我回家后给我喝。因为我便秘，几乎不怎么会放屁。我吃了后果然感到浑身通畅，废气排放量大大增加。暂时来给我帮忙的老鳖的儿子，在没有人的时候跟我说：

"陈哥，我跟你说个事。"

"什么事？"

"我觉着这两天，加油站加的油……有问题……"

"怎么可能？"

"你难道闻不出来？大家都说汽油味变酸了。"

……

随着美信的孕期一天一天增加，我们的神经一天天紧绷。美信前两次流产都发生在第三个月上，现在，宝宝在他妈妈的肚子里两个多月了，我的双亲还有岳父母一天到晚围着美信转，问她"怎么样""大便通畅吗""想吃什么东西"，尤其我父亲盼孙子盼得疯疯癫癫，恨不得趴在儿媳妇肚子上听一听胎儿是否有了动静……

美信感到压力很大，在家里别想安静一分钟，多次要跟我到车上卖票，我也想不出办法，把父亲臭骂了一顿。父亲在回去的路上，委屈得老泪纵横，指责我是"不孝"。母亲则抱怨美信腰太细胯儿太窄，"一看就知中看不中用"，于是她又怀念起了一门在她看来很好的亲事，推测我当初娶了那个姑娘，孩子都该上学了。说实话，我不后悔当初的决定，因为那姑娘俗得像一只肥胖的苍蝇。

另一方面，一些消息灵通的村里人已经开始关注美信的第三次怀孕了，他们对孩子能否顺利出生表示了怀疑，因为他们追根溯源，又一次提到了美信在深圳的经历。他们认为美信如果在深圳做的是正当的行业，那么，她怎么会挂不住胎？美信肯定在那边堕过胎，或者严重一些，得过性病……

这些危言耸听的言论，我没有亲耳听见，据老鳖的儿子说，传得很难听。这让我很恼火。可是我能怎么样？嘴长在别人的鼻子下方……

老鳖的儿子叫小青，自高中毕业后一直待在家乡搞养殖种植，他以为一个人靠一双勤劳的手就可以致富奔小康，如今他嫁接的果树全部出现了返祖现象，他本人比他爹还显老。但是不得不承认，他是一个有头脑的人。有一天，他送给我一本书，说："陈哥，读读吧，让嫂子生个大胖儿子！"

这是一本关于"优生优育"的书，我至今感谢这本书教我怎么做父亲。在美信怀孕期间，我戒了烟，不喝酒，学会了倾听妻子在孕期的所有抱怨，并且陪同她到金华的大医院做检查，督促她补充叶酸，说是能预防胎儿大脑发育不全，大概是预防生痴呆儿的意思吧……

日子如履薄冰地往前捱，美信顺利地怀到了第三个月上。这时候，照书上说的，有过流产史的准妈妈最重要的是放松心情，不要紧张。我和岳父母为了不让美信在这一时期产生压抑的心绪，多给她一些自信，我们刻意装得轻松，仿佛女人生子如同母鸡下蛋是十拿九稳的事。

然而，美信愁眉不展，比起前两次怀孕，她似乎失掉了底气。看到她这个样子，我六神无主，每次车过一个陡坡，我都要停下来，不管车上的人怎么议论，都要跑到一块岩石上去折一些杜鹃花带回家。真是奇怪，那不是杜鹃花开放的季节，那块岩石上的杜鹃花却开放了……这个问题还是美信发现的，我惊了一身冷汗，马上讲了一些笑话来逗她，怕她以为这是一个不祥的预兆……有一个笑话很好笑（我现在不想去复述这个笑话），我没说完，美信就咯咯咯地笑了，笑个不停。那是我第一次看见美信笑得那么开心。不料我的岳父突然走进来将我叫走了，斩钉截铁地说："大牛，你应该知道，孕妇不能笑得太厉害！你可别闯祸！这次一定要把孩子生下来！想必你也听说了……"

我心里一沉，担心美信因暴笑而流产，担心了一宿。

焦虑与忧患，还有风言风语，就像胆汁一样渗透在日常生活的每一个毛孔，我盼着时间快点过去，恨不得早上出门、晚上回来，妻子已生产，她的怀里抱着我们的爱情结晶……我甚至把孩子的名字都想好了……

时间一分一秒地过去……

也不知是我们的虔诚感动了上苍，还是那本"优生优育"的书起了作用，挂历又掀过去好几页，这一次，美信的肚子好像隆起来了，尽管有时候又感觉还是扁扁的。那是下雨的天气，我回家的时候，天有些暗了，路上突然蹿出来一个人，他将中巴车拦下了。我现在很讨厌村里人拦我的车，更何况已经离吴村不到两里地。没想到上车的是美信的父亲。

"大牛，大牛，你总算回来了。"

我吓得要死，以为发生了不幸的事情，问岳父，他就是不肯说。大概是怕车里人听见。等车停在桥头，我们一前一后往家里走，他才说：

"动了，动了。动了好几下！"

"是地震了？"

"宝动了。"

"谁？"

"你和美信的宝。"

我愣住了，心中的惊喜撞击着我的大脑，我跑了几步路，又停下来，喉咙突然一阵发干。我对岳父说：

"这个时候，孕妇一人生病，母子两人受害，不能让美信感染病毒，营养很重要……"

"对。"

"还要开心起来，精神苦闷不仅对胎儿发育不利，还会影响胎儿出生后的智力……"

"对。羊（即美信的哥哥）就是这样。"

回到家，我泪流满面，我很想抱一抱妻子，听一听她的肚子，却发现岳母忧心忡忡地坐在房门口。我的两腿一阵发软，跌跌撞撞地走过去：

"美信流产啦？"

"乌鸦嘴！"

我走进卧房，看见美信倚靠在床上，她睡着了。我摇醒她，将一只手搁在她的肚子上，她笑了笑。

"又动了吗？"

"没有。我也不知道是不是真的，下午好像是动了两下。"

这时，我的岳父岳母也进来了，神情十分紧张，小心地问：

"那现在呢？"

"我也不知道。"

我赶紧翻开那本书。

"书上是怎么说的？"

"胎儿在子宫内伸手、踢腿、冲击子宫壁，就是胎动。正常明显胎动 1 小时不少于 3~5 次，12 小时明显胎动次数为 30~40 次以上。"

"怎么好长时间没有动了呢……"

"书上说，怀孕满 4 个月后，即从第 5 个月开始才明显感到胎动……"

"宝还刚 4 个月……"

"他会动就能保住……"

"但愿这样……"

# 三

后来有过一段较长时间的平静时光，可我不得不说，这是我心理上的感受，现在算一算也就过了一两个星期，甚至还要短一些。我害怕去回忆这一段经历，现在想起来，还会气得胸口疼……因为他们早有预谋。

这件事情一发生，我的脑子完全被搞乱了。他们联合起来对付我，这条路上的乘客被抢走一半还要多。我去质问车站负责人，才知道车站当初只是按照交管的规定禁止农用车上路载客，也就是说，并未取消蛋在这条线路上的营运资格。这样，蛋找了几个合伙人，买了那辆带空调的 45 座大巴车。

一山难容二虎，或者说谁都想垄断这条路，我和蛋的再次较量，从车票降价开始，到我卖掉中巴为止，这过程刀刀见血，愈演愈烈。我不想把这过程从头到尾讲一遍，不想婆婆妈妈说得太多，但有一点是肯定的，如果不是因为美信，我真想烧掉他们的车，我干得出来……

有一次，我们的车又在路上相遇了，我一看我的车上人少，他的车上人多，我有些失去理智，把车横在了公路上。老鳖的儿子劝阻我，我不听。蛋气得跳下车，跟我对骂起来：

"你想怎么样？把路让开！忘恩负义的小人！"

"蛋你听着，别把我逼急了，打架你不是对手！"

"哼，你敢动我一根寒毛，这次叫你去见阎王爷！"

"我倒是想试试看……"

我跳下了车，手里拿着一只扳手，感觉身子一阵发烫，那是血管里的血液在奔突。说实话，我已经压抑了太久，我喜欢打架。

"我就在这里结果你，怎么样？"

"用不着。"

"怕啦？"

"没那么回事……"

原来，他的车上带了打手。这是我万万没有料到的。在那种情况下，我只要动蛋一下，就有可能送命。但是我咽不下这一口气，我冲了过去，想用扳手打蛋的头，他跳到一边，没打着人，我扭身的时候……他们倒是将我推到了车身上。

"小子！听说你娶了一只鸡，听说还挺漂亮……这么多人用过的工具，是不是很松？"

"你们这些狗，不要多管闲事！有本事一个一个来……"

"呸，你有力气你歇着吧！也不问问你家老二该不该在这个时候跷起来……没空陪你玩！"

那几个理了阴阳头、胸口挂着十字架的家伙，一下子变得恶狠狠的，对着我拳打脚踢，有一个踹了我一脚，痛得我抱住裤裆，闹绞肠痧一样倒在地上。蛋阴阳怪气地笑起来："……把婊子卖身的车开走！"

我很久站不起来，嘴里虽然回应了他们几句，但是话语在这样的场合丧失了意义。老鳖的儿子扶我到车上，车里骚动起来。我忍着双重痛苦，将车开走了。老鳖的儿子安慰我："陈哥，他们威风不了多久，你看着……"

那天回家已经很晚，我羞愧地迈进家门，家里人都等着我。我说车在路上坏掉了，修了半天。美信心细，问我脸怎么肿了，走路还带点儿瘸？我说我跟交警打了一架，交警罚钱我不给。美信叹了一口气，脸色苍白。我问她胎儿的事，她说一切正常。我劝她先睡，她就去睡了。

吃饭的当儿，岳父告诉我，今天美信好像不舒服，问她也不说。我当时还被蛋欺负的事难受着，嘴上说明天带她去医院检查，却没怎么放在心上。因为明天我想去找几个流氓，报复他们一下。岳父看了看我，就胎儿的事啰啰唆唆说了很久，其中还夹带着他的历史，原来他也是一个外来者，他是跟随他母亲要饭到吴村的，是一个杀过人的哑巴收留了他们。听他这么一说，我也就理解他为什么跟村里人处不好关系，也就明白他为什么沉默寡语。

"如果没有信，我几乎没有勇气活不下去。我一直想把羊掐死。"

这时，羊就坐在不远的地方，紧张地朝我这边张望。

"等信把孩子生下来，我要办五十桌酒席，让那些王八羔子自己打自己的嘴！"

岳父喝了一点酒，话有些多，也不知道怎么搞的，偏偏攒到这一天来说，当我决定去睡觉，时间已晚，我发现美信坐在卧房的地上，一动不动。

"美信！你怎么啦？"

"我有点……腰酸腹胀。"

"你怎么不早说！"

"我想我……怀不住了……"

美信的额上淌着大颗白汗！我想扶她起来，她抱住我的腿，泪水汩汩地流了出来：

"大牛，如果我又流产，我该怎么办？大牛……"

"没事的，傻瓜。这次不行咱就不要孩子……"

"这只是你说的……"

美信越哭越伤心，我也一样，门，就在这时拍响起来：

"喂，喂！信儿，大牛，怎么啦？"

我打开房门，禁不住声音哽咽，带着哭腔：

"爸！快准备一床被子，美信、美信又见红了！"

我抱起美信，冲向屋外的黑暗……岳父岳母抱着棉被，跟着我往公路上跑。我的车停在空地上……

一路上，我心里又急又怕，道路千转百回，车灯只照到前面一小段路，树影憧憧，阴森可怕，黑夜的道路跟白天的完全不一样。我以前虽然为病人开过夜车，但是不去担心汽车颠簸对病人造成影响⋯⋯我都不知道车是怎样危险地翻过山岭，绕过水库，开到平原上的，只记得路过和尚村，岳父突然叫我停车，他从小庙里回来的时候额头上流着血。岳父哭了：

"信，菩萨会保佑你和孩子平安的！"

车到汤溪镇的时候，美信已经睡着了，她的脸缩小了一圈，白得像死人。虽然我知道镇上的医院不如市里的医院好，但是救人要紧，我开到镇医院，叫醒了值班的医生。他又打电话叫来主治医生。因为我在这条路上开车有年，都认得我，一个劲地劝我冷静，然后，他们把美信推进了急救室。

没有哭声，也听不见医生说话，走廊里静得只听见岳父发出的怪声音，就像在嘴里咀嚼一根艰涩的牛筋。我多病的岳母呢，经过这一路的颠簸与担心，蹲在垃圾桶旁吐了一地东西。时间一秒一秒地过去，我焦急地在走廊里走来走去，看见一间病房开着门，我走进去，在一张病床上躺下来，眼泪遏制不住地往外流。我爱美信，从来没有像那一刻那样清晰地感受到这一点。

大概一个小时后，当我被岳父叫醒的时候，美信已经躺在病房的另一张床上。刚才我做了好多跟女鬼有关的梦，梦见她们的下身血糊糊的，我感到恶心而窒息。我不敢问美信是否流产或者身体怎么样，我怕我承受不了任何的打击。是岳父告诉我"胎儿保住了"，并且说，"幸好自己有车，来得及时"。

过了一会儿，医生进来换支架上的吊针和血浆，我才知道了更多的情况。医生跟我说，胎儿虽然保住了，但是情况不容乐观。又说，习惯性晚期流产常因子宫颈内口松弛所致，多由于刮宫或扩张宫颈所引起的子宫颈口损伤。我听得照旧不是很明白，但是医生说的"刮宫"两个字就像钉子一样扎进来，我的心脏感到疼痛。可是当我看了看沉睡中的美信，难言的疼痛又马上消失了。她是那样的美，由于输了血，苍白的脸上浮出两朵红云彩。这样安详，仿佛刚刚出生一般。我的眼泪又流了出来。

好吧，美信已经在医院住下来。医生强制她一天二十四小时卧床休息，连吃饭、排泄都必须在床上进行。这个时候她很难受，因为她虽然是个山里姑娘，但早已养成爱干净的习惯，尤其医生提醒她"为避免屏气，你不能用力大便"，这样的事情公开说出来，叫她羞涩和难堪。等到她要排便的时候，我和岳父知趣地到街上去溜一圈。

后来，她实在无法容忍了。再说，经过这么多天的住院治疗，胎儿好像很平安，有时候还会动两下，用美信的话说，他又踢我啦！这样的信号叫我们兴奋，觉得没必要让美信在这里受罪，于是要回家。走的时候，医生反复敦促美信：卧床休息，严禁性生活；减少下蹲动作；防止便秘和腹泻；不可受惊吓和过度精神刺激，戒怒戒悲……

于是，我们回去了。


这时，我们从吴村消失好些天了。我的车没有参与运营本身就是一个重大的新闻。我还没有到家，就听路上搭车的人说我已经被蛋"阉割"了。我拼命压抑自己的怒火，并且提醒他说"我知道了"，因为美信躺在后面的车座上。到了吴村，我把美信送回家，借买卫生纸的机会去老鳖那里打听我被人糟蹋成什么样儿了。在他的小卖店，我差一点又跟人打起来。

我没想到，我跟蛋短短几分钟的对峙被村里人演绎得神乎其神，好比香港武打片，其中关于我的下场让我感到耻辱。因为知道这件事的人都以为我被"阉割"了，有的甚至说，蛋阉割我的时候才发现我的睾丸小得像两颗蚕豆，所以美信怀的孩子总是流产……我灰溜溜地回到家，心情十分糟糕，我很想把自己灌醉然后打人，但是联想到美信和胎儿都需要安宁，我强装笑颜。

第二天，我按时出车，在路上迎面撞上蛋，我百般劝告自己冷静，不要冲动，但是血液已经沸腾……我们又打了一架。这一次，我赢了他。当然，也就是揍了他两拳，把他的鼻子揍歪了。这样，等到第三天出车的时候，他又找人拦住了我。这样来回折腾了几次，搞得坐车的人越来越少。

这件事到了该了结的时候了……

怎么办？是把路让给蛋（及他的合伙人），还是继续斗下去……我一个人拿不定主意，又不想让美信参与这件事情，我彻夜不眠。是的，我这人虽然没有什么野心，但是事情到了这个份上我哪一样都不想放弃。

想一想；如果不是因为蛋来捣乱，不管怎样，我的生活将越过越好。谁不想过更好的生活？美信见我魂不守舍，问我这几天是不是又打架了？我说没有。她告诉我，她都听说了。她劝我"退一步海阔天空"，蛋找的那些合伙人都是有背景的。我却说，这件事不用你管！这条路又不是他们家的！我已经完全忘记了医生的话。

仍记得那是个丑恶无比的下午，我从车站出来，车上只有零零星星的几个人。由于这段时间亏本得厉害，我没有找人帮我卖票。车过一个叫"白龙桥"的地方，路上有几个戴墨镜的人向我招手，我也没有多想，停好车，开了车门。他们一上来，先是有一个家伙在我身边坐下来，接着，其余几个嚷嚷起来："下去！都下去！这辆车我们包了！你们听见没有？"

从站里带出来的几个乘客面面相觑，都朝我看，他们看见我的腰上捅着一把匕首，就尖叫起来，跑下了车。那家伙将匕首往里戳了一下，我的腰挺得更直了，我听见他跟我说："给我老老实实地往前开！"

我不住地吞咽口水。我说：

"你们抢我一个开车的，还不如去抢银行……"

"别废话！"

"你们想让我往哪儿开！？"

"火葬场！"

"你们到底想干什么？我会报警的！"

我踩住刹车，准备伺机反抗。这时，后面几个人扑上来，用一个布袋子将我的头罩住了，我挣扎着，被他们拖到了后座上……车又跑了起来，我再也不知道方向。等车停下来的时候，我听见各种钢铁碰撞与切割的声音，大概是到了废铁收购站，或者汽车拆卸厂……我的心凉了半截。

接着我被他们带到一个安静的地方，有一个人问我："关于你的车，你准备怎么个卖法？"

我说我死也不卖！

他就跟没有听见一样，向我介绍说："如果按废铁论斤卖的话，现在就可以付钱给你。如果拆了卖零件，稍微麻烦一点。"

我的嘴在布袋子里又喊又叫，嗓子很快哑了，没一会儿，他们将我摁在一张桌子上，我的一根手指湿乎乎的，当他们把这根手指还给我时，我才知道我已经把车卖掉了。是按半价卖的。

"协议已经生效，你回去把汽车的一些票据准备好，到时自然会有人找你到车管所过户的，钱也会打到你的账上，你用这笔钱好好过日子吧。"他们跟我说。

现在我的嘴里已经发不出像样的声音，所以回答他们的是我的抽泣："你们不能这样……放我一条生路吧！这是我老婆……所有积蓄啊……"

那个人说："那你自己找个主把车卖了去，识相一点！"

我点了点头，说："好。"

这样，他们又把我扭到车上，也不知道车在黑暗中开了多久，我头上的布罩解开了。他们警告我："如果敢报案，当心你的老婆孩子爹爹妈妈，都过不上好日子。现在，你可以回家了。"

他们走后，我趴在方向盘上哭了很久。

# 四

几天后，十五万的车，我折价十一万卖给了一个外地人。我跟他说，你不要在金华一带开，免得我看见难受。他说好的。我卖了车，没几天，美信流产了。也不知道是因为我卖了车，受了打击，还是原本就要流产。这一次，我没怎么在意，我也麻木了。

后来，我和美信离开了吴村，来到了金华。我们利用卖掉中巴车的钱，买了一辆桑塔纳。她搞了一个摊位，卖的是童装，我开出租车。但是说实在的，我们在一起谈不上幸福了。因为美信不会生孩子，我的家里人不接受她，还侮辱她。她自己的爹娘呢，整天希望她再怀孕，希望以此来证明所谓的清白，这个任务尾随着我们，似乎不生下一个孩子来，耻辱将永远套在我们的头上。

她后来果真又怀了一次，是瞒着我偷偷怀上的。没想到的是，这时就连流产也大大提早了，以前还有过胎动，现在倒好，刚怀上一个月就血淋淋地冲进了下水道。她哭着说，这都是命，她再也不想受这个罪了。我说，你早就应该这样。可是她又说，她喜欢小孩，以后恐怕只能领养一个别人的孩子。我真想说，别人的孩子哪有自己生的亲，你早知道将来还要过正常的生活，你当初为什么还去深圳做那样的事情，你是得不偿失，我跟着倒霉。

但是我终于没有说，我不忍心。

她很瘦，皮肤松弛，人远远不如以前漂亮了。我看到她，心里很难过，我是看着她迅速变老的。我并不嫌弃她，只是那样轰轰烈烈的爱，不再有了。那段时间，她的摊位亏本，我跑出租的钱也很有限，我们挣钱大不如前。这时候，我觉得我们之间的亲情远远超越了爱情，所以我们才能相依为命，就像两只栖息在苦树上的鸟。

难道，我们就这样生活下去了吗？我也说不清，我有一点儿落寂，有一点委屈。更多的时候，我觉得这样活下去发不了财，总之没什么奔头，我有些心灰意冷。后来，我们就吵了架，我揍她，又离不开她，正如谚语说的，就像两个冤家生活在一起，直到我完全丧失理智……

归根结底，一切都是因为钱。刚开始，我嫌开出租车累，没有钱，只是嘴巴上说说而已，并没有想过要去干别的（我除了开车还能干什么）。可是，当我看见在星级酒店门口，在城里人过夜生活的地方，如此多的有钱人开着宝马、别克，进进出出，他们开车并不是为了拉客，我呢，经常熬到深夜拉不到一趟活。我经常陷入无能的自责当中，难免会想到迫不得已卖掉中巴车的事……

我以前没有想过自己将来要怎么样，不管是开货车、工程车，还是给蛋开农用车，我就像一只推粪球的"屎壳郎"，只管忙碌。发财是我以前没有想到过的，然而自从卖掉了中巴车，我觉得自己好像突然变成一个穷人似的，我忍受不了穷的身份，脑子里老在想着发财，想着如何去报复。我对这些事情发生了很大的兴趣，那景况就像我在没有结婚前想女人想得发疯一样。

我买彩票买过一段时间。不过，我对这玩意很快绝望了。我不认为我的运气有多么好……我始终以为，要发财就必须靠做生意，做生意挣钱来得快，挣再多的钱，光明磊落。我把我的这个想法说给美信听，美信说，还是开出租车好，钱虽然挣不多，但是每天都有。她拿她的摊位做比方，有时候虽然一天挣几百块钱，但有时候一个星期都亏本。

我取笑她："在地下商场摆摊，算个狗屁的生意？"

她问我："那你想做什么生意？"

我说："我还没有想好。"

确实，我对做生意一点概念都没有。我在美信反对的情况下卖掉了桑塔纳，在火车站附近开了一家餐馆。我想开餐馆我能够把握。确实，有一阵子餐馆生意挺红火，可是要说到挣钱，其实是很少的。因为餐馆档次低，跟开食堂差不多，付完厨师、服务员、洗碗工的工资，还有各种名堂的收费，我只挣到一身肥肉，还有跟车站附近一些二流子的哥们关系。我一直想利用这些人去对付蛋。

可是没过多久，就发生了这样的事，火车站要扩建广场，我的餐馆要拆掉……我想转让也不可能了。没办法，我把餐馆里的冰箱桌椅厨具等卖了，加上一点周转的钱，手上只剩下七万多块了。我知道这些钱都是美信辛辛苦苦挣的，怎么说都不能让它继续少下去！当美信问我还剩多少存款时，我撒谎说十万，心里别提有多愧疚。

这时，一个街头混混的头目知道我手头有钱，想跟我合伙开一家裸体歌厅（后来他说是想扶持我），我一时拿不定主意。我清楚他说的裸体歌厅就是色情陪唱，我心中一阵悲凉。难道，美信从这样的场合挣回来的钱，只有在这样的场合才会生出红利来吗？我不知道该不该让这些钱回到它的老路上去。就在我犹豫不决的时候，岳父的到来打乱了我的计划。

我前面似乎没有提到，自从我和美信来到金华，我的岳父其实也经常来金华。他每次来，都要背许多大米、蔬菜之类的，有时候还会从蛇皮袋里掏出一只鸡。等到我开餐馆那几个月，他简直成了一个专业的蔬菜贩子。他的一趟趟进城虽然不能给我省下很多成本，我仍然很感动的。

有一次，我对他说："爸，你这样来来回回的又辛苦又花车费，我到时一并结算你。"

我看见他嘿嘿地笑了："大牛，你这说的什么话。我种菜还是在行的，以前菜吃不掉我都拿去喂猪。"

"那车费呢？"

"什么车费？我一分钱不给！"

"车——还蛋在开？"

"他雇司机开，他自己卖票。我每次占最好的位置坐，还把痰吐在过道里，他看见我，屁都不敢吭一个。"

我听了很解气，觉得岳父多进几趟城也是好的。

"这王八蛋，等我挣了钱，迟早会收拾他！"

可是，岳父的心思好像不在免费坐车上，他总是在问我（因为每次都是我去接他）：

"美信这段时间怎么样啦？"

"美信又怀上了吗？"

"美信到医院检查了吗？"

"医生说这病能治好吗？"

他的到来让我感到不安。这一次，也是如此。

果然，他刚放好担子，就跟我说："大牛，我帮你们打听到一家医院，就在金华，你们在这里这么久也不去看看！一点也不上心！喏，这是这家医院的地址，听人说专治流产。"

我接过他手上的一张纸片，脏兮兮的，上面写着："我院的流产分类、诊断和治疗标准是国际上首创，拥有专利，经治数千例成功率99%……"这样的广告好像贴在电线杆上才合适的。我哭笑不得。

"这些小医院很多是骗人的。"

"话不能这样说！有枣没枣都打一杆。"

"那得听美信的。"


我现在已经想不起一些细节了，比方说美信为什么要听她爹的。当然，想起来也没有什么意义。反正那段时间，我的岳父对妇科医院产生了兴趣，他把美信产崽的希望寄托在了这样那样的医院上。这也怪不得他，有许多不会生孩子的妇女就是被一些小医院治好的。

不过，我只陪美信和岳父去过一家医院。我去过一次，绝不想去第二次。我一看那里的医生，怎么看都像骗子。我一听他们开出来的费用，更是气愤！尿检30元、验血50元、B超120元……名目繁多，开的药更是稀奇古怪。岳父却佩服得五体投地，认为医生分析得对。医生是这么跟他解释的："你见过倒挂起来的布袋吗？你女儿的子宫就好比一个布袋，现在的情况是，这个布袋口松弛无力，胎儿发育到一定重量就会掉下来。吃了我们这里的进口药，这个布袋口就会收缩起来。"

一个星期过后，岳父又一次来到金华。他想知道女儿身上的"布袋口"是否扎紧了。医生对他说："你女儿吃了药，好多了好多了，待一会看看拍的片……嗯，子宫口的确小一些了，不过比起正常的子宫口，还是大了一些。"岳父焦急地问他怎么办？他说："再吃一个疗程就收得更好了。"

当岳父第三次来金华催美信去看病，说实在的，我已经有些厌烦了。前两次他已经花掉了我们上千块钱，这一次更是狮子大张口，说是要花八千块钱做手术。医生告诉他说："你女儿的情况很特殊，使用药物已无法阻止宫口的扩张和放松，及早施行子宫内口缝扎术，加上小心监护，孩子才能平安降生。"

我那时急着想做生意（我已经同意合伙开歌厅），不太想去银行取钱。可是，我手上的钱归根结底是美信从深圳挣回来的，我不得不交出存折。如此一来，问题的严重性不在于流产，而是肚子里根本就没有胎儿！我气咻咻地去医院讨说法，医院的负责人狡辩说："老兄，手术的前提是先有胎儿再缝扎的，以防止胎儿滑下来。你们急着要做这个手术，我还以为是已经怀上了才来的！"

我回来后一想，的确，我已经有很长时间没有跟美信过性生活了。既然这样，还得把缝扎起来的子宫再拆开。

此后，美信又怀孕了。

美信又怀孕之后，她爹带着她疯了一般看了一家又一家医院，希望这些医院能保住胎儿，结果每家医院都有一套把你搞得晕头转向的办法，什么孕妇黄体功能不全、甲状腺功能低下、先天性子宫畸形、胎盘功能失常、血型不合、生殖器官炎症、母体全身性疾病……预防和治疗方法也各不相同，有做手术的，有中西医结合的，有针灸的，有推拿的。无一例外的是，都要花钱。

最可气的是有一家无赖式的医院，他们在美信的身上找不出原因，竟然怀疑到我的头上来，叫我也要去医院接受检查。我简直气疯了，我的种子如果有问题，美信的肚子能一次一次像吹气球一样大起来吗？气球没有吹得足够大就漏气了，能怪我吹的人不够使劲吗？

眼看着钱在一天天少下去，我本来就窝着一肚子火，这样发展下去，我什么生意都做不成了。我借机小题大做，将父女俩骂得狗血喷头。我的岳父两腮哆嗦，一副不服气的样子，我真想冲上去揍他。

"世上本没有两全其美的事！既要逼女儿去挣那样的钱，又要立贞节牌坊！"

"你小子……混账！你翅膀硬了！你给我说说清楚，美信挣什么不该挣的钱啦？"

"你心知肚明！"

岳父气得喘不上气，连夜要回吴村，拉也拉不住。后来也不知道他是走路回去的，还是在什么地方等到天亮才回去的，我和美信打车找了一圈，没见人影。回到家以后，美信又是哭又是闹的，我打自己嘴巴，恨自己不分轻重缓急，就差给美信跪下。美信呢，越哭越伤心。

她说，村里人这么说她，她认了，我也这么说她，是要遭雷打的……

我很想讽刺她几句，见她哭得肝肠寸断，又有孕在身，我憋着一口气。

其实，我多么希望她能将孩子怀到足月，顺利分娩！

美信却完全把我看成一个恶人了，说她看透了我，说我畜生不如……

"我爸年纪大了，你知道他有多可怜，他养我大不容易，你知道吗？他年轻时受了多少罪？村里人逼他喝过别人的尿，你知道不知道……"

"美信，我错了。"

"我生不生孩子，花了多少钱，我都不管……我只想让他满意。如果我看了这么多医院还要流产，也好让他死了心，好安心生活……"

"唉，唉！"

"再说了，我的钱原本就是为我的家里人挣的，跟你有什么关系……你有什么权力支配我的钱！？你说，你说呀！"

"你这是什么意思？"

"如果不是因为遇见你，我告诉你，我是要给我爸造房子的，给我哥买老婆的！让他们活得风风光光！是你害我爸在村里人面前抬不起头，你还这样对待他……你是人不是人啊……"

"美信，别再说了。"

"我偏要说！"

是的，她这是在等着我发怒。我问她：

"难道我就不是你的家人吗？现在还没有到离婚的时候，你为什么要跟我说这是你的钱！"

"难道这是你的吗？"

"我没有说这是我的！我给你开中巴车开出租车，没有挣钱吗？"

"那你开饭店呢？"

"我会还你的！"

自然，接下来的话，我说得更难听，我说：

"你别毒得像蝎子，你不就是靠卖肉挣了几个钱吗？我不稀罕！正因为这些钱脏得要命，我才这么晦气……"

美信终于被我气得晕倒过去。

# 五

过了一些日子，谁也说不清楚的一个过程，我和美信又和好了……这是怎么回事只有老天爷知道，因为当初就是他把我俩撮合到一起的。当然，这样的结果是我愿意看到的。我们都知道，我们活在这个世界上是这样孤单，这样弱小，两个人在一起还要相互攻击，相互折磨，那样的生活跟不开化的虫子有什么区别？

所以，在我和美信和好之后，美信在我的鼓捣之下，又把那个存折拿出来给我做生意。我向她保证：

"美信，别担心，我保证会挣钱的。"

"你总是在向我保证。"

"假如，上次火车站不建广场……"

"好了好了，都说上百遍了。"

不过，我恐怕永远还不上这笔债了！我追悔莫及！

好吧，让我来告诉你，我为什么如此憎恨我自己，现在我落到这步田地，我的脑子到底哪儿出了问题？我为什么老是不想让美信的钱回到它的老路上去？所以后来，我看到他们开的裸体歌厅生意红火，肺都要气炸了。因为我的钱是在歌厅快要开张的前几天退出来的。我的合伙人问我，黑白两道都有人撑腰你还怕什么？怕我们骗你吗？

我说不是的。我说我要光明磊落地挣钱。

他说，那你就挣去吧！

我拿着这最后的几万块钱，做过各种生意，名目之多我都懒得说。

地方也跑了一些，什么义乌、温岭、温州、乐清、宁波，无一例外的是，每一种生意都要亏掉我一些钱。这让我的心里好比灌了硫酸、硝酸，或者别的什么伤心的东西，负疚感与挫败感与日俱增。

我不敢回家，回家见到美信，我不敢看她的眼睛：

"美信，下一次生意，一定会挣钱的。"

"你总是在说下一次。"

"假如，上次我不从歌厅退出来……"

"好了好了，我不想听。"

整整一年，为了挣钱，我绞尽脑汁，受够了罪。我老了许多。可是到头来，我发现存折上只剩下两万块钱了。这个时候，我知道我已穷途末路。我有过将存折夹在信中寄回美信，然后跑到深山老林隐居的念头。可是，我没有这么做，我总想把钱重新挣回来。这样的愿望，你能理解吗？

我做梦都梦到挣钱。终于有一天，我被一个传销组织骗走了一万块钱。

说起来，那个拉我做下线的人是一个熟人。他告诉我搞传销可以一夜暴富（那时候传销是合法的）。我早听说传销在金华很盛行，当他带我到一个大礼堂去听了一堂传销课，我热血沸腾了。真没想到这里聚集着如此众多的渴望发财的人，大家握手拥抱呼喊口号汇报总结，一个个像发情的田鼠两眼放光。我昏了头。一个月后，这个传销组织的最高领导者突然从金华消失了，我交进去的入会费自然没了……我只能用欲哭无泪来形容我当时的心境。

这事尽管我瞒着美信，但是她大概察觉到了，编了各种理由要我把存折交还给她。我死活不同意。不是我想占有它，而是我一交出去她就明白我到底亏了多少钱。我们又吵了架。最后，我实在无法忍受一个女人对我恶毒的嘲笑讥讽，将仅剩下几千块钱的存折甩给了她。美信哭得很伤心。我出去打了一夜老虎机。

我还能怎么样？第二天，我揍那个拉我入会的人，把他揍得哭爹喊娘的，揍了也没用，因为他也是受害者，他可怜巴巴地还了我五千块钱。我又把其中的一半还给了我的下线。剩下的一半，我也不知道拿来做什么。

我什么都做不了。

我顿时发现，我已经丧失劳动力了。

我终于和那帮在火车站结识的二流子混到了一起。

事情干得毫不费劲。

这些人平时除了敲诈外地人，主要收入来自于替人要债收利息。大概是我长得魁梧，面带凶相，打起架来得心应手，我在这个团体中很受欢迎。我参与了几次要债活动，得到了优厚的酬金。我感觉这样的生活叫我痛快淋漓。

我有了个响当当的外号叫"阿盖"，意思是能盖得住场面。我往往是最后一个出手，并且将对方制服的。

美信知道我的新职业后，刚开始哭天抢地，无论如何不允许我跟流氓地痞混在一起。我不搭理她。她就问我，你不是会开车吗？你为什么不去开车？我说那是低智能的牲畜干的活！美信反问我，打架斗殴，难道是聪明人愿意干的吗？我没好气地凶她，我不去挣点外快我吃啥喝啥？……美信恨铁不成钢，常常流露在面上，唠唠叨叨的。

我知道我欠她的，整整一辆中巴车的钱，此时已经从我手上流走，流得精光。但是我又还不上，心里很痛苦。我除了揍她，叫她闭嘴，想不出其他更好的办法。我跟她几乎无话可说。

我能说什么呢？

事情越来越清楚，凭我的一身力气不管是跟二流子一起混，还是开车卖苦力，我都挣不回一辆中巴车的钱（想起来我就浑身无力）。我简直莫明其妙地陷进了泥泞的沼泽地，一眼望不到尽头。如此一来，我根本不配和美信待在一起，我永远欠她的，一辈子还不清。我是一个负债人，一个还不上钱的男人。这是我痛苦的根源。她呢，却偏偏利用这一点对我进行袭击。

她对我的失望变成了绝望。她很痛苦。我也很痛苦。

她就像一个泼妇那样对待我。我呢，像一头惹不得的公牛那样敏感，易怒。我们吵架吵上了瘾，不停地往对方的伤口上撒盐，打架也各不相让。可是第二天早上起床，谁都没有提出要去离婚，似乎总还有一笔债务没有清算。

好在——美信不会生孩子，不会生孩子是因为她做过鸡——这些东西仿佛让我抓到了把柄，当我们吵架的时候，当她抱怨我的时候，我就拿它们出来诋毁她……

　　我骂她婊子，掀她的历史，并且以此为乐。我的想象力和语言表达能力，在这些方面很有特长。当我路过一家发廊，我想象美信在深圳做"洗头妹"，洗头的时候把两只奶放在顾客的后背上。当我在街上游逛，看见一个女人露出大腿和肚脐眼，我站住了，我想骂她"你是一只鸡，等不到夜晚就跑出来勾引男人"。最叫我难以忍受的是那些躲在角落里的妇女，当她们神秘兮兮向我兜售"黄碟"，并且强调这是"深圳小姐"拍的，我真想宰了她们。因为我怀疑美信在深圳从事的正是这样的行业……

　　这些杂七杂八的想法和念头，除了分散了我内心的迷惘与绝望，还让我感到一丝安慰。因为从我手上流失的那些钱，是来路不正的钱，它形同一个畸形的胎儿流产在所难免。于是，我觉得自己没有什么对不起美信的。

　　日子仿佛在一个山洞里往前捱，这样的日子何其漫长啊！

　　记忆中的最后一次，是一个阴冷刮风的天气，我们一帮兄弟从一个无赖那里追回一笔较大的债目，我们的老板（即那个曾经找我开歌厅的流氓头目）很高兴，带我们到他的一家新开的按摩院"解解乏"，按人头各开了一间房。我虽在城里混迹多年，但我还是第一次来这样的地方享受这样的服务。我被又骚又不知羞耻的按摩女挑逗起了熊熊的情欲，我翻身起来，将她摁在身下，她很配合。看样子别的顾客也经常这样干的。

　　然而，一个闪念，我突然想起美信在深圳或许也是这样接客的，我悲从中来，难受得差一点昏过去。

　　"先生，先生，你是不是激动得……羊痫风患了……"我异常的表现叫接待我的小姐魂飞魄散。

　　我颓唐地倒在床上，眼泪不断地涌到脸上，浑身发抖。那个按摩女见我这副不死不活的样子，问我要不要叫救护车来，我像中枪一样哀叹一声，穿好衣服，默默地离开了。这件事对我刺激很大。我的头好像又被布袋子罩住了，满脑子都是美信给人按摩又陪人睡觉的幻影。我以前骂她，诋毁她，只是用语言过过嘴瘾，现在亲眼所见一般，我无法形容那样糟糕的感受。

　　我喝得酩酊大醉。

　　"灵魂不再依附于一个犹如行尸走肉般的人身上"，这句话是我从一本书上抄的。这句话写得好，却是假的。谁没有灵魂？包括一个混吃混喝、浑浑噩噩的混蛋也有灵魂的。要不然，他怎么会感到如此痛苦？

痛苦得要发疯了。

痛苦得我看见所有街道都像女人一样张开了大腿，等着男人爬上去。

我回到家，我就把美信杀了。


你们知道吗？

那一天，美信刚从吴村回金华。她在家里待了四五天的样子。走的时候希望我也去，说她爸病了。我说我不想去，我不想看见任何一个吴村人。其实，我是不想看见汽车站，不想看见蛋，不想看见他的大巴车。

当然，我也不想看见我的岳父。

她就一个人回了家。

中间，她给我打电话，说她爸不是病了是被人打了，叫我去处理。我问她怎么回事？她说她爸自那次被我气走以后，这一年脑子都很糊涂，经常跟村里人吵架。我说你爸跟人吵架和我气他有个屁关系？结果我们在电话里对骂起来，我最终没有去吴村。我觉得这不重要。我去了只能添乱。有些事情不是靠拳头能解决的，比如名声，比如偏见。我相信我的岳父一定是因为这个事情跟村里人过不去。我觉得与其用拳头去对抗，不如用时间来遗忘。当吴村新一代的美信产生以后，也就没有人会提及老一代的美信了。当然，以上想法不是我当时的想法，是我现在的临时发挥而已。

好吧，我到家了。

这是一间三十平方米的出租房，在一条小巷子里。里面既是堆放货物的仓库，也是睡觉的房间。当然，也是我和美信吃饭饮水、屙屎屙尿的地方。

现在，我头疼欲裂。我将头顶在破破烂烂的门板上，找了很长时间锁眼。锁终于打开了。我晕晕乎乎推门进去的时候，屋里黑黑的，我以为美信还没有回金华，我倒在地上躺了一会儿。不料，我刚躺下来胃里就翻腾起来，我坐在地上吐了起来。声音肯定不会很好听。吐完了以后，我感到嘴里苦苦的，我想站起来找条湿毛巾抹抹嘴。这时，我发现床上躺着一个人，我以为是那个没有尽兴的按摩女跟随我来到了这里。吃了一惊。

"我、我没病，不用拨 120⋯⋯"

我说着，眼睛困得有些睁不开，没有走到床前又倒在地上，我似乎睡着了一样，可事实上，我并没有睡着，我看见头顶的灯亮了。一个人踢了我一脚。

"起来！你是猪！你越来越不像话啦！"

有一种错觉，我这是在做生意的路上，我躺在外地车站的候车室里，警察就是这样踢我，然后检查我的身份证。我摸了摸身上，口袋里鼓鼓的，这是这天帮人要债的酬金，我记得有八百块。我放在手上数来数去，总是数不清。

"嘿嘿，我挣钱了。"

"你还不躺到床上去，你挣这样的钱总有一天蹲班房去⋯⋯唉，我怎么嫁给了你这样的⋯⋯"

我一下子反应过来了，这个踢我的人是美信。我是从后面那一声叹息里判断出来的。我只觉得脑袋嗡的一声，如同被人打了一棍。我有一个想法，美信刚才躺在床上，似乎是刚刚接完了客。

我一看，还真是这样，她穿着睡衣没扣纽扣。我说："挣这样的脏钱是不是很快活啊！省力又快活！"

她从厕所里拿来一个拖把，正在清理我刚才吐在地上的东西，没有搭理我。我又说。她扭过头来："你还不去冲澡？都几点钟了才回来⋯⋯"

我冷笑道："人呢？客人呢？上哪儿去啦？"

"神经病！"

看得出，她好像无心恋战。

于是我继续说："要想人不知，除非己莫为⋯⋯"

没想到美信一扬手，将湿淋淋的拖把甩到我的头上，我就跟走路跌到了粪坑里，我想揍她，身子却有些沉溺。

"神经病！你怎么变成这样！你再胡说八道，你给我滚出去！"她的声音沙哑了，用手指着我。

我又感到自己有些想揍她。

"你这是骂谁的？我还没有说你呢！"

"你说吧！"

"你也不是什么好东西！"

"我怎么就不是好东西？我把所有的存款给了你……"

"我会还你的！"

"你拿你的唾沫还吗？"

"你别欺人太甚！我告诉你：如果不是因为你提出来要买中巴车图发财，我现在活得好好的！"

"你、你自己不中用，反倒怪到我头上来……你有本事，怎么还靠我养你！"

"我什么时候靠你养了？我没有向你要过一分钱花！"

我掏出口袋里的钱，想再数一遍。她却说：

"你把我的钱花光了，你还说没有花？你说你要做生意，保证挣钱……我竟然相信了你！你这个骗子！骗子！"

我又一次被我深爱的女人捅中了要害。我也是人，听了她骂我"骗子"，犹如万箭穿心。她骂我强盗、武夫、流氓、败家子，甚至魔鬼都可以的，也的确有人这么骂过我，但是从来没有人骂我骗子！骗人不是男子汉干的事……

我第一次有了杀人的冲动……

"美信我说过……钱，我迟早会还的，我没有骗你！没有人愿意低三下四过日子，你却在逼我……"

"这怎么是我在逼你！？逼你的人不是我……"

"那是谁！？"

"命！都是命……"

美信说着，哭了起来。我却想笑了：

"哼，去你妈的命。"

"是命将我俩拴在一起，所以受这样的煎熬！我受够了……"

美信的脸像死人一样没有血色，那是一张贫血的妇女的脸。一双沾满泪水的手不停地揉搓敞开的睡衣，两只干瘪的乳房荡来荡去。

我看了很难受。

"我就是把自己卖了，我也救不了我的父母，救不了你，是天要灭我们一家（我是否插嘴我忘了）……可你叫我怎么办？……羊想老婆快想疯了，我爸脑子也有些不正常了，你知道不知道……我走的时候，爸还说，等我生了孩子，他要办五十桌酒席……他把三头猪留着……"

美信越哭越伤心，我的脑子完全清醒了。我发誓，我为刚才那个杀人的念头感到可耻！我看到美信哭哭啼啼，我的心在滴血！因为我清楚，这一切后果也有我的责任……

"可你也知道，我是一个流产的女人……生不下一个活的孩子……"

我的心里乱极了，不知该如何安慰她。她哭够了，是万能的泪水稀释了她的悲苦，她把我从地上拉到床上，背对我坐在床沿上。

"大牛，"

"嗯？"

"我求你一件事。"

"什、什么事？"

"你去跟我爸认个错吧！"

"不行……"

"如果你答应，我会给你跪下的！"

"我讨厌他！再说，我没有错！"

刚刚缓和的气氛又紧张起来。美信用微微颤抖的声音跟我说：

"大牛，既然这样，那你……把钱还给我。"

这是致命的一击，我的身上就像许多痱子破裂了，很刺痒，我有一点烦了。

"你是不是听了谁的教唆……我不是刚刚说过……"

美信欲言又止，但终于说出来：

"这些钱，我是要给我爸造房子，给我哥买老婆的。你如果觉得困难，我们可以离婚……谁也不欠……"

我冷笑道："离完婚你就自由了！重操旧业……"我继续说："先是给人按摩，然后把裤子一脱……"

她低垂着头，竟然说："我都想好了，我想了很久……"

我有些答不上话，因为我从来没有想到离婚。我感到有些恼怒，被人耍的感觉。

"离就离吧！"

"大牛，我知道，你恨我！"

"你到底瞒着我什么事情？"

"大牛，我没有瞒过你！我想说的话，我们平时就都争吵过了。我只是想为我的父母，还有羊，做最后一次牺牲。我想去深圳……我本来不想跟你说的，知道你不会答应。我不想连累你。"

黑夜静得人心里发慌，似乎有什么不祥之物潜伏在灯光照不到的地方。我装得很平静，心灵却在战栗，我怕我控制不住自己。

"美信，是我连累了你……我太没用了……"

"不要这样说，错的不是你……大牛，离了婚，你找一个正经女人过日子。平时，不要喝酒打架，记住我的话……"

美信又哭了起来。我的泪水也夺眶而出。

我的心啊，为何如此绞痛！我感到事情还是来得太突然了！我不敢想象我深爱的女人又要两腿叉开在南方的席梦思上……而我，就跟一条无家可归的狗一样在这个世界上到处游荡……绝望击垮了我。我小心地从床上坐起来，靠近她，就像我们初次约会的夜晚，我们坐在河滩上……

我轻轻地搂她入怀，她的身子娇小……现在，我摸到了她的骨头，而以前，我摸到的是肉。她抬起脸来看我，眼神让人怜悯。

"大牛，你怎么在发抖？你冷吗？"

"美信，我爱你，你可记得那片月光皎洁的河滩……"

"大牛！"

她突然紧紧地抱住了我。我呢，也将她抱得紧紧的，就像寒冷漆黑的夜里乞丐抱紧他的棉被一样。我的心碎了。我突然抓住了她的头发，将她摁在床上。她拼命地推我。痛苦的目光恐怖地瞪住我。

"大牛，你怎么啦？怎么啦！？"

"我有些透不过气，美信！原谅我吧！"

说着，我一手掐住她的脖子，一手拉过被子，捂住了她的鼻子和嘴。她的身子就像闷在塑料袋里的鱼一样向上跳了好几次……

然后，我哭了起来。直到筋疲力尽。

# 六

我这是在忏悔吗？

不，我有些惊讶于自己的耐心，为何要讲得如此详细。有一些事情是不宜放在这个故事里讲的，因为过于烦琐也过于折磨心灵。我知道有一些人，他是抱着幸灾乐祸的心理看我怎么倒霉的。世界上这样的人总是很多。可悲的是我的下场被某些人猜中了——

我杀了美信，然后准备自杀，可是火刚刚烧起来，我就没有了勇气。原来我也是怕死的。第三天，我逃到杭州的时候，我被警察抓获。我被判死缓，死有余辜。然而，承蒙那帮兄弟的帮忙，为我请了最有名望的律师（我甚至怀疑他们动用了别的手段），证明我是酒醉后杀人，所以，本该枪毙的死人活到了现在。

好了，你问我现在有什么想法。我告诉你，一是我在进监狱之前没有杀了蛋，当时逃得匆忙，实在没有想起他，可见逃亡中的人脑子往往是不清醒的。如果有一天我还能出去，我豁出两条命也要干掉他。二是我当初没有去吴村向岳父认错。关于这件事，我是对不住他的，认错有什么难的？无奈我要在狱中度过终生，即使有一天我还能出去（除非我学会告密），我相信，我的岳父已经寿终正寝。所以，你愿意帮我带个话，你就替我说：

"爸，大牛他做错了。对不起。"

恐怕我永远还不上这笔债了！

# 洪水·跳蚤

## 第一章

　　长年生病的父亲躺在床上，渴盼着天下大雨。大雨来临之后，他总要叫我和姐姐去河埠头看看洪水来了没有。洪水是可怕的，泥沙俱下，骇浪滔天，在倾斜的河床上如游龙翻滚。村里人站在高高的山坡上，他们的心情跟父亲恰恰相反，洪水溅起的浪花和拍击河岸的巨响，让他们担心灾难的降临。

　　他们回忆起了 1973 年的那一场洪水，金塘河两岸的稻田被洪水淹没，洪水冲毁了桥梁，漫到了村子里，酱色的浑水里漂浮着动物的死尸，庄稼的秸秆，支离破碎的木头，还有人畜的粪便。那一场洪水把我们村里的十五头猪、四头牛、三口人吞进了肚子，若干天后他们在下游的水库里浮了上来。可以想象，从四面八方涌来的哭声在水库边的油泥里打滚，使平静的水库不再平静。那一场洪水被村里人口口相传。

　　那一年，我三岁。我的父亲就是我们村那三个被洪水冲走的人之一。母亲得知父亲落水的消息后，一手拉起比我大四岁的姐姐，一手抱起年幼的我，一路上，母亲的哭声、身体的颤抖比凶猛的洪水更叫我恐惧。我是在母亲的喘息和自己的哭泣声中睡着的。睡着之后，母亲将我用一条破烂的围裙捆绑在她的背上。此后的景象，我如同在一条漆黑的隧道里穿行。

　　父亲是落水者当中唯一的幸存者。他在急速的洪流中抱住了一根圆木，直至河流的拐弯将他送到了河心的一块岩石上。父亲在这块被洪水包围的岩石上，在饥寒交迫中和芦苇丛里的水蛇、蚊子、疲倦战斗了三天两夜。当洪水消退，父亲被人从岩石上救下来，父亲已经站不住了，他的腿软得像两截腐烂的肠子。更要命的是，父亲的肺被冻坏了。他虽然没有死，但在以后的日子里，汹涌的洪水在他的胸腔里泛滥成灾。他咳嗽、哮喘，呼吸困难时，只好蹲在路边，眼睛翻白，满头大汗，嘴角挂着黏糊糊的痰。

父亲的病让他挣不到工分，家境一日不如一日。从三岁到分田单干，期间正是我记事的开始。我记得父亲半夜的咳嗽怎样将我吵醒，他的头从床沿上垂挂下去，脖子伸得笔直，母亲不安地拍打他后背上的骨头。父亲需要很多的力气和很长的咳嗽，才能在声嘶力竭之后吐出一口痰。他每吐出一口，就像打完一场战争，他告诉母亲窒闷的胸口舒畅了，他没事了，劝母亲躺下睡觉。母亲等了一会儿，然后才熄灯睡觉，不料光亮一消失，父亲的咳嗽就像黑暗卷土重来。父亲常常因为怕吵醒我们而将自己憋得身子发抖。

父亲不得不相信医学的力量。他开始服输，习惯别人的目光，此后看病、吃药成了他活下去的重要前提。我家的抽屉里逐渐塞满了父亲吃剩下的药瓶、药盒，厨房里飘浮着草药的怪味。一段时间之后，父亲的病却不见断根。由于经济拮据，父亲决定让母亲自学注射，这样可以省下不少费用。母亲的双手是干粗活的，当她拿起小小的针桶，颤抖的手如同狂风中的枯枝，她没有勇气将尖利的钢针扎向丈夫的皮肉。

我的父亲软硬兼施，百般诱导，将裤子一遍遍褪到臀部以下。他的不厌其烦和不怕流血的决心感动了母亲，母亲在父亲的指挥之下寻找钢针落脚的地方。尽管父亲的屁股已经被赤脚医生扎得稀巴烂，但是母亲在几个肿块之间还是找到了一处柔软的组织，她将手中的钢针瞄准了那个地方。最后，我看见大汗淋漓的母亲将针扎了过去。在那个瞬间，父亲做出了痛苦的表情。

没有想到母亲自学注射的第一针，针就断了。父亲扭身拔出了弯曲的针头，笑着说没关系没关系，母亲却跑到一边，伤心地哭个不停。

1973年的洪水夺走了父亲的健康，给我们家带来了疾病，疾病又给我们家带来了痛苦。紧随而来的是贫穷，贫穷比疾病更可怕。我们的肚子终日饥肠辘辘，唧唧咕咕的声音听起来像一首歌曲，却是对肉体和意志的双重折磨。饥饿成了一家人最大的敌人……

　　或许是事物之间都存在辩证关系，父亲的脑子在他的体力衰退之后，似乎变得更加活络了。关于这一点，连村里人都看出来了。当父亲提着篮子，在一些别人没有想到的地方摘回来鲜嫩的蘑菇或者可口的野菜，人们会用怀疑的眼光打量他：我们怎么就没有看见呢？

　　父亲一面要与疾病做斗争，一边还要与饥饿去搏斗。父亲在无米下锅的窘迫里，拿一根玉米秸咬一口，尝尝是甜的，就递给孩子，总算心里好受一点。还有南瓜叶、番薯藤、芭蕉头，一度成了我们家做泡饭的材料。我记得我家屋后的水坑旁边原本有一片芭蕉林的，后来芭蕉林渐渐死光了。原来是父亲背着村里人把芭蕉树挖起来，切下头吃了后，又把秆子栽在泥巴里。

　　记忆中，只有家中来了亲戚，才会吃到一顿有油的菜。那油不是猪油，是平时舍不得吃的菜油，菜油是油菜籽榨的。但家中来了亲戚，往往会带来一包鸡蛋糕，或者一瓶罐头。它们的到来让我心旌摇曳。我真不敢相信世上竟有如此美妙的食物，以至现在我还经常到小店里去买鸡蛋糕和罐头吃，但现在的食品再也不复当年正宗了。

　　最难忘的是那些吃到肉食的日子。这样的日子除了过年过节、红白喜事，往往遥遥无期——然而，我们还是吃到了肉食。事情就是这样，有时候一顿突如其来的肉食犹如不请自到的远房亲戚，简直叫人没有心理准备。那时候，我们的面容与其说是面黄肌瘦的，不如说是眼放绿光、面露贪婪的。我还记得这样一个寒冷的早晨，我家的屋檐上出现了一只黑黄相间的公猫。它像天外来客只停留了片刻，然后消失在高高耸起的宗祠屋顶。父亲在它离去之后，显得魂不守舍。他拖着病躯，向人打听猫的去处，村里人的回答让他断定这是一只从外村跑来的猫。

　　接下来的一天，父亲倒腾起了一副绳套，一天里他的牙齿数次咬破了腮帮子，鲜血直流，他激动地说："牙齿咬到腮帮子，有肉吃，有肉吃。你们不想吃肉吗？"

　　此时的父亲俨然成了村里的一个游魂，父亲已经在打那只猫的主意了，而我竟然蒙在鼓里。当我和姐姐在一肚子植物纤维的安慰下沉入梦乡，我的父亲却爬到了自家的屋顶上。屋顶上寒风呼啸，父亲忘记他的疾病了，他像老妇哭丧那样学起了母猫发情时的叫唤。他的叫声那么难听，凄厉，以至半个村子的人以为听到了鬼叫。

盘旋在村庄上空的猫叫和回荡在村里人心中的恐怖感，一直持续到那只不明身份的公猫情欲勃发，死在父亲的绳套之下。到这时，我和姐姐被父亲叫醒了。那只公猫赤身裸体，发达的肌肉就像火焰一样红彤彤。不一会儿，这团火焰被一只乌黑的锅盖压在了铁锅里，锅盖底下冒出了热气。父亲说："如果再逮上一条五步蛇就好了，咱也炖上一锅'龙虎斗'吃。"

但是，这已经很让人激动了！我和姐姐围坐在炉火熊熊的灶台旁，口水流到了脖子上，肚子就像油煎一样难受。我们问父亲还有多久才炖熟，父亲说："还没有放盐呢。"我们又问，父亲说："还没有放酱油呢。"当我们再问时，父亲终于说："让我揭开锅盖看看。"当他揭开锅盖时，我们的鼻子好比掉进水中的快要死的鱼，鼻子连着打了许多喷嚏。

父亲用筷子为我们分别夹了一块猫肉，父亲对我们说："吃吧，吃吧，吃完了把骨头吐在空碗里。"

常年不能挣工分的父亲，因为这次为家里人逮住了一只猫吃，表现得有些亢奋，好比为自己争了一口气。可母亲的态度却是冰冷冷的。就在我们要大吃猫肉的时候，母亲的声音从卧房里传了出来："汉民，要吃你自己吃吧！猫有九条命，吃了过不了'奈何桥'，小孩不要吃！"

母亲的话夺下了我们吃到嘴里的猫肉。我当即哭了起来。谁还能记住人不可以吃猫肉的古训？

这就要说到父亲下河捕鱼的情节了。因为在吴村，似乎只有金塘河里的鱼，是父亲力所能及、仿佛随时就能抓在手中的美味佳肴。

是的，父亲在他还是一个少年的时候，就已经是村里有名的捕鱼高手。他赤身跳入潭中，就像一只鸬鹚，能凭空手抓住水中的游鱼。如今疾病却剥夺了父亲下水捕鱼的权利，因为河水冰凉，会使父亲的疾病加重。父亲常常坐在小河边，悲哀的神色显露出他对往昔的怀念。

父亲又打起了鱼的主意。他从山上砍来一根竹子（严格地说是偷），用竹片编制成一副"竹晾"，将它布置在小河的浅滩处，父亲等待浅滩上的野鱼自投罗网。这"竹晾"的微妙之处是河水能从竹片间的缝隙里流走，而随同水流掉落在"竹晾"上的鱼却被搁浅在上面。它们在"竹晾"

上跳跃，直至将生命终止在"竹晾"悬空的那一头。

刚开始，父亲一早起来总能从"竹晾"上捡回数斤死鱼。那是我们感到快乐的时光。死鱼剖膛后父亲将它们贴在墙上，墙壁因此闪闪发亮。而后，"竹晾"上的鱼就越来越少了。父亲有一次只捡回来几只死去的蝌蚪。父亲说：晚上又有人去"竹晾"上偷鱼了。

父亲吩咐姐姐和我白天守在"竹晾"旁，他自己则负责看护黑夜。白花花的金塘河在晴朗的天气里因为萎缩而清澈，宽阔的河床上到处躺着滚烫的石头。可是聪明的鱼在白天藏在洞中，直到夜幕降临才来浅滩冒险。而父亲由于咳嗽的原因，把夜里出来冒险的鱼全吓跑了。父亲只好夜半去溪中检查"竹晾"，结果，父亲被偷鱼的人揍了。

当父亲浑身湿透回到家中，他的嗓子哑了，牙齿咯咯作响，母亲拿热姜汤喂他，他摆摆手，他说："以后家里再也吃不到鱼了。孩子们怎么办！？"

母亲说："没有鱼吃就吃别的。你不要胡思乱想。"

这个时候，父亲像个女人一样哭了起来。在哭声中，他表达了对洪水的仇恨。他比谁都清楚，他的人生是被两个波浪毁掉的。当时他正在浑水之中捕鱼，一个不该有的波浪从身后打在他的小腿上，他的膝盖哆嗦了一下，这时又一个波浪打在他的后背上，他就像踢到一根横木那样跌到水中，他成了洪水的俘虏……

可是洪水毕竟让父亲收获过。浑水中的鱼虾就像喝醉酒的人，每次洪水经过，父亲总能从中捕捞到数十斤，那是特殊年月的救命粮。然而，随着久治不愈的疾病在他体内安居乐业，父亲对洪水的仇恨渐渐转化成了美好的回忆。当他看到乌云滚滚，听到雨点打在瓦片上，阴郁的眼睛会变得明亮。他在雨声的喧哗中，向我们讲述捕鱼的历史和乐趣。他的语气中既充满自豪，又掺杂惆怅。

然后，父亲就会叫我和姐姐去河埠头看看洪水来了没有。我们冒雨来到河边，看见河水汹涌，浊黄，金塘河比平时壮大了数十倍，它从目光所及的上麦畈滚滚而来，撞在金塘背的岩壁上拐了一个弯，我们从河岸的颤抖之中，感觉到了洪水发怒的力量。眼前的金塘河，是一条陌生的河流，不再是平日里那条瘦骨嶙峋的山溪，它让人害怕，头晕。它变得像恶魔一样面目狰狞……

# 第二章

事实上，自从父亲丧失了挣工分的能力，父亲在家中的地位也在不知不觉中下降了。他平日里除了生病，就是负责做饭和照看孩子。生病和看孩子并不难，难的是做饭。父亲对米缸和灶台充满着愧疚和恐惧。这两样东西让他抬不起头来。

那是多么无奈的事情。在每一个分配粮食的日子到来之际，父亲出于习惯，甚至不切实际的幻想，总要清扫谷仓，准备好扁担和簸箕，并且将丰收的喜悦写在脸上。可是，熬到半夜分到的粮食，母亲用一只背篓就运回来了。像这样人人翘首期盼的日子，吴村大概只有我们一家是没有欢愉可言的。

这样的日子是生活对父亲的嘲弄。父亲看母亲的眼神，怯懦而拘谨。当我们一家在这样的日子里受到的攻击越来越多，分到的粮食却越来越少的时候，我的父亲终于不堪忍受。有一段时间，他也背起了锄头去上工。

应该知道的是，去生产队干活，工分是按人的体力和干活的强度划分的。当父亲来到壮劳力的行列当中，准备像以前那样与他们为伍，有人不干了。他们对父亲说："汉民，挣工分可不能这么个挣法，你还是到妇女那边去吧！"

父亲来到了妇女们的行列当中。妇女们干的活让他感到稍稍轻松。只是，有一点点不习惯而已。因为妇女们的嘴巴就像母狗撒尿那样臊气冲天。父亲不得不用咳嗽来掩饰自己的脸红。可是妇女们就像猫离不开腥，又在父亲面前大开色情的玩笑，父亲只好笑笑。因为母亲就在附近，父亲不想开这样的玩笑。父亲不得不离开了。

后来，父亲找到了一样他爱干的活计。在那里他获得了尊重。那是父亲跟一个七十岁的老太婆一起养猪的日子。父亲每天起早贪黑，准备大干一场，但是过度的劳累很快在他的肺部体现出来。父亲因为迫切想证明自己活着的价值，致使疾病恶化了。父亲没完没了地咳嗽、哮喘，吵得猪圈里的猪心烦意乱，猪掉了膘。

队长又安排父亲去晒场上赶麻雀。这个活以前是由一个穿蓑衣的稻草人干的。稻草人刚开始很上心，把麻雀吓得屁滚尿流，后来就偷懒了。队长告诫父亲，如果他连一个稻草人干的活都做不好的话，到时候就别怪他不讲情面了。父亲点点头，把我们也叫到了晒谷场。父亲担心赶不走比自己多一双翅膀的麻雀，想让我和姐姐帮忙。可是何必我们用弹弓赶麻雀？父亲气管炎发作时发出的声响，比任何武器都有效果。麻雀在我们头顶盘旋一圈，终于向别处飞去了。

可是过了没几天，队长却把父亲叫到一边，对他说："汉民，你吐在晒场上的唾沫和痰，不卫生，社员有意见，他们反映你把痰吐在粮食上。你还是回去吧！"

父亲怔住了，嘴唇抖个不停，说不出话来。

队长说："我也知道你有困难，下次分粮食的时候，多你十斤口粮。"

队长走的时候，扭了扭头，把一口痰吐在地上。

随后冬天就到了。冬天是一个很坏的季节。要是在夏天，父亲怎么都能在锅里熬上一点什么，可是冬天把大自然冻出病来，大自然躺在村外奄奄一息，它不再向人类供应果实、绿叶，甚至温暖的情怀。这时候牛开始吃干稻草，猪开始吃储备在氨水池里的番薯藤，青蛙藏在泥土下面，肚子里憋着一股气，它冬眠了。我们家什么吃的都没有。可是为什么没有死掉？这个连我自己都觉得不可思议。

记忆只给我提供了以下的细节：那个时候我竟然整天盼着村里死人。印象之深是村里谁家死了人，我都要暗自高兴一阵子。

当然，那时候的丧饭是很少有大鱼大肉上桌的，一张桌子上一般是三个脸盆：一脸盆豆腐，一脸盆青菜，一脸盆海带。米饭捂在桌旁的饭甑里。不知道为什么，米饭做得很生，往往卡住人的喉咙。这顿丧饭一般安排在死者下葬的那一天，只要除去死者生前的仇人，谁都可以拿上两炷香一叠冥纸，堂而皇之地吃上一顿。因为来的人多，送葬的场面就浩大，"孩子他爹在九泉之下也会笑的"。

另外，我还记得我和姐姐在凛冽的寒风里，到生产队的田埂上去捡豆粒（夏天时田埂上种有大豆，所以冬天时田埂上有豆粒捡）。虽然在这之前不知有多少人捡过了，但总能捡到一些，我们把豆粒一颗一颗扔到烘火盆里煨，边煨边吃。

豆不如玉米。玉米粒煨熟的时候自己会"啪"的一声直接从草木灰里蹦出来，豆熟了没有声音，只有局部的草木灰似乎颤动了一下，从底下冒出一股白烟。我们总是急得将手伸进火中去拣豆粒儿，烫得赶忙将它扔在地上。豆粒在地上滚动，逃跑，仿佛在叫喊："救救我！救救我吧！你们为什么要吃我！？"

除此之外，我们还用雪花膏的瓶子煎豆吃。这方法是一个比我大几岁的邻居发明的，他很狡猾，每天向我要菜油，从来不告诉我拿去干什么。有一次，我通过跟踪才知道他将油倒进雪花膏瓶子煎豆吃。回来之后，我将母亲的雪花膏全挖出来，涂在鸡舍上，然后心急火燎地往雪花膏瓶子里添上菜油煎豆吃。为此，我没少遭母亲毒打。在那个冬天，母亲的脸裂得跟出土文物一样。

父亲看到我们于冬天捡豆粒充饥，他或许在心里暗暗高兴。在来年的土豆收获季节，父亲把姐姐叫到一边，交给她一把小锄头和一个竹篮，打发姐姐带上我，到生产队的土豆地里去捡拾被人遗漏在泥土里的土豆。姐姐记住了父亲所说的那座山的位置，然后带上我出发了。

太阳底下红旗招展，干活场面热火朝天，社员们听从队长的安排，挑粪的挑粪，耕田的耕田，繁忙的景象让我想起搬家的蚂蚁。但蚂蚁是沉默的，人类却做不到这一点。一路上我听见：老汉驯牛的声音，妇女吵架的声音，小伙子跟姑娘打趣的声音，中年人怒气冲冲的抱怨……这些声音回荡在记忆中的庄稼地里，仿佛至今还能听见。

我和姐姐走了很久才来到了"碗高坪"。山上的土豆地如同一个泛着绿沫的湖泊，土豆秧昂着脖子翘首以待。很显然，父亲把他搜集的信息混淆了，碗高坪上的土豆地还没有开挖。难道就这样空手而归吗？姐姐带着我走了一段回头路，又站住了。她神秘兮兮地问我以前偷过东西吗？我想了想，我说偷过父亲的药吃，吃了以后心里慌慌的。姐姐说偷自己家的东西不算偷，还告诉我她也偷过父亲的药吃，但她仅把药片上的糖衣刮下来吃了，再把很苦的药核放回去。我这才明白药瓶里的药为什么有一些是苦的，有一些是甜的。

这时，姐姐看了看四周，突然说："广庆，我们去偷土豆吧！"

姐姐的话把我吓了一跳："偷东西抓住要受罚的！"

姐姐做出一副无所谓的样子："这里一个人都没有，没有人会知道。"

我说："我还是害怕。"

姐姐就说："生产队里的人都偷东西，大人小孩都偷，只有我们家不偷。我们也偷吧！"

我的心咚咚地跳个不停。姐姐叫我站在山路上，她自己则跳进了土豆地。淡黄色的新鲜土豆被她从泥土里挖出来，我似乎闻到了土豆煮熟后的香味。我忘记了负责看哨的任务，也跳进了土豆地，揪住土豆秧连根拔起。姐姐跑过来，告诉我这样会被人看出来的，她教我在不同的地方挖出土豆，然后用泥土盖好坑。

紧张的偷盗结束后，我们把挖出来的土豆放在一块，小小的竹篮放满了。我们又发挥了衣服的作用，将土豆藏在身上，土豆沉甸甸的。我们一点也不知道，此时，队长正带着社员向碗高坪走来。他们显然看到我们了，一声响亮无比的呐喊划破长空，就像一块石头打在窗玻璃上，吓得我们呆若木鸡。

然后，就看见有大人拿着扁担向我们奔来。一场追捕开始了。沉重的口袋，慌乱的脚步，正午的太阳，虚张声势的呵斥之声，还有不想被人打死的求生欲望……这一切，仿佛从睡梦中"扑通"一声掉到地上，发懵，恐惧，不明白自己为什么在跑，不明白自己为什么在一座山上，脑子里想弄明白正在发生的事情，但是脑子里一片混乱……

我们很快就被大人抓住了。当然，被他们首先抓住的是我。我被他们抓住之后，吓得哇哇大哭。这时姐姐自己走回来了。看到姐姐跟我站在一块，我内心的恐惧才减弱了。我想就是被他们打死，也和姐姐死在一块。我死死抓住姐姐的衣襟，在哭泣的同时偷偷打量眼前的现实。我听见有人在命令我们："把身上的土豆都掏出来！"

我不掏，就有人走过来把我口袋里的土豆往外掏，扔在地上，还解开我的裤带从里面抖出来几只不再冰凉的土豆。然后，就轮到了姐姐。我听见姐姐大声地骂人，死死拽住皮带不肯脱裤子。姐姐的反抗让大人们兴趣盎然，有人评价她："小小年纪就知道用腿根的玩意藏东西，了不起。"

他们强行把姐姐的裤子剥了，从里面抖出来七八个土豆，其中有两个土豆湿漉漉的，后来才知道姐姐吓得尿裤子了。

回首往事，我们家的生活在这之前只是贫穷，但仅仅是贫穷。那个时候富翁还没有出现，贫穷并不可耻。但是我和姐姐犯下的错误，给我们的家庭抹了黑。简直难以想象，我们的事情上报之后，大队里的干部要给我们开一个批斗会。因为在吴村，各个生产队每天都有集体财产被偷，我们刚好成了典型。父亲听到这个消息，知道在劫难逃，他买了一盒烟去大队部求情，把全部责任揽在自己身上。父亲的到来正中他们的下怀，上次他们听说父亲砍毛竹做"竹晾"已经饶过他一回，这次两罪并罚，父亲成了名副其实的"小偷"。

　　批斗父亲的大会如期举行。我和姐姐作为父亲的同谋理应到会，但是由于母亲的阻止，我们逃过了一劫。那是黑暗的一天，我们被锁在家里。我想象父亲跪在台上，像村里的地主那样接受批斗，我趴在桌上哭个不停。姐姐劝我不要哭，但是她哭得比我更伤心。于是我又劝姐姐不要哭。我们在彼此的安慰中原谅自己的过错，但是我们还是很担心，因为是我们害了父亲。

　　后来，我们想通过给父母做一顿可口的饭菜来求得他们的原谅，于是我们在家里找大米，找蔬菜。可是我们只在厨房里找到一样蔬菜，在柜子里找到一小捆米粉，除此之外，还有一小碗菜油、一个鸡蛋。姐姐说，她知道怎么把这几样东西做出来。

　　姐姐当时已经九岁，她当然知道怎么做饭。像她这个年纪，人家都上学了。

　　姐姐叫我帮她烧柴火，她自己则站在一张矮凳上做好吃的米粉。铁锅里热气腾腾，我很想站起来看看米粉煮熟后的样子，姐姐却总是叫我烧火、烧火。我当时就怀疑姐姐另有图谋。当我熬到铁锅里响起油煎鸡蛋的滋滋声时，我浑身刺痒，简直在接受一种比批斗更可怕的刑罚。我终于爬到了姐姐站立的矮凳上，看见一朵比向日葵更艳丽的花朵盛开在冒烟的铁锅里，一阵急速上升的欲望在那一刻那么强烈地袭击了我，我几乎要从矮凳上跳进铁锅中去。

　　我说："姐姐，给我吃一点点碎的吧！"

　　姐姐说："不行，这是给爸爸做的。"

　　我说："我只吃一点点，他不会知道的！"

姐姐说："那你答应我，吃完就去睡觉。"

我答应姐姐："我吃完，接着等爸爸。"

姐姐在我的哀求下，用筷子夹了一块指甲盖那么大的煎鸡蛋给我。它很烫，油还在它的毛孔里吱吱作响，我本想将它分数次吃掉的，正因为烫，我很想扔掉它。这时我的嘴巴帮我解决了问题：眨眼之间，手中的煎鸡蛋不见了。

我想不出煎鸡蛋的味道。吃完之后，舌头上只留下了烫伤的疼痛。煎鸡蛋就像一块火。

这时，姐姐已经把煎鸡蛋一分为二，放在两只盛满米粉的大碗里。米粉雪白，青菜碧绿，盖在上面的煎鸡蛋金黄金黄。我盯着两只大碗看了几眼，又把目光移开了。我知道，我不该这样贪婪。可是我从来没有像这个时候这样饿。我饿得弯下了腰，因为肠子蠕动，肚子很难受。

我对姐姐说："姐姐，我肚子疼了。"

姐姐说："活该！谁叫你吃爸爸的鸡蛋！"

我喊叫起来："我肚子疼是想吃米粉想的，你夹一口米粉给我吃吧！"

姐姐听我这样说，就像遇到强盗一样冲到桌前，姐姐说："你不要过来，你睡觉去！睡着了就不知道饿了。"

我只好在矮凳上坐下来，假装趴在膝盖上睡觉。姐姐两眼直瞪瞪地盯住我，当我刚想抬头看一眼桌上的碗，就听见姐姐的骂声，这样折腾了几个回合，我真的困了。我倚在灶台的下面昏昏欲睡。这时仿佛是在浅梦当中，我听见了自己偷吃米粉的哧溜声，我仿佛尝到了碗里的米粉！那米粉好长，哧溜个没完，但是我迷迷糊糊一拌嘴巴，嘴巴像个傻子似的淌着口水，我因为失望而把眼睛睁开了。

我跳了起来，竟然看见姐姐趁我睡着偷喝碗里面的汤！姐姐红着脸，一副做错事的样子，恳求我："广庆，我，我……我没有吃米粉，我只喝了汤，我可以用开水补上的。你不要告诉爸妈，好吗？"

这时候，姐姐的话我完全可以不听！我端起碗，嘴巴像河马那样越张越大，滑嫩的米粉就像水中的泥鳅往我的食道里游。我一口气吞下了半碗米粉，感觉有些喘不上气来，连汤带水的米粉好吃得我直想哭。我对姐姐说，既然我们想吃，既然我们吃了，我们就把它们全吃掉得了。没想到姐姐竟会扑上来，夺下了我手中的碗。

姐姐哭叫着："广庆，你不是好人！你不是好人……爸爸因为我们挨批斗，我们却躲在家里偷吃他的米粉！要是妈妈知道了，会打我们的……"

　　姐姐这么一哭，我也害怕了。我们把两个碗里的米粉匀好，然后坐到天井里，我们害怕它的诱惑，脸不敢朝灶台那边张望。

　　1975年那个黑暗的日子，我和姐姐打败了米粉的诱惑，但是仍然遭到了母亲的毒打。母亲打我们的理由很简单：我们到生产队偷土豆还不够，还趁她不在偷家里的米粉吃，米粉是留着招待客人的。我们极力辩解没有偷吃米粉，米粉是为他们准备的。母亲单是打，重复着："气死我了，气死我了，你们不把我气死你们难受。"

　　脸色难看的父亲看不下去，他劝母亲住手，母亲就像被蛇咬了一样又叫又跳，骂父亲骂得很难听。母亲就像一座火山爆发了。

　　就这样，一家人的生活陷入了恶性循环之中。其结果可想而知，姐姐因为交不起学费继续在家里待着，父亲因为情绪低落病情加重，母亲则变得脾气暴躁，对她的一双儿女动辄辱骂、殴打。她预言自己过不了多久就要疯了。她的预言，让我们感到比挨饿、挨打更加可怕。

# 第三章

　　然而，事情完全不是这样。在这个时候，突然发疯的不是母亲，而是父亲。我那患病的父亲，不知出于心血来潮还是别的什么原因，就在母亲喋喋不休的暴雨雷鸣中，重新燃起了下河捕鱼的野心。

　　其实父亲一直有着重新下河的野心。这一天，他决定带领我们沿河而上。那是我记忆中父亲最后一次去洪水中捕鱼。

　　当时，雨已经停了，一层白雾飘浮在村子上空。山洪暴发的巨大声响远远传来，就像戏场里密集的锣鼓催观众入场。我的父亲肩背鱼篓、手持渔网，一路上他咳嗽不停但是脚步有力。

　　父亲了解金塘河就像了解他的过去，他当然知道在河的哪一个湾汊水浅，鱼多。我们在一个叫作"圆潭背"的地方停了下来。父亲叫我们站在岸上，他自己则卷起裤管，选择在圆潭背下面的一个湾汊下河了。河水从圆潭背上跌落下来，与其说跌得头破血流，不如说跌得生龙活虎。

洪水在这里形成了一道泡沫横飞、震耳欲聋的瀑布。湾汊里的浑水就像煮开了一样翻腾不已。

父亲拖着病躯好不容易来到湾汊的平缓处，他弯下了腰，他将自制的渔网打开了，他在浑水中迅速推动渔网（渔网是绑在两根细长的棍子上的）。父亲必须在极短的时间内将停留在湾汊的鱼逼到河水靠岸的地方，然后再将渔网一口气拖到岸上。浑水里的鱼撞到了网，纷纷跃出水面，有的撞在父亲的脸上，有的飞过他的头顶，父亲阻止鱼逃走的样子显得慌乱而滑稽。

这时，我发现有人出现在圆潭背。他们的神情很严肃，就连瀑布都没有掩盖住他们的愤怒。他们对着父亲指手画脚，然后就有人跳进水中，将父亲的渔网拽住了。父亲只好跟那个人来到岸上，父亲苍白的脸上写着无奈和迷茫。父亲指指鱼篓，又指指我们，问那个当队长的人自己犯了什么法？那个人说："犯法倒是不犯法，我们就是想知道你有力气下河捕鱼，为什么就不能到田里干活？"

父亲恳求队长让他捕完鱼再谈别的。队长说不，并要求父亲明天就到生产队上工。父亲争辩说，不是你们不让我挣工分的吗？队长说这是没错，当时你没有现在有力气。父亲解释说自己现在也没有体力，不出来捕鱼两个孩子会活活饿死的。队长的喉咙里喷出气来，说连你都没有饿死，能饿死两个孩子？队长的意思是：父亲才是应该饿死的人。

这时，那些站在队长旁边的人也开始了对父亲的攻击。他们骂父亲是血吸虫，装病、偷懒，如果没有他们在田地里没黑没白地劳作，我们一家人早就饿死了。他们的喧闹和侮辱，渐渐汇成了又一道浑浊的瀑布，这道瀑布里没有鱼，只有难受。父亲嘟囔了一句："你们这样也不行，那样也不行，这不是在逼我吗？"

父亲只好带我们回到了家。

可是回到家，却有另一场批判等着父亲。这场批判是以担心父亲再次落水的名义开头的。我那哭哭啼啼、孤独无依的母亲，她一个人将这场批判进行到夜深人静。那时候，至少我已经睡去。

第二天，我是被母亲的哭声吵醒的。一件让人意想不到的事情发生了：母亲起床的时候，发现父亲不见了。父亲只给家里留了一张字条，上面只有一行字：我妻小琴，我想来想去，决定出去找条活路，两个孩子你要带好。汉民。

母亲拿着这张纸条追了出去，可是，已经追不到父亲。

父亲到外面找活路去了，这个消息震动了吴村。在吴村，即使躺在床上饿得嗷嗷直叫，也没有人敢走这条路。因为活路只有一条，就是挣工分。父亲的出走，让母亲饱尝丈夫"私自外出就业"的后果，我家的口粮被克扣，还要受到批判。母亲终日以泪洗面，盼着的不是父亲的归来，而是他的"死亡"："你这个棺材盖的，你这个死不了的，你一个人跑出去逍遥，全家人饿着肚子，你烂在外面永远不要回来！"

母亲在伤心的时候就是这么哭的。那段时间，母亲的哭声就是我和姐姐的粮食，这粮食你只要吃上两口就饱了。

一晃半年过去，家里出现了另一个男人。

其实，那个男人在父亲出走之后没过多久就打起了母亲的主意。他当时四十有余，鼻子通红，身子圆鼓隆咚，斜戴绿军帽，歪穿绿军装，袖子上有破窟窿，这个男人是我们大队的保管员，也就是给大队干部看大门、烧开水的。这个形状像只硕鼠的家伙，当有一天，当他和母亲坐在同一条长条凳上观看露天电影，母亲清白的名声立刻土崩瓦解。

当时我也坐在那条长条凳上，这个男人的到来让母亲感到很紧张，母亲告诉他凳子有人坐的，他很老实，他说有人坐就留着吧，他不怕站。他就站在了我们的身旁。过了一会儿，姐姐回来了，姐姐填补了凳子上的空余部位。可是电影快要放映的时候，他还站在那里，这时候，坐在我们身后的人就喊起来了："前面的谁谁谁，身子挡住电影了，坐下去行不行啊？"

众人这样喊了几声，这个男人却仍然站着，于是身后的骂声滚滚而来。

原来这个男人不坐凳子不是老实，而是逼迫。他在人群的激怒之下，竟然笑嘻嘻的，他转过身去解释说，我不是不想坐，而是有人不让我坐呀。后面的人这才看到坐在那个人身边的是丈夫出门在外的党小琴，他们似乎很快就明白怎么回事了。于是对那个男人的不满很快转移到了我的母亲党小琴身上，诸如：老公不在家耐不住寂寞啦，有这个贼心为什么没这个贼胆呀，等等。

母亲的处境很尴尬，她实在不想听下去了，可是，她又不敢把那个人赶走。我的母亲不得不把我抱在她的怀里，伸出一只手，轻轻地拽了拽那个人的衣角，那个人朝我母亲笑笑，一屁股坐在了凳子上。电影这才开始了。

从那以后，那个男人就经常出入我家了。当黄昏到来时，正是那个男人光临我家的时刻。姐姐看见那人朝我家走来，赶忙将大门关上，如果那人敲门，姐姐就告诉他母亲不在家。那人也不推门，走了。可是过了一会儿，他又来了。

尽管母亲不理他，姐姐想方设法撵走他，那个男人没有从我母亲身上捞到好处，但是接下来那个男人用不多的粮食，很快使事情发生了变化。他不但可以在深夜造访我家，还被允许到天亮才离去。这个家伙在我们家的出现使伙食得到了改善，母亲甚至要求我们喊这个人叫"二伯"，他俨然成了我们家的一员。

此时，我的姐姐虽然做出排斥这个人的样子，但仅仅是出于面子的考虑。至于我，说不出对这个很可能成为继父的人的确切感受。我不喜欢他，但也不憎恨他。他的到来意味着我们不会再挨饿了。他就像一头奶牛走进了我们的生活，他的身上有奶可挤，但前提是我和姐姐必须从母亲的房间搬出去，他要和党小琴同睡在一张床上。从此那张床一整夜吱吱嘎嘎响个不停。

不可否认，那段生活我们在米饭的滋养下度过。米饭留给了我短暂的美好的回忆。我记得热气腾腾的米饭盛在一只褐色的上了釉的陶钵里，陶钵的盖子是木头做的。作为独自待在家中的我，我的生活围绕这只陶钵展开。

由于在生产队干活中午回家吃饭的时间很短，母亲一般在清晨的时候就把中午的米饭烧出来了。她把它盛在上文提到的陶钵里，捂在还有余温的草木灰上。可怜我无所事事，整天像只苍蝇一样在陶钵附近转来转去。我不敢偷吃里面的米饭，只得时不时跑过去揭开盖子闻一闻米饭的香，有时候因为吸气过猛呛了风，害得我整天都在打冷嗝。终于等到母亲和姐姐回家，我又因为吃得太快腹痛难忍。

长大后我才听说人的胃是会越饿越小的，我的胃已经适应了饥饿，萎缩如一只杀猪人扔给狗吃的猪尿泡。现在，突如其来的粮食涌进了这只猪尿泡，你想想胀尿的滋味就会理解我为什么会在饭后只能蹲着。当然，比起饥饿造成的腹痛，这时候的腹胀应该说是一种幸福的折磨。

可是，也很难说。

正所谓有得必有失，当我们的肠胃迎来了米饭的眷顾，我们的灵魂却遭到了蹂躏。党小琴与那个男人的暧昧关系，此时正遭受村里人的猛烈抨击，有人怀疑大队保管员供给我们的粮食来路不正，但又找不到证据，他们就更加无休无止了。当我的母亲走在街上，立刻会引来嗡嗡的议论，成为吸引恶毒目光的磁场。当我和姐姐一出现，小孩们就会兴奋地喊起来："不要脸，不要脸……破鞋生的小鞋……"

我们已经被一堵看不见的围墙隔离在人群之外。我会在羞耻、恐慌、憎恨的支配下，奔跑起来。我想逃出这个村子。姐姐却跟我相反，她会冲上去跟那些辱骂我们的小孩拼命。这样的场面总是以一个气愤的母亲带着受伤的孩子来我家索赔告终。

这中间，有一件事值得详细描述。

那一天，我想不起因为一件什么事，一个小女孩拿我母亲的称号骂我，我考虑到自己是个男孩，又比她大一岁，和这个女孩大打出手。结果，体质孱弱的我竟然被她打倒在地，我由此恼羞成怒，揪住她的头发将她按在地上。不料，她随手抓起一把沙子撒在我的眼睛上，我的眼睛睁不开，被她揍得鼻青脸肿。回家的时候，我的失败写在脸上，我家"那个男人"站在门口，他问我是被谁打的？我如实相告，并且说了一些别人骂他的话。

他气愤了，说："走，我替你出一口气！"

他带我来到了那个小女孩的家，小女孩的父亲是村里有名的篾匠，他家的生活一直过得不错，我们去的时候他正在炒花生吃。从噼啪作响的铁锅里飘出的香味能使人晕倒。我家"那个男人"理直气壮，进了屋直接逼问对方："陈广庆的眼睛看不清东西了，准备怎么赔偿？"

篾匠师傅翻了翻我的眼睛，大概是看见我的眼睛布满血丝，他抓了一把刚刚炒熟的花生放在我的口袋里，并且将他的女儿教训了一番。

说来惭愧，回家的路上，我竟然骑到了我家"那个男人"的肩上，心里多次涌上来这个男人比我父亲更厉害的想法。我对父亲陈汉民的思念彻底被这个新来的男人搅浑了。一路上，我的心里充满了感激之情。

我已经很久没有吃到花生了。我甚至已经忘记世界上有花生这种食品。当我回到家，没有舍得立刻吃掉我的"战利品"。我躲在屋后，像老鼠偷吃稻谷一样咬开了第一颗花生。我观察花生壳上斑斑点点的黑，是烧红的铁锅留下的痕迹，然后我用两根手指捏住一粒花生米，轻轻一捻，花生米上紫红的膜剥落了，我看见花生米真正的颜色是肉黄的，跟我们皮肤的颜色极其相似，但它的表面很光滑，显出了坚硬的质地——我用两颗门牙咬碎半粒花生米"咯嘣"一下的滋味，多年以后回想起来，竟让我联想起长大后与少女初吻时牙齿碰到牙齿的清脆。

在人的一生中，简直没有比这样的记忆更深刻的了。那些花生我只吃了一半，另一半被我种在了屋后的泥土里。我想我有的是时间，我要种出更多的花生来。我瞒着家里人，用清水和尿液浇灌泥土下面的花生。我苦苦等待花生发芽、开花、结出果实，然而过了一个星期，当我在疑惑中扒开泥土，发现花生已经霉烂。那是多么悲伤的一天，我就像疯了一样扒开泥土，将霉烂的花生塞进嘴里，泥土、沙子和尿的气味让我直想呕吐。

第二天，我仍为霉烂了的花生懊悔、痛惜，我只能通过回忆来补偿我的损失，然而我回忆不出花生的香味。这时候，我被一种莫明其妙的欲望推动着，又来到了篾匠家的大门口。我想再向他要花生吃。可我有些胆怯，在那里踌躇不前。这时篾匠刚好出来了，我紧张得一时不知道怎么办才好，眼看着他就要重新回到屋中，我冲了上去，大喊一声（我真佩服自己的勇气）："别走！我的眼睛瞎了！我要你赔花生，赔花生……"

篾匠被我的突然出现吓了一跳，他一定以为是一条狗冲他跑了过去，当看清是我之后就凶相毕露了："赔什么赔？上次要不是王狗腿子陪你来，我真想揍你一顿！"

我不知道怎样跟一个大人对话，我只好装作我的眼睛里都是沙子，告诉他我什么都看不到了。没想到这一回篾匠不但不看我的眼睛，还这么说："妈的，你小子跟你亲爹一样鬼，可惜你妈不要脸，你的眼睛就是她害的。你小子是不是偷看了你妈跟野男人干那事？嗯？"

我没想到赔不到花生，还受到了侮辱，回到家之后流下了眼泪。我想来想去，心里很不舒服。我就想到了报复他的女儿，小红。

我在抽屉里找到一枚铁钉，把它绑在一根木棒上，然后，我在小河边找到了小红。我从背后一声不吭地走过去，手中的武器朝她背上捅了过去，没想到这时小红猛地扭过脸来，只听"啊"的一声惨叫，她痛苦得在沙地上打滚……

突然遇到这种情况，我非常害怕，撒腿就跑，先是跑回了家，怕小红的家人随后追来，我又逃到了山上。我在山上一直待到很晚。当我怀着忐忑的心理回到家，我家那个多出来的男人就上前抓住了我。他先是劈头盖脸打了我一顿，然后命令我给篾匠夫妇赔礼道歉。

没想到几天前还对我很好的这个男人，今天已经站在我的对立面。在这种情况下，一股宁死不屈的冲动支持了我，我咬紧牙关，任凭那个男人用竹枝抽我，我就是不道歉。我已经将生死置之度外了。

夜半，篾匠夫妇才带着鼻子上扎了根纱布的女儿回去了。谈判的结果是我家赔偿五块钱医药费，并且承诺，假如破了相的篾匠女儿以后嫁不出去，他们就要把我弄到他们家去当上门女婿。

这真是太荒唐了，我用一枚细小的铁钉竟然捅到了一个老婆。可是，这样的结果与其说是我的桃花运提早到来了，不如说是一场噩梦突然降临了。

当时，大人们提出小红破相之后让我付出未来婚姻的代价，这种无稽之谈或许是随口说出的一个玩笑，开这样的玩笑是为了寻找一种心理平衡。但是，在一旁用敌视的眼神看着我的小红当真了。虽然在若干天之后揭开纱布，小红鼻子上那个洞已经被新生的肉填满，但她总感觉自己吃了亏，要从我这里得到什么。于是，她就像当初我又去要赔偿一样徘徊在我家门口。我感到恐怖极了。

我对她说："小红，你别做梦了，我不会做你老公的。"

小红说："反正，你长大了要到我家里干活，给我爸做徒弟。"

我说："我才不要给你爸做徒弟，我又不是你们家的人。"

小红说："等你长大了，你就是我们家的人了。"

从那以后，我不但害怕看见小红，还害怕自己长大。这样的恐惧一直持续到我上了中学，小红的身体比我更早地发育成熟。这时候，我看见小红的胸脯，曾经的惧怕变成了渴望与她肌肤相亲的冲动，但那时候我们已经显得陌生。

# 第四章

那是我的多事之秋，尽管多年以后篾匠的女儿嫁给了一个到吴村打铁的铁匠，但是在当时，原本背负各种恶名的我又背上了"倒插门"这样低人一等的名声。这让我觉得这个世界荒唐、阴暗，我孤单单地活在这个孤独的村庄，除了跟姐姐去放牛之外，大部分时间躲在屋后的水坑附近度过。可是这样的日子没有结束，又发生了一件事：我的父亲回来了。

那是黄昏时分，太阳悬浮在高布山上，晚霞映照道路，道路显得虚幻，匆忙回家的社员和杂乱无章的蝉鸣预示着天就要黑了。我在外面玩了一天，想到姐姐，想到晚餐，一溜烟跑回了家。

我呆住了：我看见一个挂拐杖的男人斜坐在我家的门槛上，在他的周围站着一圈村里人。村里人的声音被这个男人的咳嗽驱赶，显得断断续续。我从这个男人的咳嗽中判断出，是我的父亲陈汉民回来了。一时间，父亲的突然出现让我产生了五味杂陈的感受，我很想跑过去诉说我的欢喜，但是心中又产生了拒绝和怨恨……

这时父亲已经透过村里人的议论看到了我，他叫响了我的名字，不知道为什么，我感到很紧张，就好像被人推到了一个万众瞩目的舞台上……我想逃又不敢，只好在众目睽睽下等着那个蓬头垢面的残疾人挂着拐杖，向我走近，用发抖的双手抚摸我的头发和面颊。我听见他的喉咙好像被什么堵住了：

"广庆，你胖了，也高了，看到你们都好，我心里……别提多高兴……要不是这条腿，我真想再坚持下去……"

父亲的手湿漉漉的，有一股酸溜溜的臭味。

晚上，我们一家四口在分离十多个月之后，再次坐在了一张桌子旁。可是让我没有想到的是，当重新团聚的一家正要拿起碗筷吃饭，多出来的"那个男人"再次大摇大摆地出现在我家。他看到桌上没有他的碗筷，就自己走到厨房盛了一碗米饭。

他的突然袭击，使晚饭的气氛陷入僵局。母亲站了起来，脸色如同喝了毒药那样难看，她叫那个男人回去，那个男人不听，母亲就突然离开了我们，只听"砰"的一声巨响，从卧房里传出来一声撕肝裂肺的哭声。这时候，站在门外的村里人终于等到了两个男人的较量。可是我的父亲显然没有准备，他愣在那里，还以为是自己的什么行为触怒了母亲，他的迟疑让新来的男人抓住了机会。

他劝父亲道："汉民，让她哭吧，没你的事。"

父亲看了看那人，大概不知道说什么好，于是什么都没有说。

这时候，那个男人马上开始了第一轮进攻：他拿起筷子，夹了一根菜到我父亲的碗里，劝我父亲道："汉民，我看你瘦了，黑了，出门在外饭要吃饱。"

这个夹菜的动作，据村里人回去之后分析，表面上是在尊重我的父亲，实际上却强调了他是这里的主人。我的父亲大概也看出了其中的含义，他憋了半天，指着大门对新来的男人说："你、你，他妈的王狗腿子……你给、给我滚出去……"

我的父亲由于激愤，又咳嗽了，咳嗽让他弯下腰来，像一只垂死的青蛙。

那个男人瞟了一眼陈汉民，阴阳怪气道："汉民，你别给我出去出去的，要不是我，你一家老小不是饿死，就是斗死了！别以为……就像野草一样……"那个男人见父亲不说话，又找补了一句："我告诉你，你这次出去投机倒把，影响很坏，连公社都知道。大队说不定还要批斗你，你要小心。"

王狗腿子后面的那句话直接把父亲打倒了。他剧烈地咳嗽着，坐起来的时候连嘴唇都紫了，但他却装作镇定的样子，夹起碗中的那根菜，默默地吃了下去。

那个男人于是接着说："汉民，我说句实话你不要生气，我跟你家小琴其实也没有什么，你们还是夫妻，吃完饭我就回去。"

这时候，由于又一通咳嗽的来临，父亲嘴里那根咀嚼到一半的菜最终泛了上来。父亲一仰脖子，将这团稀巴烂的东西吐在了王狗腿子的脸上。于是，晚饭就这样结束了。

可是王狗腿子并没有回去。他就像当初"追求"我母亲时那样，一脸严肃地坐在我家八仙桌旁抽起了烟，抽了一支又一支。我家的堂屋里因此浓烟滚滚。村里人预测到这两个人已不可能拳脚相加，于是纷纷离去。我和姐姐也困得不行，饿着肚子在楼梯下面的小房间躺下。这时候，却听见房外响起了母亲的哭声，再次响起的哭声吓了我们一跳。

"呸！呸呸！你死不要脸的，还坐在这里干什么？你这个流氓，无赖！"母亲且哭且打，就像发疯了一样，"滚，滚出去！永远不要看见你！你不把我逼疯你难受是不是？"

这样过了一会儿，我们就听见家中那个多出来的男人离开并且将大门合上的声音。母亲把那个男人赶走了。可是差不多这个时候，我们听见头顶的楼梯上突然响起了拐杖碰击木板的声音。无疑，这个声音是父亲发出来的。

我们听见母亲又骂起来了：

"你到楼上去干什么！？"

"睡觉。"

"楼下睡不下你了！？"

"我想……我还是睡楼上吧！"

"为什么？你说清楚。"

"是我的腿……烂、烂了，味道不好闻……"

"你……好恶毒……"

母亲又哭起来了。这一回，母亲没有一下子将力气哭完，而是压抑的，节约的，将哭声努力维持到天蒙蒙亮。

谁也不知道父亲为什么要选择上楼去住。父亲作为一个行动不便的残疾人，他要花费很多的时间才能将自己从楼下送到楼上。从此，他吃的饭菜，还有饭菜经过消化后的变形物，都要由他的家人送上去、提下来。

就这样，两个男人的竞争由于父亲的主动退出，使一场本应充满火药味的角斗变得悬念全无。村里人恨铁不成钢，谴责的不再是那个男人，而是我的父亲，我的父亲成了泼在这桶火药上的水，窝囊到让人想揍他的地步。

这以后，那个男人仍旧出入我家。

我现在努力回想，向身后眺望三十年前的现实。时间的流逝没有让三十年前的现实从记忆中消失，它存在着，就像虚无缥缈的海岛，有时候你会看见，有时候你不能看见。但记忆是多么不可靠，当我努力回忆发生在父亲与那个男人之间的故事，记忆提供给我的往往是另外一些事情。

为什么父亲的归来在我的记忆之中，仅仅增加了久违的咳嗽和楼梯受重时发出的咚咚声？很显然，记忆是一个欺软怕硬的家伙，关于父亲，关于父亲的抗争，在同一个记忆点上，已经被更强大的事物所覆盖……

就在此刻，我的脑海里再次出现了"农业学大寨"的场面。这个记忆可能来自于我更小一些时候，但是它有足够的能量跳出来搅乱我的思绪。是的，它的到来让我看见了故乡的一座山坡，该山坡已经被大人们剥得鲜血淋漓，人们要在这里开垦良田。

一块重达百斤的铁锭被绳子捆缚着，此时正被七八个壮汉抛向空中，它简直像一只腾空而起的怪兽，在可怕的"嘿哟"声中，反复地跃起，跌落，跌落，跃起，不，它在挣扎，眼看那些拽住它的大人快要控制不住它了，这让我感到非常恐惧。我再也不敢看下去了。我哀求姐姐带我离开，可是姐姐要等着看炸岩石的场面。炸岩石的场面吸引着村里所有的小孩。

不，那是一座更加悲惨的山坡，它已经死在我们的对面，它的骨头散落在地。看来那些叮叮当当的声音正是从这个山坡上传来的。这时，叮叮当当的声音越来越小了，突然从山上传来了紧急的哨声，一个手拿一面小旗的大人奔跑着，恐怖的呼喊让所有人停下了手中的活：

"注意了，注意了！要炸岩石，要炸岩石了！请大人看好小孩，赶快离开……"

所有人都在奔跑，姐姐背起了我，紧跟其后，我听见了姐姐笨重的呼吸，还看见大人小孩朝同一条小路奔去时的慌乱，有人跌倒了，被后面的人踩了一脚，痛苦的叫唤，绝望的哭喊，涌现在这条小路上的混乱和恐怖，连同身后的爆炸，混淆在一起……

就是这样的一些记忆。我的脑海经漫长岁月过滤剩下的全是这样的记忆。这样的记忆会不会是我的一种错觉？

那是 1976 年中秋前后的一天，注定我要和被遗忘在阁楼上的父亲建立起兄弟般的情谊。这样说，是为了强调我在这一天犯下的一个错误，使我重新获得了父爱的机会，使家庭变故中产生的父子疏离化解在共同的遭遇和相互的温暖之中。

我记得参加完一个重要人物的追悼会，在回家的路上，由于一根青色的鼻涕挂在我的鼻尖上，我想掏出一块手帕来擦鼻涕，不料，从口袋里掏出来的是一块黑纱。这块黑纱是我家那个多出来的男人郑重其事地佩戴在我的衣袖上的，由于大别针松开了，我将它放在了口袋里。这时候，我认为它已经毫无用处，就用它擦了一下鼻涕。于是，灾难突然降临在我的身上。

我的这个举动刚好被一个大人看见了，那个大人大概考虑到我年龄尚小，没有当场将我抓起来，而是让我又走了一段路之后，再让我家那个多出来的男人像老鹰逮小鸡一样从背后一把揪住了我。我不知道发生了什么事，在被他拎到家里之前，我在他的魔爪下拼命挣扎，但最终被他捆绑在天井下面的一根柱子上。

他这是第二次用鞭子抽我。这个给大队干部当走狗的家伙，他深谙将鞭子抽打在人的哪个部位叫你痛苦万分，因为他在用于批斗的舞台上练就了挥动鞭子的精湛技艺。

"打死你狗杂种，打死你这个狗杂种。"这个男人一边使用暴力，一边向我阐述理由，"假如抓住你的人不是我，你没有多少日子可活！你想毁掉我的前程啊！"

这一突然的打击使我不寒而栗，当他丢下鞭子走出家门之时，母亲和姐姐不知因何还没有回到家中，我的身体耷拉在绳子上，眼前一片黑暗。

这时，我听到楼梯上响起了父亲下楼的声音，他走得很艰难，滚了下来，这是父亲住到阁楼以后第一次来到我的身旁。他用他无声的眼泪擦拭我的伤口，并给予我战栗的心灵一丝微弱的安全感。

此后的一些日子，不祥的预兆像乌云笼罩在我家的屋顶。害怕以犯罪论处的恐惧，是无时不在的煎熬。我家多出来的那个男人惶惶不可终日的举动，更增加了这种末日降临的气氛。

　　他成了一只惊弓之鸟，四处蹲点暗访，查勘时势变化，天天带回来一些他如何同那个看见我用黑纱擦鼻涕的大人周旋，并迫使那个人隐瞒这件事的细枝末节。他为了使那个人永远闭上嘴巴，想过割掉那个人的舌头。后来得知那个人念过书，于是又想砍掉那个人的手。但是那个人用牙齿叼起笔来写字呢？他简直无法可想，甚至想让我母亲做出牺牲，让那个人睡上一夜，母亲用巴掌把他的这个念头打回去了。

　　最后，他计上心来，认为我们根本没有必要惧怕那个见证人。既然当时路上只有两个人，那个人的指控完全可以变成诬告。可是，那个人找来另一个人为他做证呢？是相信大人的话还是相信小孩的话？他最担心的，莫过于我在擦拭鼻涕的时候还有一个第三者看见，这种情况是可能的。他为了尽早找到这个防不胜防的第三者，甚至发明了一种类似"催眠"的办法，叫我一次次回忆当时的状况，我被他折磨得头昏脑涨，想到擦拭鼻涕这个动作，竟然联想到擦拭屁股时的恶心。

　　一天，当他又一次要我仔细回想当时有没有第三个人看见我的"反革命举动"时，我终于不再为自己的行为感到内疚，我理直气壮地告诉他，我在擦鼻涕的时候身边走着一条狗。那条狗看到我用黑纱擦鼻涕，还汪汪叫了两声。他紧张兮兮地问我哪户人家的狗？我随口说了村里一条狗的名字。那个男人吓得打了一个冷战："赛虎？你再说一遍，赛虎？"

　　事实上，那是驻村干部老杜的狗。赛虎，是这条狗的名字。这条狗是狼狗和土狗的杂交种，长得威猛、丑陋，喜怒无常。老杜喜好吃野味，这条狗是他打猎的助手。平时村里的土狗看见它，没有一条不逃之夭夭。

　　母亲的第二个男人想到狗不会说话的，但是这条狗却汪汪叫了两声，这个非凡的举动让他推断出这条狗很可能是经过训练的间谍狗，它势必将我的罪行揭发。尽管他现在还不是我的继父，他可以向老杜交代我不是他的儿子。但是，别人怎么证明你的这个决定不是做贼心虚？在事发之后，逼迫那个证人隐瞒事实的人又是谁呢？他突然发现他的插足使自己背上了难以推卸的黑锅。种种迹象表明，他在这些天热锅蚂蚁般的举动，一定被村里人看在眼里，甚至已经上报上去。

那个男人越想越觉得自己愚蠢，他想来想去，唯一的办法就是将我押到老杜那里去自首，让我坦白之所以做出这样一个天地难容的举动，是我阁楼上的父亲指使的，目的是为了报复他，将他打倒。这是一石二鸟的好主意，不仅解脱了他自己，还加速了害死陈汉民、独占党小琴的进程。他于是通过想象编织了一个完整的故事，并且强迫我烂熟于心。由于他编的这个故事逻辑缜密，细节充实，在押送我去自首的路上，我的脑子里甚至真的出现了父亲教我这样做时说的话，和他脸上恶毒的表情。

　　此时，我们已经来到了离吴村大会堂不远的地方。我们的眼睛可以看见大会堂的侧墙上浓烟滚滚，那是老杜隔了一间给自己居住的地方。当我们离大会堂越近，从里面飘出来的肉香就越加浓郁，我馋得扇动鼻翼，拼命呼吸，不知不觉中加快了步伐。我的加速度引起了我家那个男人的怀疑，他追上来，叫住了我。

　　只见他满头大汗，神色仓皇，他低声问我是否还记得揭发我父亲幕后指使我的措辞？我说我还记得。他听我这么说，才放心了。然后从口袋里突然掏出一根绳子，要把我再次捆绑起来。这时，我的脑子好像一下子清醒了。我看清这个阴险的家伙是要把我和阁楼上的父亲一同送上死路。我吓得喊叫了一声，然后没命地从原路跑回。

　　母亲的第二个男人看见我突然改变主意，气得忘了收好绳子就追了上来，他没跑上几步就被拖在地上的绳子绊倒在地，我回头张望的时候，刚好看见老杜的狗向他扑了上去。

　　"救命啊……救命啊……"

　　地上的男人被狗咬得哭爹喊娘，挣扎的场面恐怖而滑稽，当老杜手拿一个锅铲跑出来阻止赛虎的野蛮行径时，地上那个自作聪明的家伙皮绽肉破，鲜血淋淋，他痛苦不堪地向老杜反映狗撕了他一块肉吃的事实，却遭到老杜的一顿臭骂。因为那个倒霉蛋提到"肉"字的时候，一股烧焦的气味正从大会堂那边飘送过来，老杜想起锅中嗞嗞冒烟的肉，骂骂咧咧地跑回去了。

　　于是我家那个男人从地上捡起了一块石头，气愤地将它举到空中，但是看见他的对手赛虎龇着牙齿，他又把石头放回到地上。这时，他终于看见了我。他就像一只三条腿的青蛙一样蹦了一下，又蹦了一下："你奶奶的!你奶奶的!竟然敢耍我,我抽你的筋、剥你的皮!要你的小命……"

后来,母亲的第二个男人消失了许多天,当他再次出现在我家的时候,我发现他的手中拿着一根很粗的荆棘条,上面的刺丁密密麻麻,排列有序,这种武器在我们这里叫作"老虎棍"。他就像地主家的打手那样耀武扬威,命令我走到他跟前去,他要让我尝尝老虎棍的滋味。

可怜的陈广庆,此时简直被王狗腿子高举到头顶的新刑具吓瘫了。我一面在屋里躲藏,一面高声喊叫。我的姐姐赶忙向屋后跑去找妈妈,我家的楼板上也响起了咚咚咚的声音。

这时候,那个男人却放下了荆棘条,对我说他只是想警告我一下,他已经原谅我了,他当时害怕是因为怕人去告密,现在事情已经过去了,虚惊一场。我听他这么说,心里好比一块石头落地,看来我用黑纱擦鼻涕的罪行并不成立。我根本没想到,这个狡猾的家伙会趁机跳上前,一棍子砸来,直听脑袋嗡的一声巨响,感到有坚硬、尖利的东西刺进了脑髓,顿时,房屋连同大地旋转起来……

此后,这个残忍的家伙又与随即赶到的母亲展开了一场较量,由于我此时几乎昏迷,头上流下来的血糊住了眼睛,我只隐约听到一些吵吵嚷嚷、摔凳子砸桌子的声音。这场打斗我不知道谁输谁赢,但是在接近尾声时,我听到了"恋爱"结束时的绝望之声,母亲控诉这个想当干部的家伙是无情无义的畜生,命令他从此不许上我家的门。

那人嘿嘿奸笑,退到大门、迈出门槛之际,突然转身骂了起来:"啊呸!婊子!贱货——别以为你从我这里榨到了粮食,得到了便宜——我今天告诉你,我天天睡你,一分钱不花,白弄了你!"

母亲惊愕了,仿佛在自言自语:"什么?你……再说一遍……"

于是,我们这才知道,那个男人分数次背到我们家的大米,全是父亲离家出走的十多个月里寄回来的。这时我们才知道,父亲在他出走之后并不是杳无音讯,他人在外地,但隔一段时间就要往家里寄一次大米。那是父亲在外面乞讨得来的。而这个给大队干部倒茶水、当打手的家伙,利用自己收发邮件的便利,盗取了父亲拖着病躯乞讨得来的粮食和钱物。然后,大睡女人。

我的母亲知道了事情的真相,气得昏死过去,醒来的时候,她跑到驻村干部老杜那里去告发他，最终得到的答复是几道问答题：

"你领到过大米、粮票吗？"

"没有领到过。"

"那他怎么说每次帮你领回来，还交到了你手里？"

"他交给我的那些大米，不是汉民寄来的！"

"那是谁寄来的？"

母亲涨红了脸，轻声争辩："汉民寄来的大米，全被那个畜生私吞了！"

这时，老杜打量了一番母亲，严厉道："告诉你，陈汉民投机倒把得来的大米，本来是要归公的，我考虑到你一个女人养活两个孩子不容易，才没有作为赃物处理，是我叫他给你送去的。你怎么可以胡说八道？"

母亲无话可说，回到家时好像老了十岁。母亲爬到阁楼上，眼泪汹涌不止，母亲用拳头捶打父亲干瘪的胸脯，并且说："汉民，我不想活了。我不想活了啊，汉民！"

父亲看到母亲哭得像个泪人，只是叹了一口气。

# 第五章

没想到无米下锅的日子这么快就重新回到了这个家庭，足足一个星期一家人靠水煮野菜过日子。好在姐姐在放牛的时候，有足够的时间在山上寻找野菜。问题是在野菜回到饭桌之前，我们的肠胃被米饭惯坏了，它们已不适应野菜的苦涩和粗粝的纤维，肚子很不舒服，连拉出来的屎都是碧绿的。

这时候，我的印象里出现了一个飞檐走壁的男人。这个人在黑夜里像只灵猫从我家的窗户爬进爬出，带来的是用一个大号饭盒装好的饭菜。这个四四方方的铝质饭盒，用一根松弛的橡皮筋扎着，它出现在我家窗台上的"咔嗒"声，既是一个暗号，也是一张门票。

我至今不知道这个男人是谁。他选择来我家的时间太迟了，而他离开的时候又这么早。但我敢肯定他是一个好人，他每次送来的饭菜可口，咸淡适中，是我们一家第二天的口粮。遗憾的是好像没过几天，这个男人就不再来了。

记得最后一个晚上，我刚好被尿憋醒，迷迷糊糊之中听到饭盒碰击窗台的"咔嗒"声。可是就在母亲下床去接那个饭盒的时候，屋外响起了一阵带哭的扭打声，大概是被他的妻子跟踪、并且当场抓住了。

多年以后，当我到井下村读五年级，母亲还保留着那个男人不敢取回去的饭盒。母亲已经把饭盒上的名字用细沙搓掉了。我用这个饭盒蒸饭，一直到初中毕业。那时候，这个大号饭盒见证了我当时的胃口，一顿吃八两米蒸的饭。呵呵，八两米蒸的饭，为什么不匀一些给饥饿时期的我……

我们的母亲党小琴后来又跟村里的小学老师好上了。那个老师来了几次之后，建议姐姐去上学，姐姐就盼着了。可是，该老师仅仅开了一张空头支票。他被村里另外的妇女勾引走了。母亲没有从他身上捞到任何好处，他只教了我一首儿歌，一首儿歌能当饭吃吗？

可笑的是，这个老师就连偷情都要把自己扮成一个正人君子。他每一次来，都要关心父亲的病，他是以关心百姓疾苦的名义来睡党小琴的。我刚开始不了解他的这个习性，当他问起父亲的病情，还跑到楼上去看一看究竟，如果父亲在咳嗽，我就告诉他父亲病得很重，如果睡着了，我就说父亲病了。他总是点点头，装作一副同情的样子，实际上，他的眼睛正盯住党小琴的胸脯。

现在，我回忆起了有一段时间，经常有人在我家住。尤其是外地来的手工艺人。我很喜欢这些靠手艺吃饭的人。他们当中有弹棉花的，焊锡修锁的，来料加工蓑衣的，打铁的，还有石匠和货郎。这些人的光临不但丰富了我们的伙食，还丰富了我们的生活。

他们同样是一群在夹缝中生存的人。他们的口袋里装着盖过章的介绍信，肩上挑着五花八门的挣钱工具，他们需要不停地在大地上游走才能挣到回去的路费和一家人的口粮。他们的口音很重，持不同的方言，都是一些能人。焊锡修锁的帮我家堵住了漏水的铁锅，打铁的给我家的铁器全部上了钢刃，石匠看见我家的木头门槛破损不堪，将它换成了石头的。

我最念念不忘的当然是货郎的到来。他是一个小老头，他的到来将提供给我甜的味道。因为除了卖针头线脑，他还卖零嘴和糖。他的糖是用一个小铁锤敲着卖的，名曰"嘚嘚糖"，那些掉下来的糖屑无疑是我舌头过节的源头。

这些云游四方的人,一度成了我崇拜的对象。那个时候我没有出过远门,他们到过的地方却如此之多,我在那个时候很想跟随他们流浪。但是他们走的时候总是答应下次带上我,可是到了下次又说下一次带上我。我就在这样的等待中迎接新的一天。

当然,也有这样一些外地人不但吝啬,而且粗野。他们的到来,让我们的母亲倍感痛苦,但是那一阵子,党小琴名声在外,不好拒绝。

那些人是从山外小镇上来的,他们往往三五成群,推着独轮车来山里采购木材。他们带着平原人的优越和男人的厚颜无耻,选择在我家住宿。他们看见山区的贫穷,就以为自己是天底下日子过得最好的人,他们说话的声音响极了,一个个像干部那样昂首阔步。可他们既拿不出钱,也拿不出粮票,吃的米是从自己家里带来的。

他们从车把上解下米袋,每个人倒一些出来给母亲做饭吃,第一个人倒的就很少,轮到第二个人就更少了,因为他们谁都不想吃亏。然后,他们还要监督母亲做饭的整个过程,还要不停地唠叨多给他们做几个菜,等到吃饭的时候,你看着吧,他们拼命地吃,不停地跑到灶台上盛饭,不但把米饭吃个精光,还把锅巴铲个干净。他们吃完了,可是又没有吃饱,于是就有人发泄不满。

这时候,吃饭不公造成的积怨,终于在利用公家的钱(也就是采购木材的钱)睡党小琴的问题上变成了拳头与拳头的较量……

是的,母亲党小琴在分田单干之前,因为丈夫陈汉民丧失了获取食物的能力,不得不采取这样的办法养活一家人。这样的办法,并不是母亲的发明,或许古人就已经使用。它的微妙之处是尽管名声败坏,但仅仅名声败坏而已,至少我们没有饿死。

我记得一个伟人说过,只要不是不劳而获的钱财都是干净的,我想我们吃到肚子里去的粮食也一样干净。但是在当时,由于受到村里人的传统道德观念的束缚,母亲的名声,曾让我和姐姐憎恨这个女人。

这就是残酷的现实:我们的母亲养活了我们,我们却远离了她。

首先是我的姐姐在生产队放牛,她的乖巧、懂事,让村里一对没有子女的夫妇赞不绝口,他们这样喜欢我的姐姐,以至于认为这样的好女孩不应该是做贼的陈汉民、淫荡的党小琴的女儿，于是他们背了一袋粮食，买了两瓶罐头、一瓶酒，从我的父母那里领走了我的姐姐。

至于我，我早已不睡在楼下。楼下的夜晚人来人往，尽管姐姐的离开，使我在楼梯下面的狭小空间里拥有了一整张床，但是我还是选择了放弃。

# 第六章

这个时候，是阁楼上的父亲接纳了我。我和父亲睡在阁楼上。古旧的阁楼很黑，楼板霉烂，阁楼上的光线从天井那边射过来，光线虚弱。因为天井对阁楼而言，其实是一些向下倾斜的瓦片，而不是头顶的天窗。我看见瓦片上面堆积着白色的鸟粪和腐烂的落叶。

我们平时除了洗脸、吃饭、上茅坑，基本待在阁楼上。我们的存在正如脱离了地面的阁楼，远离人群，需要学会与老鼠、蝙蝠、跳蚤和偶尔停留的鸟雀为伍。我发现我和父亲都很喜欢阁楼上的生活，阁楼让我们体会到了自由和安宁的滋味。

我记得阁楼上有一个很小的小圆窗，它对着一堵别人家的墙壁开放。我每天透过窗户观察一对麻雀夫妇的生活，它们生活在一个墙洞之中，早出晚归。我很想弄清楚它们当中哪一只是公的哪一只是母的，这个概念折磨了很久。有一天，让我意想不到的事情发生了，两只麻雀上下扑飞，在两个屋檐之间打个不停。有一只被另一只压在下面，头顶的羽毛被另一只啄得脱落。这两只麻雀的"不和"让我想起了父母的不和，我的眼泪夺眶而出。直到几天之后，我看见两只麻雀双双从外面叼回草的叶片，一起修复破洞中的巢穴，我才断定在巢中孵卵的那只是未来的母亲。

事实上，阁楼上也很热闹。常住居民除了老鼠、蝙蝠、蜘蛛、壁虎、隔壁的麻雀，还有大黄蜂。大黄蜂的巢筑在腐朽的横梁或者外墙屋檐上，它们从瓦片与瓦片间的夹缝出入，喜欢在棍子一样的光柱之间飞来飞去。它们只在晴朗的天气发出嗡嗡之声，就好比墙缝里的蝙蝠只在晚上从天井飞出去。父亲有个吃到新鲜蜂蜜的办法教我吃过几次蜂蜜，后来觉得过于残忍不再吃，其方法是逮住一只大黄蜂，从它肚子上把那个蜜囊掐下来，扔进嘴里，是甜中带苦的味道。

可是印象中给我们的阁楼生活带来最大乐趣的是跳蚤，而不是别的。阁楼生活与跳蚤紧密相连。潮湿的天气、腐败的稻草、破烂的被褥，还有鼠群，一直是跳蚤滋生的温床。我们的到来，无疑让这些微不足道的生命品尝到了比鼠血更可口的食物。它们奔走相告，额手称庆，被解放的食欲刺激了跳蚤的性欲，性欲加快了跳蚤产卵的速度，疯狂的跳蚤在阁楼上上蹿下跳，咬得我们浑身痒痒。

这时候，抓住跳蚤，将跳蚤放在嘴里用牙齿咬死，成了我和父亲阁楼生活的主要内容之一。


没想到父亲在捕捉跳蚤方面同样经验丰富。父亲叫我将鞋子脱了，叫我将裤管卷得高高的，这个样子让我想起下河捕鱼的情景。然后，父亲叫我在阁楼上游走。父亲叫我这样做的时候一本正经。

果然如父亲所料，我的两个小腿肚上有了异样的感觉：我感到我的小腿上的毫毛一根根竖了起来，毫毛被一种细小的力量一根接一根地撼动了，纵行在皮肤表面的游走感，带着轻微想战栗的感觉，很有趣。游走感在我的小腿上汇成了无数条涓涓细流。原来跳蚤是必须躲在衣服里感觉到体温之后才咬人的，所以它们顺着我的小腿拼命往上爬。

父亲说："你现在可以站住了，你把裤管卷得再高一些，嘿！看到了吗？一只、两只、三只……摁住它，别让它跑了！对，用拇指和中指掐住，往嘴里放，沾到口水它就不跳了……怎么样，咬死了吗？"

我们采用这样的办法捕杀跳蚤，捕杀的过程容易让人产生成就感。或许刽子手杀死犯人的时候也是这样心花怒放。但是我发现我的小腿肚很快麻木了，跳蚤穿越了危险的雷区，钻进我的内裤撕咬我的睾丸，我的睾丸肿了起来。这时候，父亲干脆将我的裤子脱了，让我在阁楼上赤身裸体。

父亲说："囊袋肿起来没事的，我小时候被牛虻咬了，胀得跟气球一样，我担心发生爆炸，整天提心吊胆……很快就会瘪下去的。"

父亲哪里知道我的痛苦？我是因为小腿肚麻木，丧失了捕杀跳蚤的能力心情沮丧。

第二天，我待在楼下，当我重新回到楼上时，啊，我经历了多么大的惊喜：我的小腿肚上又有了跳蚤嗖嗖乱跑的奇妙感觉！这感觉让我留恋、战栗不止，我不忍心将腿上的跳蚤轻易杀掉，我将它们拍落下来，然后等着它们从脚踝继续往上爬，直到跳蚤的游走变成了蛇的爬行，难以忍受的异样感觉让我吃不消。

但是，这项有意义的工作并没有进行到底。倒不是跳蚤不再咬人了，而是母亲要改嫁的消息传到了楼上……

谁也没想到党小琴会有改嫁的念头，她现在的生活不是很好吗？再说，陈汉民还没有死，她怎么可以抛下他不管？事实上，情况要比这更复杂。母亲并没有打算抛下我们远走高飞，她想的还是怎样让我们过得更好。

她到楼上来跟父亲商量这件事的时候，她笑着，眼里却挂着眼泪。她告诉丈夫："汉民，姜石匠是一个好人，虽然个子矮、长相差，比我还小一岁，但人勤劳、厚道，劳力好，他知道咱家的底细，表示将来和我结婚，他不会抛下你不管。姜石匠对我说：'你的意见我尊重，让我帮你来照顾他。'"

父亲好比听了一段天书一脸茫然，过了一会儿才对母亲说："小琴，我懂，女人需要男人的爱，你要嫁人我没半点意见，就是希望你把两个孩子都带上。"

看着病榻上垂着头的丈夫，母亲咬了咬嘴唇，哭着说："你说什么呢你，我不会离开你半步的，汉民！我到哪里都会把你带着。我把你带到姜家，就能像现在一样天天伺候你，你要觉得姜石匠或者他的家人对你不好，咱们转身就走。"

父亲的泪水突然像泉水一样涌了出来，哽咽道："不必了，小琴，我不想再拖累你，这些年你尽到了做妻子的责任……你不要管我，你走吧！只要你过得好……"

这时，母亲陷入了进退两难的境地，她向父亲解释："我背着你出嫁，就是要让父老乡亲知道我和姜石匠对你的情意，有你躺在床上，证明我们这个家还是健全的，我和孩子都有个精神上的依靠。如果我丢下你不管，外面人会骂，我自己良心也不安。"

但是父亲已经不听。

看来这一回，母亲和姜石匠的"爱情"是认真的。也不知道这"爱情"是什么时候产生的，难怪姜石匠住在我家的时候，再没有男人于深夜敲响我家的大门。

这个后来成为我们继父的姜石匠，是邻县人，长得粗短、敦实，脸上永远风尘仆仆，说话的时候结结巴巴，但是干起活来干净利落，他的手艺使他在吴村受到尊重，横跨在金塘河上的那座石拱桥就是他的杰作，桥上的石头严丝合缝。村里曾有姑娘钟情于他，他却迷恋上了我的母亲，也不知道母亲的魅力体现在哪里。

那段日子，这个痴情于党小琴的石匠自然成了我们家的顶梁柱。因为母亲下楼后就病倒了。这个干粗活的石匠不得不像个细心的女人一样忙里忙外，把母亲、父亲还有我照顾得很好。这样过了几天，姜石匠认为时机成熟了，就上楼来跟我父亲商量："大哥，我准、准备在这个家暂时住下来，只、只要我和小琴能在一起，你说什么我都答应，大哥，我知道你、你为这个家付出的心血，我、我不会把你扔在一边，我把你当成大哥，照、照顾你一辈子。"

然而，父亲脸色青白，始终一句话："只要我汉民还有一口气，我都不会和你们生活在一起，祖祖辈辈没有这样的规矩，以后，你能让孩子来看我，我就知足了。"

两个男人互不相让，一时间成了僵局。

姜石匠看我父亲死要面子，便"扑通"一下跪在床前，哀求父亲："大哥，你就答、答应我的请求吧，你是小琴的大哥，也就是我的大哥，我们是一家人，一家人不存在什么尊、尊、尊严不尊严！大哥，看、看在孩子还小的分上，就成全我、我们吧，求、求你了！"

父亲的心松动了，他答应姜石匠，等过了年他跟母亲到公社离完婚，然后，他就随母亲嫁到姜家去生活。

我记得自父亲答应石匠的请求以后，我家的生活突然变得其乐融融。由于姜石匠的插足，家里的经济状况好多了，姐姐被他领回来并且送去上学了，债务也还了不少。这是平常而奇怪的家庭生活：母亲党小琴是一家之主，做家务、照顾丈夫、下地挣工分，家里另一个丈夫则到外村揽活做，把他挣的钱都交给党小琴安排。我和姐姐管他叫"叔叔"。

有时石匠叔叔还照顾父亲吃饭吃药，陪他摆龙门阵，父亲对石匠一片感激。但有时父亲也很怨恨他。有一次，我从外面回来，屋外寒风呼啸，屋里热气腾腾，啊，是石匠叔叔陪母亲在做年糕。年糕，多么白的东西啊！我想吃年糕，但是母亲要我先送一碗给楼上的父亲吃。

那时候穷，但是每年的过年前冬至后，家家有做年糕的习俗。我家已经有好几年没做年糕了。一是家里没有粳米，二是没有劳力捣年糕。在石臼那边，拿着一二十斤重的捣杵上下来回地舞弄，不是一般人能够消受的。但是石匠叔叔整天与同样比重的铁锤打交道，捣年糕自然不在话下。于是，我们家也吃上了年糕。

可是我把年糕端到父亲的床前，父亲却没有跟我一样口水直流。他对我说："广庆，爸爸胃疼，爸爸不想吃他们的年糕，你吃了吧！"

我也没有多想，在楼上把父亲的年糕干掉了。下楼以后，我又接着吃自己的那一份。估计一下，我在那个下午起码消灭了三斤年糕。因为吃得太饱了，上腹极度不适，直返酸水。这时候，村里的几个老太婆闻到了年糕的气味，她们看到我家的八仙桌上摊满了白花花的年糕，眼睛就像珠子掉到了嘴巴上。

"哎哟哟，哎哟哟，这么早就准备过年了！哎哟哟，哎哟哟，石匠师傅捣的年糕真黏啊！哎哟哟，哎哟哟，够了小琴，留着你们自己吃！"

她们在"哎哟哟"的叫唤中，显然，拼命地吃着我家的年糕。过了一会儿，她们觉得不能再吃了，再吃就吃光了，于是她们这才看到一副死相的我，她们叫起来了："哎哟哟，我说广庆啊！你怎么坐在这里不吃年糕？快趁热多吃啊，等凉了就不好吃啦！"

我吃得实在太多了，我想跳起来骂她们一顿，但是身上没劲，连话都不想说。于是那几个老太婆为我不懂得珍惜现在的生活感到了不满，劝告我："广庆，石匠师傅对你这么好，是你还有你爹你们一家人前世修来的福啊！你还不趁年轻多吃饭长身体？吃饱是一种幸福，要懂得珍惜啊。"

老太婆在那里瞎说的时候，我未来的父亲脸上挂满了笑容，显得洋洋得意。

事情就是这样，当姜石匠与党小琴偷偷摸摸的时候，村里人用道德进行批判，当姜石匠决定把党小琴从我父亲那里永远抢走，村里人却认为很正常，他们甚至羡慕我们一家的遭遇。

"等你们到了新家，那才叫鲤鱼跳龙门，永远吃穿不愁啦！"

第二天，仍由我给父亲送饭。我以为父亲没有吃年糕，米饭会吃得很多，可是父亲照旧摆摆手，显得很萎靡。我问父亲是不是还胃疼，父亲却悄悄地告诉我，他发现跳蚤好几天不吃饭也能活。

说到跳蚤，我差不多已经忘记。因为它们的叮咬不再使我浑身发痒，我已习惯跳蚤咬后留在身上的红斑，且丧失了卷起裤管捕捉跳蚤的热情。可是父亲却一直在消灭跳蚤，逮住一只咬死一只。也许是待在阁楼上过于寂寞无聊吧，父亲偷偷地将一只活的跳蚤关进了一只透明的药瓶里。他将这只药瓶放在床头，每天都要拿到有亮光的地方看一看。

前两天，父亲看了药瓶之后笑嘻嘻的："它还跳得很欢哪！"当他把药瓶放回原位后，又说："再过上三天它就跳不起来了。"

可是三天之后，禁食没有使跳蚤的健康受到任何影响。它虽然在无人干扰的情况下停止了跳跃，跳蚤变成了"趴蚤"，但是只要父亲一拍瓶子，它就会在瓶中继续跳跃，精力旺盛如笼中的狮子。这个转变使得父亲的脸色很难看。

父亲告诉我，这就是他这几天来心情不好、吃不下饭的原因。

我听父亲这样说，自然非常同情父亲，就伸手要打开瓶子，要把跳蚤掐死，但是被父亲制止了。

父亲说："我就不相信它比人还抗饿。我不相信高高大大的人饿不过一只芝麻粒大的跳蚤！"

父亲还说，他要和这只饿不死的跳蚤进行一场绝食比赛。他叫我千万不要告诉妈妈……

由于年幼，加上我从父亲的严肃口吻里听出这件事非同寻常，我爽快地答应了。在我看来，这是一件很有趣的事情。

于是从这一天开始，我每天吃两个人的饭菜。我的肠胃被食物充塞得满满当当的，我每天拉两次屎，打三通饱嗝，放出来的屁就更多了，熏得我不敢往人群里钻。按照老太太的说法，我天天在经历一种幸福。

可父亲就完全不同了，他只给自己准备了一壶水，一只尿罐。每次上楼，父亲都闭着眼睛，父亲的眼睛好像哭过。

据父亲说，爷爷在饥荒年月吃树皮吃草根，当连这些食物都难以寻觅的时候，爷爷也是这样光靠喝水维持了半个月。后来爷爷的死与其说是饿死的，不如说是绝望而死的，因为爷爷一直盼着在饿死之前吃上一顿玉米糊，当他听说家里人实在不能给他办到之后，才倒下去，死了。

父亲跟我说，他肯定不如爷爷厉害，但是饿上十天还是不成问题的。更何况瓶中的跳蚤已经饿了数天，他等于拣了一个便宜，所以他对自己充满信心。

可是一连三天，我发现父亲连水都不怎么喝，他的嘴唇裂开了。我问他为什么不多喝一点水？父亲指指瓶子，要求我说话小声一点，别让跳蚤听见了。

这时我才想起来，瓶中的跳蚤不但要挨饿同时还要挨渴，父亲等于又拣了一个便宜。父亲因此要偷偷地喝水。

# 第七章

如果说我在拉拉杂杂的回忆中，岁月会把其他年份的往事或者与事实不符的事情，掺杂到我的叙述中（这种情况很难排除），那么那个大雪纷飞的冬天，父亲与跳蚤所做的生死博弈，我可是记得清清楚楚。

父亲的天真乃至纵容，再次让死皮赖脸的饥饿逮住了机会。在此之前我们一家人被饥饿追赶，穷途末路，但它没有得逞。可是这一回不一样，是父亲主动请饥饿来到他身边的，饥饿就像九头蛇一样钻进父亲体内，疯狂噬食他的五脏六腑。

父亲的脸色暗了下去，四肢肿了起来，饿得喉结滑动，连嘴巴都闭不上。饥饿还有疾病把父亲折磨得像一台快要熄火又没有熄火的发动机。有一阵子父亲的咳嗽剧烈得让人感觉连房子都在颤抖。

可是让我不明白的是，父亲光喝水，尿不多，屁倒不少，简直可以用"雷声滚滚"来形容这一现象。我至今想不通一个人吃得过饱会放屁，为什么饿得半死还会有那么多屁？假如这时候颁布一道不准人乱放屁的法令，憋在父亲体内的这些屁一定会让父亲像气球那样飞起来。

庆幸的是，从父亲体内排出的这些浑浊气体尽管来势凶猛，每每吓我一跳，但是一点不臭，否则会很麻烦的。

父亲总说："广庆，你不用担心，爸爸饿不死的。你没听见刚才的声音吗？能放屁说明我还能饿，屁是肠胃消化空气的结果，空气和水都是有营养的，水消化后是尿，空气消化后是屁。不信你摸摸，我的肠子里都是气，我的胃里面都是水，你来摸摸，我的肠子都能一根一根地摸出来。"

……

父亲就这样一连饿了五天，在我看来，他是天天等着药瓶里的跳蚤先死。等待的过程漫长，需要不停地消化空气和水。要是他的肚子真能消化空气就好了，那样子当他看到瓶中的跳蚤身体安康，就不会在强大的对手面前信心被一点一点腐蚀。毫无疑问，饿了五天的父亲开始对那只饿不死的跳蚤产生了恐惧，他再也不敢或者没有力气拿起那个药瓶对着亮光看个不够。他开始昏睡了，开始说胡话，甚至喊着爷爷的名字。这会不会是父亲怀疑这只跳蚤就是他死去的爹？父亲终于在噩梦中，大喊大叫起来。

可是父亲饿到第七天的时候，突然变得安静了。曾经纠缠着他的雄心壮志、不服输的精神，以及一切不符合实际的幻想，纷纷离他远去。他现在一动不动地躺在床上，身上只剩下了微弱的呼吸。我告诉他这一天跳蚤的健康状况，他的嘴唇哆嗦了一阵，竟然发不出声来。

到了第八天，父亲的败势更是显露无遗，昨天还能睁开的眼睛这时也闭上了，我看到这个样子吓得哭了起来。这时候，如果不是从父亲干瘪的胸脯里传出一声咳嗽，从他逐渐粘连的肠道里排出一股气体，告诉我他还活着，我一定会以为我和一个死人待在一起。

事实上，对于那只跳蚤的生与死，比父亲更关心的是我。我对一只跳蚤的生命力充满了好奇心。我知道作为裁判的我，此刻盼着比赛的一方——跳蚤——能饿上一个月、两个月，甚至更长时间而不死的念头是残忍的，但是我情不自禁，总盼着跳蚤能挑战它的极限。

然而，我又如此渴望父亲能赢，我是如此热爱我的父亲，我怎么可以看着父亲活活饿死，输给跳蚤？我感到痛苦极了。当我在每天清早举起药瓶，看到药瓶里的跳蚤还能跳动，我也开始对那只跳蚤充满恐惧。

我的恐惧来源于内心的冲突。

这一天，一早醒来我的右眼皮就跳个不停，我第一次预感到事情肯定不像父亲说的那样——他是因为"不相信人饿不过跳蚤"而不吃东西——我豁地坐起来，一摸父亲伸到我这一头的脚丫，感觉摸到了岩石一样的冰冷与僵硬！

我真以为父亲死了！我的心咚咚地跳着，有一种想哭的感觉撞击着我，没穿好衣服就跑到了楼下。

我闯下大祸了！我的脑子里闪过这样的念头，内心充满了自责又害怕承担后果，我决定将父亲绝食的事告诉母亲，可我害怕母亲会因为我的隐瞒而揍我。于是我把姐姐拉到了楼梯上，撒谎说楼上有一窝老鼠，我威胁她："你赶快上去把老鼠赶跑，不然爸爸就要被它们吃掉了！"

姐姐不敢怠慢，到楼上以后随手举起一根棍子，她问我老鼠在哪里？我指了指父亲，没想到姐姐上前照着被子就是一棍子……

现在回头观照那段生活，我清楚记得，忙于准备过年的母亲听到我和姐姐的哭声上楼时，父亲依然昏迷不醒。母亲以为父亲已经死去，趴在父亲的胸脯上肝肠寸断，哭个不停。她的哭声里掺杂着哀怨和悔恨。她将她和丈夫的恩恩怨怨做了一次总结。总结完毕，母亲累了，面如死灰。这时，突然听到死亡途中的父亲放了一个很响的屁。

老实说，父亲的这个屁不但音量大，声音还特别悠长，这个屁把母亲吓得魂飞魄散，瘫在楼板上。母亲的反应不亚于听见棺材里的死人唱了一首歌。母亲想逃，但是没有力气，她像个孩子似的朝我爬过来，紧紧抓住了我的两条瘦腿："广庆，广庆，你告诉妈妈：死人会放屁吗？死人也会放屁吗？"

母亲的询问抬高了我的身份，让我不知如何回答，我怎么可能知道死人的事情？我只好说："爸爸没有死，是因为他还活着。爸爸说，只要能放屁就说明他还能挨饿……"

母亲终于知道，父亲昏迷不醒的原因。母亲以为他的绝食是对她的挑衅，所以她向床上的丈夫战战兢兢地走了过去。我看见她的眼泪哗啦啦地流下来，拼命地摇晃父亲：

"汉民！汉民啊！你说说，我哪里亏待了你！？你为什么要走这条路啊？汉民！汉民……你醒醒啊！我答应你，我不改嫁！我不改嫁……"

没想到父亲真的被母亲摇醒了，有片刻他突然坐起来，一阵手舞足蹈：

"洪水……洪水！是洪水要来了……小琴，快给我穿上蓑衣，我要去捕鱼……你们看，是洪水，是洪水冲上了屋顶……"

回光返照的父亲，嘴里呼唤着洪水，眼里喷射出一副急切想跳进洪水中去的恐怖模样。随后，他抽搐了一下，又倒了下去。

母亲叫他，他不醒。


那是 1977 年腊月的最后一天，是母亲绝望的呼救声，冲出了昏暗的小屋，在大雪纷飞的村庄上空飘荡。

我想，在这个时候，假如我不把瓶中的跳蚤弄死，父亲就永远没有战胜跳蚤的机会了。父亲不是喝露水活着的神仙，这是没有办法的事情。于是我在风尘仆仆的石匠、背着十字药箱的赤脚医生，还有看热闹的村民……拥上阁楼之前，打开了药瓶，将一根手指伸了进去。

此刻，药瓶里的跳蚤似乎预感到了死亡正在向它逼近，它趴在药瓶底部一动不动。可就在我把药瓶倒过来准备将它处死的时候，它突然从我的眼皮底下消失了。于是我不得不卷起裤管，在小腿上捉到另一只跳蚤。我用两片指甲盖宣判了它死刑……

我发现，这只替死鬼的尸首躺在药瓶底部的样子很安静，就像所有撒谎者的表情都很镇定。不过它似乎过于肥胖，不像是饿死的，这让我在俯身床边呼唤父亲的时候，心里忐忑不安：

"爸爸，爸爸，你醒醒，你醒醒啊！跳蚤饿死了，跳蚤饿死了！你看，你赢了！你终于赢了！爸爸！"

我这样喊了几遍，父亲却没有醒来。他永远醒不过来了。

# 城门洞开

## 第一章

我的父亲陈纪年是一个地地道道的农民，但他一生都在跟他的身份作对。他不喜欢种地，不喜欢待在吴村，甚至不屑和村里人交往。他一辈子都在做着进城的准备，好像城市随时会张开热情的臂膀，召唤他去，让他吃上梦寐已久的"商品粮"。

据他自己讲，他从小聪明过人，爱钻研，渴望出人头地。他认为自己是一个天才型的人物，比村里任何人都要优秀。他十三岁，就跟大人放木筏到洋埠镇，大人的木筏在急流中触礁散了，他的不会。他十六岁就跟人偷跑到江西谋生，那时候江西德兴需要大量外来人口，要不是他怕被铜矿石压死，那他后来也将转正为铜矿工人。可我哪里知道呀，父亲回忆起这件事总要后悔，我还以为有更好的机会。

可是再也没有机会了。尽管在二十岁那年，总想像鸟一样飞向苍穹的他终于等来了参军的机会。他体检合格了！即将乘坐蒸汽机火车，扑哧扑哧地驶向崭新的光明的新生活！谁想就在新兵待在金华等待出发的那几天，我家三代以内有精神病遗传史的消息被人告发了。于是，父亲不得不交出刚刚穿了两三天的新军装，重新回到这片闭塞的土地。

那时候进城的道路基本上是封闭的。父亲参军失败以后，心并没有死。有一天，村里来了一个补鞋的，他就跟他聊上了。顺便提一句，父亲是特别喜欢跟外地人套近乎的，像补鞋匠这样的小人物，他也要客客气气地聊上几句。父亲跟补鞋匠越聊越投机，就把他带到家里，睡在一张床上。一整夜，父亲都在诉说他要远走高飞的理想。那个补鞋匠呢，跟父亲恰恰相反，他早已厌倦了常年离家的补鞋匠生涯，没有一刻不想家的。补鞋匠听出了父亲近乎狂热的对城市的向往，就乘机向父亲兜售起了那架破烂不堪的补鞋机。父亲听了兴奋不已，拿出他挣工分得来的所有积蓄共60元钱买了下来。

第二天，父亲就像当年跟人偷跑到江西去开采铜矿石一样，突然从吴村消失了。在这一点上，补鞋匠欺骗了他：当时的城市是不允许农民进去补鞋的。父亲被革委会抓起来了，关了一星期，领回来之后，公社专门为他开了批斗会，斗得父亲跟恶霸地主一样人鬼不如了。

父亲因为"屡教不改的坏分子"的名声，到了二十七岁才娶到老婆。他的老婆即我的母亲，从东坑村娶回来的。东坑村出美女，在我们这一带是出了名的，可我母亲实在称不上美女，她的屁股太大了，跟矮小的身材完全失去了比例。也不知道父亲怎么就答应了这门婚事的，像他这样有抱负的人，理想中的妻子应该是供销社售货员或者棉纺厂女工才对。后来，在一次争吵中父亲骂出了实话：原来，父亲虽然身在吴村，心却在城市，他的脑子里不论考虑什么事情，都带有一个"临时概念"，那就是随你们怎么办吧，反正我以后是要到城市去生活的。在婚姻大事上，他也是这么考虑的。他娶我母亲的时候，心里只想着娶个乡下女人"临时过渡一下"。可问题是这一过渡，出麻烦了。不出一年，大哥呱呱坠地了，这对父亲而言简直是一个灾难，因为他必须更加拼命地挣工分才能养活娘儿俩。可他还没喘过一口气，二哥紧接着来到了世上。父亲完完全全被杂七杂八的家务事缠住了，他为此大为光火，牛脾气一上来，对母亲动辄就打，棍棒相向，怨母亲拖了他的后腿。

若干年以后，当轮到我从母亲的子宫里钻出来时，生产队解散了，也就是说，改革开放了。在中华大地上，挑补鞋担进城是绝无人阻拦的了。可这时候父亲除了能喝酒，基本上是一个"窝囊废"了。"窝囊废"是母亲骂他时经常挂在嘴边的。父亲对母亲这样的侮辱都能容忍，不能不感叹一个人的退化之快。

这就要说到大哥二哥上学那年的一件事了。在大哥二哥上学之前，父亲是从不关心儿子成长的。母亲交给父亲两块钱，让他带大哥到村小学报到，结果他走到半路，拐到代销店把大哥的学费换了几碗酒喝。因此，大哥是在一年之后由母亲亲自带着，和小他一岁的二哥一起入学的。

谁能想到大哥二哥的学习成绩会那么好呢？阿木老师在路上遇见父亲，夸了大哥二哥几句，并预言：你这两个孩子将来一定有出息。父亲回到家以后，就对着他的儿子骂："他妈的！一群王八蛋！看你们这些王八蛋说我一辈子进不了城！我活活气死你们！"

父亲的叫骂把趴在八仙桌上做作业的大哥二哥吓坏了。他们以为父亲喝醉了酒，吓得丢下作业本，想逃。父亲一个箭步，吼住了他们："干什么！？都给我坐回去！告诉你们，我把你们生下来，不是让你们在吴村待着的！你们要为我争光，跳出农门……"

现在想起来真是荒唐。父亲为了时刻激励我们树立起伟大的进城理想，他突然决定改我们的名字。我们的名字是念过私塾的外公给起的，它们是陈玄瑞、陈德瑞、陈弥瑞，既好听又有意义。可父亲说改就改，躺在床上想了一夜，改了这么三个俗不可耐的名字：陈进城、陈建城、陈保城。

父亲的意思是再明白不过的：老大的任务是先攻进城市，打入城市内部；紧接着由老二负责去建设城市，实现四个现代化什么的；轮到我，城市已经被大哥攻下了，被二哥建设好了，总不能让我闲着吗？于是一个国王才有的想法在父亲的头脑里诞生了：他要派我去保卫他的城市。就这样，三兄弟的名字被他取得有点像"三级跳"似的。

接下来，父亲就开始抓大哥二哥的学习了。

父亲本身是不识字的，是个文盲，可他每天都要检查大哥二哥的作业本，如果看见上面打着一个红"×"，就会暴跳如雷。你就看着吧，父亲会拎起他们的耳朵直到两脚离地。母亲心疼她的儿子，有时候也会出来干预，结果一吵就是一天，弄得全家鸡犬不宁。

真奇怪，父亲的精力会如此旺盛。一大早，他就把大哥二哥叫起来，送他们去上学。晚上，又点煤油灯陪他们做作业到深更半夜。如果遇到解答不了的难题，父亲二话不说，打起火把就往阿木老师那里跑，弄得阿木老师常常睡不成觉。

棍棒底下出孝子，由于父亲的严厉管教，大哥二哥在小学一年级到四年级之间的成绩应该是不错的。那几年，我家的墙上贴满了大哥二哥的奖状。有客人到我家来，首先看见的是满墙的奖状，骄傲的父亲是用红纸将它们一张一张裱成框框贴在墙上的。现在想想，父亲一生最幸福的时光莫过于用糨糊裱奖状的那些片段。那时候，大哥二哥的未来是一个谜，你把它想象得多美好就多美好，就像我们想象实现共产主义社会以后我们的生活有多美好一样。

可四年级一读完，事情就有点不妙。因为从五年级开始，大哥二哥要到井下村上学了，大哥的成绩掉得尤其快。父亲问他怎么回事？大哥说他不喜欢读书。父亲气得打过他，把他吊起来打。末了，还跑到井下村去大吵大闹，质问那里的老师是怎么教书的，把他好端端的儿子教坏了，如果以后进不了城，他非宰了"你们几个饭桶"。

后来父亲不知托了多少人，送了多少礼，才把大哥弄到当时比较有名的一个初中上学去了，结果大哥的成绩更差了。父亲每次得知大哥不体面的成绩，都要痛苦万分，恨不得把大哥的脖子拧断。但苦于那个学校离家较远，父亲就拿我和母亲出气。我当时小了一点，只能咬牙忍受。

父亲总说，如果三个孩子都像大哥那样不听话，他不累死也得气死。中考过后，二哥考上了汤溪镇中学，成了让父亲感到骄傲的高中生；而大哥则名落孙山，待在家里了。大哥在家不会干农活，又不安分，小小年纪就追着村里的姑娘跑，那副小公牛的骚样让父亲看了很难受。

直到有一天，大哥伸手向母亲要钱花，一旁的父亲从门后头操起一根准备已久的鞭子，朝大哥抽下去。殊不知，大哥当时已经十七岁了，长得又高又大，胡子都长出来了。大哥先是让了父亲几鞭子，然后一个猛劲冲上来，把父亲打倒在地。可怜父亲再不敢对大哥发脾气……

这时候，父亲想到了一个在吴村待过多年的知青。他叫杨大海，1978年回城的，跟父亲交情还不错。父亲考虑了一番，决定挑上两麻袋茶叶笋干之类的土特产，进城去找他。此时，离父亲挑着补鞋担进城已有二十多年了。那时候公路只通到公社驻地，而现在公路已经通到井下村了。

父亲从城里回来后，一声不吭。母亲问他怎么了？他用可怜巴巴的眼神看看她，十分悲哀地说道："素贞，你说说，咱也是有鼻子有眼的人，咱长得一点也不比他们差，可咱过得……唉！"

母亲听得莫明其妙，就等着父亲说下去。父亲就嚷起来了："素贞！

你不知道！老杨他们一顿饭就要吃掉上百块钱哪！是带我到酒店吃的，一路上，那么多红红绿绿的灯看得我眼睛都花了。"

说着，父亲从麻袋里翻出了一堆破破烂烂的东西，除了一套过时的西装是老知青送的，其余都是他从垃圾堆里捡的。

第二天，当父亲强迫我们将这些五花八门的破烂货穿戴在身上，吴村引起了小小的骚乱。大家羡慕地问我们这些"时髦货"从哪儿来的？这时候，世界上找不出第二个像父亲这样得意的人来了。他摸摸老知青的西装，又抬起一只脚，让大家看他捡的皮鞋，这两样东西让他变得理直气壮。

"这些个呀，是城里的一个亲戚送的，还新着呢！"狡猾的父亲怕村里人都去找杨大海，他撒了谎。

后来，事情却出乎父亲的意料。虽然杨大海是亲口答应父亲的，可父亲左等右等就是等不来杨大海帮大哥找到工作的消息，他就有一些急了。他在那几天罗列了上百条迟迟等不来消息的理由，最后这些理由迫使他再次挑着土特产进了一趟城。

可是这一回，杨大海对父亲的态度已经没有上一次热情了。杨大海直接告诉父亲：你儿子仅初中毕业，又是农村户口，要想进城当工人，真是太不切实际了。父亲听了这一番话，感觉人一阵阵往下坠，就好像从半空跌到了地上。

回到家，父亲已经变得又瘦又黑，如同病了一场。他的目光就像老鼠，躲着大哥。从此，父亲天天把头贴在有线广播上，像个特务似的，收听广播里是否有什么招工或者培训。

那时候，吴村的家家户户还都装着有线广播的。这玩意儿一到吃饭的时候就会响起来，声音嗡嗡的，就像午后的蝉鸣。可怜父亲每次听着"希望的田野"开始一天的广播，又听着"希望的田野"结束一天的广播，直到满怀信心的他，从广播里听到绝望为止。

# 第二章

如果我没有记错的话，大哥在他十八岁那年就去报名参军了，但轮到他去体检那年已经二十岁。那个春天花儿是否开了，草儿是否绿了，我竟一点印象都没有了。我只记得那段时间家里总在商量什么。

那是我们一家空前团结的一年。我仍记得大哥到乡里去目测初检时，他顺利通过了。隔了两天，乡里通知他到镇上去体检。从这个时候开始，父亲就行动起来了，他开始不遗余力地跑关系。父亲既不是党员，也不是村干部，他当然不认识乡里的、镇上的那些头头脑脑们，他就从金字塔最下面的村民兵连长那里一步一步往上做工作。在父亲的打点下，上镇上体检合格的大哥终于争取到我乡三名当兵名额中的一名，顺利地去参加县里的复检。

没有人知道我父亲在那几天有多么紧张！为了做到万无一失，大哥到金华复检时，父亲又是跟着一块儿去的。因为父亲担心医生问起我家的遗传病史来时，大哥会如实说出我家出过疯子之类的话。幸运的是复检完毕，在人武部大院里，他们遇到了一位"贵人"。据父亲讲，那是一个军官，肩上有三颗亮闪闪的星星，父亲马上断定：他是部队派来领兵的。父亲鼓足勇气带儿子走了过去，军官很和蔼地笑了笑：

"你俩是父子吧？"

"是。"

"儿子这么大了还要陪着来吗？"

"一人当兵——全家光荣啊。"

"你的觉悟很高嘛。"

说着，那军官丢下父亲，打量起大哥来，问："小伙子，当兵可是很苦的，你不怕吃苦吗？"

大哥这时就像接到一道密令，突然来了一个立正，做出一副坚强的样子，说："我不怕苦的，我很想当兵，我能吃苦，我很少生病的！"

军官听了大哥语无伦次的表白，忍不住笑了，问了大哥的名字，然后说："你很可爱，个子也还可以，如果复检通过，你就回去等通知吧。"

一路上，父子俩的心再也不能平静，反复回忆刚才军官说的话。晚上，怎么也睡不着觉。接下来的几天，那才难熬，父子俩天天往乡政府征兵办公室跑，盼着批准入伍的通知早日到来。

几天之后，通知终于来了，大哥抱着崭新的军服，就像抱着初恋的情人，他高兴得哭了，快乐得东奔西跑；而父亲则转过身去，一个人躲进猪圈，蹲在地上，迟迟不肯出来……

此后，一连几个晚上，曾经拳脚相向的父子睡在一张床上。是父亲主动跑到我们卧房里来睡的。父亲睡在这头，大哥睡在那头。他们就像一对难兄难弟，将臭烘烘的脚丫伸到对方的鼻子下方。他们讨论着到部队以后的一些事情，讨论着未来。开始的时候是你一句我一句的，后来变成了父亲一个人在说。父亲的口气是既严肃又随和的：

"进城啊，爸说得没错，你在部队不要怕吃苦，一定要听首长的话，争取早日立功入党，将来当个军官……不仅为了证明自己，更是为了给家人争气，咱家祖祖辈辈除了出过疯子，癫子，没有出过一个人才……你这一代，是赶上了好时候……"

在那些个不眠之夜，父亲就这样絮絮叨叨地讲下去，直到满天朝霞染红东方，红得像群山在燃烧一样……

大哥走的那天，全村人都来送行，老的少的，男的女的，就像遇到一个喜庆的节日。虽然大哥崭新的军装上没有军衔，军帽上没有军徽，但是大哥在村里人眼中俨然是一个"吃皇粮"的兵了。人们簇拥着他，就像簇拥着一个即将去征战的英雄。我看到父亲向村里人频频点头，微笑，热情而周到。从小到大，我没有看到他对村里人这么亲热过，这是第一次。

从此，父亲不再是那个不爱跟村里人交往的"孤佬"了。他喜欢到村里去，一些村里人也喜欢到我们家来。他们除了谈论农事，谈得最多的仍是大哥。毕竟当兵是一件光宗耀祖的事。更何况有许多次，是父亲主动把话题引到大哥身上去的——父亲似乎崇拜起了大哥，就像他当初崇拜过杨大海一样。

父亲总说，大哥的体格本来是够一等兵的，如果他是高中毕业生的话，他将去开潜艇、坦克甚至飞机。村里的老农对军事知识一无所知，他们只知道日本鬼子打来的时候，日本的飞机飞到吴村上空差一点把他们炸死了。于是父亲在老农的插话下，想象起了日本飞机飞来的时候，大哥驾驶的飞机突然赶到，轰隆隆，轰隆隆，大哥把日本鬼子炸得跟我们吐在地上的鸡骨头一样。父亲感到很解气，好像我们今天能坐在这里全是大哥的功劳。

父亲还喜欢跟村里人反复提起那个"三颗星"贵人，并得出结论：

机会常常向我们迎面走来，关键是要有勇气去抓住它！如果那一天他不敢带大哥走上前去搭话，大哥的名额就有可能被别人抢去。虽然父亲连那个贵人姓甚名谁都弄不清楚，但是他已经把他完完全全看作"自己人"了。在梦里，他甚至多次梦到大哥到了部队以后，那个贵人很器重他，直接把他调去当了他的警卫员。

当然，这样的梦不止一个，父亲除了向家里人公开之外，是不敢跟村里人讲的。但是有一次，他在别人家喝多了酒，就把梦中的情景跟现实混淆了。

——什么？

——进城当了司令官的警卫员了！

——是吗？

——他的命好！

这还了得？村里人将大哥当了"司令警卫员"的事迅速传开，一传十，十传百，在半天之内，大哥在声音之间传递，所到之处无不刮起一阵不大不小的旋风。第二天，吴村就有好几个望子成龙的父母利用"司令警卫员"的事迹教育子女，诸如：我打死你这个不争气的，就知道吃！从现在起你要像进城叔叔学习，将来也去当兵……

但梦毕竟不是现实，当父亲酒醒时，他感到了后怕，他就像杀了人似的躲在屋里，再不敢出去乱跑。但是你不上别人家的酒桌上去，别人上你家的酒桌上来了。那个帮父亲出过大力的村民兵连长，一上门就嚷嚷起来："纪年！听说进城都当上司令警卫员了，你说说，你该怎么感谢我啊？"

父亲头都大了。

父亲唯一的一根救命稻草就是大哥的来信，父亲是那么迫切地等着大哥的来信，希望大哥会在信中告诉他：由于我在三个月的新兵训练期间表现良好，立了嘉奖，已被某某首长选中当了他的警卫员。可是，在若干天之后，父亲等来了这样的一封信。

亲爱的爸妈，还有建城保城：

你们好！

我现在是在海拔 5000 米的西藏阿里给你们写信，原谅我拖了这么久才给你们写信，在这之前，我一直高原反应严重，头疼、心慌、胸闷，很痛苦，也很灰心……这里长年覆盖积雪，温度常常降到零下30多度。我来这里没有吃过新鲜蔬菜，没有见过哨所以外的人。尽管已是四月下旬，我的脸、手、脚还是被冻得红肿、开裂。一趟要来回走上十多天的边境线巡逻，每趟都要走掉好几枚脚趾甲。一路上，还经常遇到暴风、雪崩、塌方、泥石流……

生活原来像吃汤圆一样顺溜，可如今汤圆里掺了一枚铁钉。原以为大哥这次是鲤鱼跳龙门，不料跳进了比吴村更糟糕的边防哨所。这种震惊和懊悔是无法言表的。

可是，我们又有什么办法？可怜母亲终日以泪洗面，眼睛都快哭瞎了。父亲眼中虽然没有眼泪，但是他的心疼得厉害，几天之后，他病倒了，躺在床上唉声叹气。母亲忍了悲痛，熬了粥给他吃，他粗暴地推开了，就像个行将就毙的恶棍，瞪着母亲："素贞——你是在怪我吗？"

母亲垂下眼睑，没有说什么。可父亲就像挨了母亲一顿臭骂一样，面颊上流下两行泪水。过了很久，父亲才说："事情既然变成了这样，现在，我们唯一能做的就是帮进城隐瞒了……"

的确，这才是父亲真正的担心。

于是从第二天起，我们一家的生活变得像麻风病人一样遮遮掩掩的。可是不行，善于分析村里人心理的父亲认为，村里人已经习惯了我们家的那股高兴劲儿，我们见人就躲的做法无疑会让人产生不必要的怀疑。所以，我们一方面要千方百计隐瞒大哥的事情，一方面还要制造出种种喜庆的假象，使人相信大哥的确交了好运。这就有点像演电影了。母亲忍不住说了几句，父亲就一巴掌甩过去，骂道：

"你这头猪！你难道连笑都不会笑吗？我看进城倒这么大的霉，就是被你这个丧门星哭的！怎么？你一想起进城就掉眼泪？你从明天起胆敢再掉一滴眼泪，我就挖掉你的眼睛！"

然而纸包不住火，聪明的村里人最终从大哥寄来的第二封信的地址上，猜测到了大哥的处境：因为大哥从5000米高空寄来的信，最先抵达吴村的是代销店，然后由代销店店主交由闲人送达收信人手中。而闲人一般是很好奇的，他们一看信封上的落款，很是纳闷，因为在他们的想象中，寄信人的地址应该是"某某司令部"才对，怎么会写着"某某边防哨所"？

带着这个发现，他们开始不厌其烦地刺探父亲，而父亲越是狡辩，这件事就越是叫人开心。最后，父亲没法可想，为自己的虚荣付出了遭人耻笑的代价，又病倒了。

也就在这个时候，在汤溪镇中学上高中的二哥回来了。是的，我们在这之前好像很少提到二哥了，好像他被我们遗忘了。可是，他一旦出现在我们的生活之中，又一下子成了主角。

# 第三章

那一年的中考结果是这样的：大哥以 330 分名落孙山，二哥则以 510 分考上了汤溪中学。二哥是听话的，在汤溪中学的这三年，简直走火入魔般扑在学习上。此时，离二哥生命中的第一次高考只差两个月了。

二哥的回来唤起了父亲的生命意识，他的病竟然不治而愈，当天就下床给二哥杀了一只鸡吃。

二哥走后，父亲猛然醒悟：当兵不等于进入城市，军人，从国人中来，又将回到国人中去；考上大学，才意味着彻底的"农转非"，连户口都要迁到城里去的。那才是真正留在城里做城里人了。

毋庸置疑，这个想法让父亲有些兴奋。他把母亲叫到身边，对她说："素贞，你帮我收拾几套衣服，再准备一些吃的，我想到镇上去住两个月。"

在母亲的一生中，父亲曾经怕过她几年，可是母亲发现父亲又不怕她了。既然这样，也就没有必要跟他对着干了。她知道父亲的脾气，更知道他的力气，所以连问一句父亲为什么都不敢，就帮他收拾好了衣服和大米。第二天一早，父亲就背着这些东西去了汤溪。

父亲是去给二哥当"陪读"的。如果有人要为中国的陪读父母撰写一部历史的话，我想父亲肯定是中国最早的那一批陪读父母之一。他在汤溪镇租了一间小屋，然后天天守候在学校门口，给二哥送吃的。后来，父亲跟看大门的老头儿混熟了，就直接把吃的端到二哥的寝室去。他努力督促二哥读书，并给他讲为什么要考上大学的道理。有时候，还趴到二哥的教室窗外往里看，因为他很想监视一下二哥听课是否像他自己讲的那样专心。

父亲已经把大哥开着小轿车来接他进城的希望，完全转嫁到了二哥的身上。二哥如果能考上大学，对大哥分配到边防哨所当兵的打击多少也是一种补偿。

　　这时候，二哥一生中的第一次高考来临了。父亲顿时紧张起来。

　　他赶在高考前的一个星期回了一趟家，对着我（我已放假）和母亲无缘无故地发脾气。他的心里好像乱成了一团糟，就连他自己都感到了害怕：“建城就要考试了，你们竟然还有心情干活，是庄稼重要还是考大学重要，啊？”

　　父亲在家里只待了半天，上午回到家的，下午就走了。他走的时候，母亲已经被他揍得下不了床。因为父亲要求我们跟他一块儿去为二哥考大学“加把油”，可母亲不肯去，父亲就揍她，怀疑她有了相好。这可真是冤枉母亲了，因为母亲不是那种人，母亲是怕村里人看我们家的笑话，这样兴师动众的……

　　这下，父亲就像被人戳了一刀，丧失理智了，揪住母亲的头发，踢她的肚子：“你这个乌鸦嘴，你这个丧门星，你这个婊子养的！”直到母亲蜷缩在地板上，从破裂的嘴里流出了血。

　　父亲只好带上我一个人，还有家里的几只鸡，匆匆上路了。

　　说起来不怕你笑话，我当时十一岁了，可还是第一次上汤溪镇呢。我跟着父亲来到这样一个熙熙攘攘的地方，心里不免想好好儿地玩一玩。可我被父亲看得紧紧的，因为父亲不是带我来玩的。他把家里带去的几只鸡养在街上，我必须把鸡看好。那几只鸡，父亲以一天一只的速度杀给二哥吃。按正常情况，二哥是不可能连续吃掉那么多只鸡的，父亲就想出办法，把鸡炖得很烂，烂得鸡肉也变成了“汤”。然后，他将鸡骨头一根根拆出，用铁锤敲碎，用筷子挑出鸡骨头里面的骨髓，和进那一瓦罐即将给二哥送去的鸡汤内。

　　那鸡汤真是太诱人了，香气扑鼻，当我端着鸡汤走在去学校的路上，真想偷偷地喝上一口啊！可是我知道，走在我身后的父亲不会同意的，因为这鸡汤连他自己也舍不得喝。父亲甚至恨不得将自己也熬到鸡汤里去，因为父亲每次都要这样吩咐二哥：

　　“建城，爸没文化，又没本事，这次高考就全靠你自己了，爸能做的就是给你增加一点营养。爸就是想钻到你肚子里去帮你，也钻不进去呀！所以你要听爸的话，这鸡汤一定要喝，一滴都不要浪费了。等到考试的那三天，你再天天喝'双宝素'，早一次，晚一次，记住了吗？"

二哥说记住了。可是父亲总是不放心，还要特别吩咐说："建城，一定记住要把'双宝素'锁在箱底，不要给别人喝，给别人喝了，你就考不过他们了。记住了吗？"

二哥每次看着父亲离去时的背影，感动得想哭。而我真是恨透父亲了。老实说，他这是在折磨我啊：我每天看得到，吃不着，欲望和理智两军对垒，弄得我做梦都想吃瓦罐里的鸡汤——我不去想它还好，一想起来就没有力气了，连站都有点站不稳……

最后，还得感谢菩萨保佑，高考之后，我们父子三人收拾好东西，快快乐乐地回到了家。


可是，高考结束了，噩梦却刚刚开始。二哥的高考分数下来的时候，我们都傻了眼：二哥的分数好像是四百三十几分，跟当年的高考录取分数线只差一分！二哥当场就晕倒了。父亲倒没什么，没有打我们，也没有骂二哥，只是在没有人的时候，他会走到门前的空地上，遥望村子，轻轻地叹气。

命运作弄人，可人是无辜的。高考落榜后，二哥精神萎靡，瘦得只剩一张皮。他的话少了，活儿却干得最多。他就像一头牛一样早出晚归，用繁重的劳动惩罚自己。有一天，家里给猪换栏，他挑呀挑呀，挑得肩膀红肿，身子弯曲，终于没有力气，瘫坐在石头上，像一只从天上打下来的鸟，哭了起来……

有一天，父亲憋了好大一股劲，叫住了又要跟母亲出门干活的二哥，对他说，建城，只差一分不算输，爸给你借钱，让你上复读班复读一年。可怜二哥终于忍不住，哇的一声，跪倒在父亲的脚跟，大哭。听到二哥那压抑的哭声，我还以为是父亲打了他。我心想，父亲终于憋不住，他是一个要强的人，他终于大打出手了。

十天之后，二哥收拾行李，又去镇上读书了。

父亲为了给二哥攒学费、食宿费，在村里打起了零工，有人叫他去搬石头，他就去搬石头；有人叫他去抬棺材，他就去抬棺材，反正有什么活就干什么活。如果听见有人喊他"陈司令""吹牛大王",父亲一律装作没听见。他只想着他的工钱,想着有多少时间没有给二哥送米送菜、买"双宝素"了。

当然,父亲也想大哥,想他有多少时间没有给家里写信了,想着给他寄条烟,寄点家乡的茶叶,因为他知道在雪域高原,没有商店,没有集市,但人情关系却是少不了的……每次给大哥写信,父亲都要说:

"进城,爸一直在后悔,如果你走的时候爸去借点钱给你带上,你在新兵分配前就能打通关系,不至于分到边防哨所去。不过,你不会在那里待很久了,爸正在努力赚钱,我会为你跑关系的,等到今年新兵复检时,爸再去见那个军官,就是那个夸奖你的军官……"

那一年的父亲,是让人感动的父亲。每次放学回来,我看见父亲因为打了一天零工累得躺在竹椅里,没有吃晚饭就歪着头沉沉睡去,我甚至想流下眼泪……但是父亲却不认为这样的日子有多苦,他总说,再苦的日子只要将它熬过去,甜日子就来了,生产队那么苦,大伙都熬它到解散!

父亲正是抱着有甜日子在后面等着他的信念,虽然没有再去汤溪镇做"陪读",但是他没少往汤溪镇跑。每次回来,父亲满面春风,一扫在家打零工时的阴郁,因为二哥在复读班的成绩比以前好多了,学习也更用功了,他为了节约时间常常牙也不刷,脸也不洗,上厕所的时候还在背英语……

父亲还得知,二哥所在的复读学校是一个"前劳改队长"办的,这个腰间终日别着警棍的家伙管人管上了瘾,他基本上是把学生当犯人看的。许多家长终因接受不了他的野蛮管理而将子女转到别的学校去,而父亲听了这个情况反而更加放心,他心想,做学生的能碰到这样的校长是一生的福。

果然不出父亲所料,这所学校第二年参加高考的人数是一百一十八人,考上大学的竟达九十人,这不能不说是一个由拳头和棍棒创造出来的奇迹。唯有我的二哥是不幸的:他第一年参加高考以一分落选,第二年参加高考虽然高出高考录取分数线七分,但是复读生的高考录取分数线是要比应届毕业生高出十分才行的,这样算起来,他跟高考录取分数线仍然相差三分。

足以使人发疯的三分！

# 第四章

事实上，二哥后来真的发疯了。

我们村里的童秋臣，是与二哥同年参加高考的，这一天，他收到了浙江师范大学的录取通知书。通知书刚到，村里的好事者就敲锣打鼓的，宣布童秋臣是吴村建村以来的第一个大学生。

二哥当时坐在门槛上（他总是一坐一整天），听了这些话，就像挨了谁的一巴掌，脸色铁青地离开门槛，躺到床上去了，中午饭也没吃。下午三点钟左右，二哥突然起床了。母亲问他饿了吧？他就跟没有听见似的往外走。母亲紧跟几步，问他干什么去？二哥说，我去向秋臣道一声喜。

不一会儿，二哥就像一个游魂似的来到了秋臣家，秋臣拿了凳子给他坐，他不坐，突兀地问，秋臣，你不会笑话我吗？秋臣说，我怎么会笑话你呢，建城？二哥又接着问，秋臣，你不会瞧不起我吧？秋臣说，我怎么会瞧不起你呢，建城？二哥看着秋臣，然后就抽抽搭搭地哭开了。他告诉秋臣，他做梦都梦到大学录取通知书：有长方形的，有正方形的，有明信片似的，有一打开还会响音乐的，就是没有见过真正的录取通知书是什么样儿的……他每天都等着大学给他寄录取通知书……

刚刚从农民升格为大学生的童秋臣，二话没说，走到里屋，打开抽屉，拿来了他的录取通知书。听人说，那录取通知书是包在牛皮纸信封里的，拆开看，是薄薄的一张纸，跟小学、初中的录取通知书没有什么区别。可二哥接过，竟然激动得两手发抖，好比拿着皇帝的圣旨。

他长时间地盯住录取通知书，身子抖得越来越厉害，接着二哥悲从中来，突然抓住了童秋臣，歇斯底里地哭喊起来："这是我的通知书！这是我的通知书！你们不要骗我！这是我的！你们抢不走的！是我的就是我的！抢不走的！"

当我们赶到童秋臣家的时候，二哥已经被闻讯赶来的村里人拉开了。丢尽面子的父亲气得用一根竹枝赶着二哥走。竹枝在我们这儿是用来赶牛的，现在它抽在二哥的小腿肚上，疼得他像青蛙一样乱跳。

父亲骂，我叫你考不上！我叫你丢人现眼！我叫你去看别人的录取通知书！二哥呢，哭哭啼啼，他说他再也不敢了，再也不敢把一道什么选择题选错了，如果不是因为选错了一道选择题，他第一年就考上了……

父亲一听这话，气得两眼发黑，又举起竹枝抽他。

接下来的一个月，二哥一直神志不清，面对家人的关心，他毫不理会，反复喃喃自语：失望了！失望了！此后，他终日神经兮兮，有时显得情绪激动，狂躁不安；有时又低头不语，独自流泪……

父亲在心里斗争了很久，决定将二哥送到离汤溪镇五十华里的朱咀头精神病院去。这样做的结果无疑是向村里人承认自己的儿子患了精神病，但形势已经逼得他无路可走了。因为他知道，再这么拖下去，二哥的病很快就要发展到打人毁物、冲动杀人了。因为在陈氏家族，二哥不是第一个疯子，他知道二哥就要完全丧失理智了。

可是就在父亲偷偷地准备了一根绳子，想第二天一早将二哥捆绑到精神病院去的时候，二哥不见了。我们没有找到他。最后，父亲在他的卧房（当时我已不敢跟二哥同睡一个房间），发现了二哥留在抽屉里的一张纸条，内容大致是：他不愿待在村里遭人耻笑……他这次出去如果成不了才，做不出一番事业，他就永远不回来了……

父亲听我念完二哥的纸条，一声不吭，只是很粗地喘气。这样沉默了一会儿，父亲才用拳头擂起了桌子，一边指着空气，一边痛骂二哥："孬种！你不想待在这个地方？谁规定你待在这个地方？嗯？你有本事你像秋臣一样考上大学啊！永远没有出息的人！"

可怜母亲那几年做得最多的事就是对大哥和二哥的思念。

思念如同蚊虫，将她的身体抽干了，头发抽白了，眼泪抽干了。她曾经是那么健康的一个人，干活，打零工，上山摘箬叶卖，几年之间她就衰败了。我再也没有见她笑过了。可是，又有谁知道父亲的痛苦？

自二哥走后，父亲一天一天衰老。他默默无言地坐在门槛上（现在轮到他一坐就是一天），怔怔地望着前方，而前方，是挡住我们视线的一座座群山，就跟猪粪似的堆在一起，呈青色。

此时的父亲如果没有绝望，那么，也不会有太多的希望了。他的头上有了白发，鼻子两边出现了很深的皱褶，他的褐色背脊拱得厉害，就像被积雪压弯的松树。在父亲的身上，没有变的只剩下他的眼睛了，他的眼睛镶在两块高高隆起的颧骨之上，就像猫头鹰的眼睛，仍然充满仇视，这种仇视表明，他仍是我的父亲。

现在，父亲这双充满仇视的眼睛，开始越来越多地落在我的身上了，就像一根蠢蠢欲动的火柴，在我身上寻找擦拭的地方。他一定很想将我点燃，引爆，这我知道。因为父亲有三个子弹头，前面两个都没有打中目标，所以，现在终于轮到我来受罪了。

不瞒你说，我那时已读完初一，过完暑假就要到水库外面的乡初中上学了，可我的成绩非常差。不知道为什么，我好像天生不是读书的料，我的脑子经常晕晕乎乎的，我怀疑是父亲醉酒后生的我。并且，我一直体弱多病，好像也不适合去当兵。既然这样，我又将怎样把自己送到城市里去啊！我因此对父亲敬而远之。

可是，正如刚才说的，我长大了，我长高了，父亲开始盯上我了，我因此感到很害怕。我了解粗暴蛮横、自以为是的他。记得三年级的时候，我考试不好，又顶了他的嘴，他就把我关进谷仓里去"禁闭"，差一点把我闷死了。以后几年只能说我运气好，因为父亲一直在为大哥二哥的事操心，我的事情自然管得少了。

有一天，父亲突然叫住了我，满口酒气地问我：

"保城，你几岁啦？"

"我十二岁了。"

"你知道你爸十二岁时干什么吗？"

"不知道。"

"不知道？你爸十二岁就跟大人放木筏了。当时峡谷口还没有水库，木筏一溜烟放到洋埠、兰溪……"

"可你不是说你是十三岁放木筏吗？"

"你给我闭嘴！这话是谁说的？我十三岁已经跟人到江西挖铜矿了！可你呢？你将来能干什么？十二岁了还没看出你会有什么出息！我就问你一句，你的理想是什么？嗯？——你有耳朵吗？"

"有。"

"你有什么？"

"耳朵。"

"啊呸！你，你真气死我了！"

父亲说着，扑过来，揪住了我的耳朵，一边使劲地往上提，一边咬牙切齿地骂。他把他对大哥二哥的失望全拧在了我一个人身上。疼痛让我踮高了脚尖，我忽然意识到：我是多么不想步大哥二哥之后尘，成为父亲的牺牲品啊！可是，我无法挣脱我的父亲！

我喊道："爸，放开我，放开我啊……爸，我求你不要再来害我了，你难道害苦了大哥、逼疯了二哥还不够吗？他们两个就是被你害的……"

父亲听了我的这番话，拧住我耳朵的手渐渐松开了，他狠狠地将我推到一旁，然后……让我害怕的事情发生了：父亲一屁股坐到地上，突然像个孩子似的哭了起来，他那拱成一团、骨头毕露的脊背，就像一只蛤蟆吞吃苍蝇一样剧烈地耸动肩膀，噎得他难受："畜生！你说出这种话，我真替你害臊……你不是我的儿子！你不是……我的儿子不会说出这种话，你这杂种……"

羞耻、怜悯、对父亲的爱与恨，混杂在一起，使我感到恐惧，我跑开了，我一口气跑了很远。

黄昏，当我回到家，我听见屋里传来争吵。我看见母亲一脸怒气，正在数落父亲。母亲数落父亲是个疯子，是她当初瞎了眼。父亲带她到公社登记，当他们看见马路和汽车，父亲竟然兴奋得去追赶疾驰而过的汽车，为的是闻一闻汽车喷出来的尾气……

回忆往事，母亲伤心落泪，她终于忍不住了，拿起手中的粮食，一把一把地扔向父亲，玉米粒扔光了，就捡起玉米棒子扔，一边扔，一边骂，一边哭。父亲却不还手，也不还嘴，甚至也不躲。

最后，憋在母亲心里的怒气渐渐耗光了，悲哀的母亲瘫坐着，反复质问父亲："你这个孤佬，你难道一定要进城吗？你不进城你就活不去吗！？我受够了！"

面对母亲的质问，父亲只含糊地回答了一句："这是男人的事情，你不要管男人的事情！"

从此，父亲再没有提进城之类的话题，他兢兢业业地干起了农活，就跟村里所有的庸人一样。

# 第五章

　　然而，现实往往是这样，当我们用"山穷水尽"来形容自己的处境时，总会有人找出一句与之相反的"柳暗花明"来劝你。此时——就在母亲看到父亲的变化，父亲的生活失去了目标时——我们没有去信，也没有去电话，大哥却扛着一麻袋军用罐头食品和压缩饼干，回家来了。

　　这是大哥自入伍以后第一次回家，因为变化大，我们都快认不出他来了。他胖了，胖得有些夸张（其中也有浮肿的成分），整个人就像留籽的南瓜，粗糙，鼓囊，通红。这不是我们记忆中的大哥，他走的时候是很瘦的，是那种带着火爆脾气的瘦，浑身充满精神。可现在的他看上去有些呆滞。

　　不一会儿，几乎全村人都跑来看大哥了。

　　父亲自二哥高考考疯后，在村里人面前一直抬不起头来。现在，大哥的归来总算为他挽回了一点面子。他忙前忙后，为成年人开罐头，为小孩分压缩饼干。以前，村里人只吃到过黄桃罐头、橘子罐头，他们还是头一次吃到牛肉罐头、驴肉罐头、沙丁鱼罐头、火腿肠罐头……他们觉得很好吃。所以他们终于明白大哥为什么胖了：没想到这小子待在西藏，天天吃这么好吃的罐头！那里一点也不苦哪！

　　无限风光之后，太阳似乎也累了，晚上，父亲就像大哥要去参军的头一天晚上那样，跑到我们房间来，跟大哥睡在同一张床上。父亲的兴致很高，问这问那，连"你们撒尿之后岂不是冻成尿棍"之类的话也问。可是我的大哥一路颠簸到吴村，实在太累了，他回答了有限的几个问题，就沉沉睡去，打起了鼾。这多少有些扫兴。

　　第二天，大哥一早起来帮母亲烧火。父亲在村里转了一圈回来，批评母亲说："嘻！素贞，这烧火的事怎么能让进城干呢！"然后，父亲想了想，决定带大哥去东坑村走亲戚。大哥同意了。

　　父子俩就这么一前一后地走着，一边说着话一边走着。可是，父亲在路上发现大哥好像有点不对头，他那心不在焉、愁眉不展的样子，好像受了什么处分。父亲就问大哥："你当时说要转志愿兵（士官），最后转成了吗？"

大哥说转成了。

父亲很想批评大哥几句,你这副不活不死的样子哪像个志愿兵?但又忍了。

大概是走到风雨亭附近吧,当一头挑着罐头一头挑着压缩饼干的父亲渐渐忘了身后的大哥时,大哥却紧走两步,突然冒了一句:"爸,我不想回去了。"

父亲一怔:"什么?你说什么!?"

大哥只好硬着头皮,再说一遍:"爸,我不想当兵了,我想回来做生意。"

听了大哥的话,父亲身子一软:"儿呀,你怎么会有这样的念头?你在部队苦,可再苦也没有爸的心苦啊!你留在部队多少是个盼头,一旦回来再想出去就难了。"

其实,大哥并没有拿定主意。毕竟,留在部队当上几年志愿兵,完了就能转业到城市工作。他之所以不想回部队,是因为女人,活生生的女人,是因为他太想女人了。

在孤寂难熬的高原上,一年一年,与世隔绝的大哥盼着家里人给他相上一个对象。这种盼望是强烈的。他盼着家里人给他寄来姑娘的照片,在照片的背后写着姑娘的留言。他于是开始想象,想象回家探亲时姑娘的羞涩,还有自己的激动。他于是从少得可怜的津贴中存钱,又开始存罐头,存奶粉,存压缩饼干,存军衣军裤……他固执地认为,这些东西在相亲时是能派上用场的……

可我不得不说,现实让大哥失望了。大哥在部队苦苦等了三年,我的家人竟未提及他的婚事(二哥的发疯和出走让他们分了心),大哥在部队苦苦盼来的总是由我代笔的那些信,在那些信中,提到最多的是今年的收成,父母的身体,还有村里死了谁。大哥对这些歪歪扭扭的废话不再感兴趣。

特别是大哥终于积攒了足够多的罐头、奶粉、压缩饼干,好不容易扛回了吴村,仍然没有人提及相亲的事,不但不提及,还把他苦心积攒的"聘礼"全送了人。他真的绝望了,从来没有过的悲哀。

从东坑村回来后，大哥生病了。他躺在床上，心灰意冷，什么都不想吃。儿子的心事终于被母亲看了出来。母亲想想也是，大哥这一走又将是三年，也该为他定上一门亲了。

　　过了两天，父母果真托村里的说媒人"磨刀六"去给大哥说媒了。

　　提起这位说媒人，十里八村没有人不知道的。他是村里的屠夫，杀猪是他的主业，说媒是他的副业。由于他整天卖肉的缘故，猪肉在磨刀六看来，其价值不仅仅是用来吃的，还有其他特殊的功能，比如说：身份的象征。假如说有这么一户人家，一年到头不割一次肉吃，这样的人家还值得你把女儿嫁过去吗？在猪肉这面镜子面前，谁家家徒四壁，谁家家底殷实，谁家生活挥霍，谁家抠门吝啬，一览无遗。

　　那一天，磨刀六刚卖完肉就来到了我家，说他帮我大哥问了一下，村里有好几户人家都有这个意思。

　　依他说，胡萝卜的女儿跟我大哥最般配。胡家人多势力大，胡萝卜年轻时又在福建当过炮兵，四十年了，张口闭嘴还离不开"我当兵那几年"，说明他对军人是有好感的。再说了，他的女儿灯英虽然长得黑，但身子骨结实，浑身上下精多肥少，的确不错。不像大癞头的女儿，肥且不说，肉还粗，皮还厚，头大得吓人。头大的猪是很会吃的，想必头大的人也特别能吃。说到吃，汉贤的女儿倒是很省，跟一只猫似的，但她也有缺陷，那就是骨头太多，瘦得太厉害，就算你剐下一点肉，那点肉也不好卖，流血水……

　　就这样，我的大哥完全按照磨刀六——一个杀猪人的逻辑——相中了胡萝卜的那个女儿。当聘礼由杀猪人送过去后，胡萝卜那边很快有了反应。三天之后，胡萝卜、胡萝卜老婆、胡萝卜五个儿子，还有儿媳，"看人家"来了。

　　"看人家"是我从汤溪方言直译过来的一个词，顾名思义，是女方家到男方家"查家底"来了。

　　这是我们家头一次为儿子张罗婚事，如临大敌。

　　"你们家的房屋太小了，家具太旧了，兄弟又多，以后怎么分家呀，"胡萝卜老婆黑得像块木炭，可说出来的话句句闪闪发亮，"我们家每年都要养六头猪，四十多只鸡，三十多只鸭，可我在你们家猪圈看了一下，只养了一头小猪崽，两三只鸡，我还没见过一人分不到一只鸡的人家。

以后灯英嫁到你们家，连一只鸡都吃不上，她可是要天天吃肉的。"

胡萝卜老婆神气十足、了不起的样子，嗑着瓜子，将瓜子皮吐在地上，一会儿嫌我家房屋小，兄弟多，一会儿又嫌我家亲戚穷，牲畜少，自留地分得不好。后来，她又想到了我二哥，言外之意是我家的人智商也不太高……

真的难以想象，那一天，我的爱面子的父亲为了给大哥定下一门亲事，好让他安心回到部队，是怎样忍受住胡萝卜老婆近乎放肆的奚落的。当胡萝卜老婆耻笑起我的二哥来时，就连说媒人都忍不住了。

他打断道："灯英妈，这一回我可不是为建城说媒，你也看到了，进城现在当志愿兵就天天吃牛肉罐头了，等以后升到团长，那还不天天吃鳖肉罐头？老太太！"

杀猪人的话似乎打动了胡萝卜一家，或者说，胡萝卜老婆刚才的一番奚落本就想给我家来个"下马威"。只见一直静坐在八仙桌旁的胡萝卜瞅了我大哥一眼，点了点头，开始喝我母亲泡在他跟前的放了白糖的茶水了：

"想当年，我当兵的时候，那是没得说的……"

# 第六章

后来，让父亲感到后悔不迭的是，他当初真不该饥不择食地叫杀猪人给大哥找对象的。这个对象差一点毁掉了大哥的前程！说起来，事情是这样发生的：

大哥决定抛弃灯英的时候，正是村里人谣传我二哥被枪毙的时候。说起这件事，还得提到村里有户人家买回了吴村历史上的第一台彩色电视机。这台电视机的神奇之处首先它是彩色的，即你的皮肤是黄的，就是黄的，而不是灰的；其次是这台电视机很大，是21英寸的，看电视里面的人看得更清楚了。

这一天，许多人拥到那户人家看彩色的"新闻联播"。这种上了颜色的"新闻联播"就是不一样。突然，有人在新闻镜头里看到一个跟二哥长得极像的人，被武警拉去枪毙！他们惊呆了，尖叫起来，那不是建城吗？于是大家都凑到银屏上，想看得更清楚一些，可是镜头一闪而过，再也没有回来！

　　事情的真相谁也弄不清楚，但是已经够我们一家人难受的了。母亲本来就因思念二哥生过重病，这新闻一播，简直要了她的命。父亲也很难过，一时无法判断那个一闪而过的罪犯是不是二哥。

　　就在这时候，胡萝卜那边突然来催婚。这可真是屋漏偏遭连夜雨。父亲挺恼怒的，你知道建城刚刚被枪毙，你倒来催婚，这不是故意的吗？但是胡萝卜那边更气愤：叫我父亲在说这话之前先去问问我大哥，他们在这个时候来催婚是有原因的。

　　父亲以为大哥在边防哨所待了几个月，又想女人想得疯疯癫癫。于是选择一个无人的时候去了代销店，让店主帮他拨通了长途电话，一问才知道大哥果真想结婚了，只是那个女人不是灯英，而是一个城里女人！那个女人是看到大哥的征婚启事后与大哥联系上的。

　　父亲一听大哥跟别的女人好上了，气得破口大骂："你个混蛋！不偏不早，为什么不早登这个广告？现在婚都订下了，你叫我怎么办？"

　　大哥很委屈，他说，这个广告早在他回家探亲前就登出去了的，可是他只收到了三封信。一封是一个半身瘫痪的姑娘写来的，一封是一个离异带小孩的妇女写来的，还有一封是一个小学生写来的。直到前些日子他才收到了最后一封信，这封信使他彻底动摇了，因为这是一位城里姑娘写来的信，她有能力将他转到杭州军区！

　　父亲悲喜交加地回到家中，碰到这样的事，他能说什么？只是感到有一点点对不住灯英罢了。可是事情的发展完全超乎我们的想象。第二天胡萝卜老婆和灯英就来到了我家，就像两条疯狗似的吠叫了一天。

　　胡萝卜老婆骂："这个陈世美！我绝不会饶了他！她把我女儿的奶摸了，嘴亲了，屁股也捏了，就剩下面没碰了……我们还图当兵人守纪律，重情义，真是瞎了眼！"

　　那一天，我们听到的就是这样一些气话。父亲不让我们回嘴，以为她们这样骂两句，气也就消了。可是到了她们要走的时候，胡萝卜来了，他笑眯眯地走过来给父亲敬烟，父亲不敢接，他就将烟夹在耳朵上，那样子像一个木匠。

　　胡萝卜说："婚姻大事不能勉强，既然你家进城提出来退婚，那是没得说的，我明天就打电话给部队的首长，问一问一个军人，是不是可以随随便便想玩弄女人就玩弄女人，想退婚就退婚！？”

父亲听了胡萝卜的这几句话，就像中了枪，死人一样了。

父亲跑到井下村去打了一夜电话。倒不是井下村的电话是免费的，而是他害怕他与大哥的通话被村里人传播。

父亲回来的时候，天蒙蒙亮了。母亲问他进城回心转意了吗？父亲颓唐地说，没有。说着，他坐到了我的床上。我闻到了寒冷的气息。一摸，才发现父亲的衣裳就像淋了雨一样湿透。

母亲担心地问：“灯英家再来闹怎么办？”

父亲说：“还能怎么样？退就退呗！”

“什么？”母亲紧张得失了声，“你就不怕打架吗？”

父亲望着窗外，坚定地说：“他们要来，那就让他们打我吧！假如我的挨揍能为进城换回一个城里女人，又有什么亏吃呢！”

一个城里女人，就这样使我们家的生活迈上了另一条轨道。

第二天，当我们刚刚坐下吃早饭的时候，“磨刀六”突然慌里慌张地跑到我家来告急：“不好了，不好了！我们赶快逃命吧！胡萝卜要杀人啦！”

父亲的身子抖了一下，但他继续吃着早饭：“他们是来吓唬我的，你不用害怕，磨刀六。”

杀猪人重重地叹了一口气：“你家进城可把我害苦了，纪年！咱还是上山躲几天吧！”

可是，已经迟了。就在能望到的街角，胡萝卜一家十余口人，举着砍刀、锄头、棍棒，还有粪勺，来了……磨刀六吓得赶紧将我家的门堵上，然后又将我家后窗上的木条砸断，逃了……

当我看见磨刀六吓成这样，就清楚地预感到了灾难。我也多么想逃。可是父亲将我叫住了，父亲瞪着我：“给我下来！你也想钻狗洞吗？去给我把楼上的炸药拿来！我要与他们同归于尽！”

我没费多少周折，在阁楼的一角找到了炸药。可是就在我要下楼的时候，看见母亲挡在楼梯上，简直要疯了。她的意思是不能拿，不能拿。

这时候，我听见我家的门已经被胡家的人乒乒乓乓砸响了。砸了几分钟没有砸开，他们就用锄头刨墙。那墙不结实，没两下就刨出了豁口，从外面涌进来的阳光刚好落在我家墙角的一只尿桶上。那尿桶里的尿，顷刻间变得如同黄金一般熠熠生光。

不一会儿，就有人从豁口跳入。我胆小，再次逃到了楼上。到了这时，我才发现我体内所有的器官在惊吓之后全部变成了心脏。它们激烈地跳动，使我筛糠似的颤抖……

现在想想，后来发生的许多倒霉事，都跟我家被胡家泼了一门脸粪便（粪勺在这里用上了）有一定关联的吗？我是说，自从我家被胡家报复之后，开始变得毫无尊严可言了，就好比一个先是遭人强暴，继而又遭人唾弃的妇女。

我在这里只举一个例子：母亲挑着稻谷到村水电站加工大米，加工的次序是按排队进行的，可管水电站的人就是不加工我家的大米。母亲只能眼巴巴地看着别人家的稻谷一麻袋一麻袋地倒进机器。等轮到加工我家的稻谷时，天已经黑了，管水电站的人凶巴巴地对我母亲说，你明天再来吧，我该回家了。母亲很委屈，与他争辩了几句，他就将母亲踹进了水电站的水沟里，并警告：神气什么？二儿子拉去枪毙了，大儿子就要回吴村种地了！你不愿在我这儿加工大米，可以挑到井下村去！

母亲从水沟里爬出，湿着身子将一早就挑去的稻谷挑回了家。而后，她就跟没事似的洗菜做饭，直到等我们大家都睡下，才躲进猪圈，哭了一宿。

现在，现实简直要将我们逼到无法在吴村待下去的地步了。

在那些日子里，父亲又开始天天盼着大哥的来信，盼着大哥跟城里女人结婚的消息。有时，他也跑到井下村去打电话。大哥的恋爱变成了一根救命稻草。然而，大哥的恋爱却像远在天边的云，一会儿红了，一会儿暗了，害得父亲逼我写了许多教大哥怎样恋爱的信。可是大哥都没有回信，大概是吹了。

有一天，我已经记不清多少日子过去了，我在家帮父母做饭，炉膛里的火呼呼作响，邮递员突然在我家门口出现了，他对着屋子喊："陈纪年！陈纪年在家吗？"

我以为自己的耳朵听错了："是我大哥寄来的挂号信吗？"（为了防止村里人偷看信件，父亲早要求大哥寄挂号信）

邮递员迟疑了一下，然后答："是广东陈建城寄来的汇款。你爸不在家的话，让他带上印章到桥头来拿！听见了吗？"

啊，陈建城还活着！我高兴得发不出声音，我飞也似的向自家的自留地跑去……

# 第七章

那是记忆中父亲最得意的一段日子。我的二哥开始往家里汇钱了：第一次汇了八百元，是在乡邮电所领的，父亲由于从来没有领过汇款，来回跑了两趟才将八百元领回家；第二次汇了一千元，乡邮电所的人说汇款超过一千元，必须到汤溪镇邮电所领，于是父亲又坐车去了汤溪镇邮电所领；当父亲第三次收到汇款一千两百元时，你应该想象得到，父亲还没有出门，全村的人都已经知道了。

那时候，乡亲们口袋里的钱是很有限的，男人们还没有大批拥进城市打工，光是上山砍几棵树卖钱；妇女们呢，靠摘茶叶挣点零花钱。反正，在二哥的汇款没有到达吴村之前，人们以为一个人的工资达到每月五百元，那他一定是县级干部的级别。当人们一想到县长的工资还没有我二哥一次寄回来的汇款多时，才突然发现我二哥已经不是那个叫陈建城的倒霉蛋了。人们开始像训练有素的特务一样，到处打听二哥待在什么地方，做什么工作，工资为什么这么高。可是他们打听了半天，也仅仅从邮递员那里知道"他在广东"。

于是，这点有限的线索，最终让全村人的想象力得到了一次加强：有的说我二哥待在广州，给一个百万富翁开车；有的说我二哥待在深圳，自己做老板；有的说我二哥跑到了海南，做什么不知道，工资每月三千……总之，二哥成了吴村的一个神话。大家都说我二哥出息了，十二年书没有白读。

事实上，我们也不知道二哥何时去的广东，只是陆续收到了二哥的汇款。除此之外，就是从汇款单上抄下的一个地址：广东省深圳市罗湖区某某宾馆。所以二哥的汇款在我们家，也是一个谜。但不管怎样，能收到二哥的汇款，说明二哥还活着，这件事总归是让人高兴的。

父亲总说："建城这一回总算为家里争了口气，他的钱我们不能用一分，一定是他辛辛苦苦挣来的，以后他要在城里买房子、娶媳妇，都用得着呢！"

父亲说到做到，每次从邮电所回来，第一件要做的事就是存钱。将钱用塑料袋扎好，并且让我在塑料袋上写上：收到的日期、数目及"有出息"三个字。"有出息"三个字是他在某一天临时想出来的，将我唤进屋去，关好门窗之后照着手电筒让我写的。我当然知道这三个字的意义重大，所以将其中的一个塑料袋写破了，露出了花花绿绿的钞票。父亲看我如此手拙，还骂了我："你，你，呸！叫你写个字也写不好！我看三个人中就你最没出息！将来活该倒霉！"

说实话，我还是第一次看到那么多钱，看得心跳都加快了。

算是应了那句俗话，有钱能使鬼推磨。自从二哥三番五次寄来那些"有出息"的钱，我家竟然"门庭若市"起来了。以前，村里总有人说我家坏话，特别是谣传大哥即将被胡萝卜从部队捅回吴村种地那一阵子，我家简直被人当死老鼠踩踏。可是，现在变了。对于这样的变化，我的家人刚开始还怪不习惯的。

父亲还好，在应付自如中透出一股骄傲，而母亲始终习惯不了。她本来就是那种不事张扬、内向谦卑的人，平时就不善于与村里人打交道。当她一出家门，迎面遇上一个站在路边笑眯眯地等着与她打招呼的人，她就会感到害怕。因为她已经习惯了低着头走路，对身边的一切不闻不问不看，可如今，二哥的汇款迫使她不能这样了，她必须热情地迎上去与人寒暄，否则人家就会认为你架子大、摆谱儿。

有一天，我家的大米吃光了，母亲又挑着稻谷去水电站加工。简直遇见了鬼，母亲去的时候前面已经排了长队，可是那个踹过母亲一脚的人硬是要让母亲第一个加工。母亲简直吓坏了，一个劲地拽住自家的米箩，说，这可使不得啊。可是，那些排在她前面的人都过来劝她，硬是将我家的稻谷倒进了机器。

还有一些村里人，在那段日子就像屁股后面追着鬼似的，硬是往我家里钻，托我父亲帮他们的儿子找工作。父亲呢，又是那种没有城府的人，答应得挺爽快的。结果人家就真盼着了。今天往我家拎几斤酒，明天又跑到我家地里帮父亲干活，真是赶都赶不走。

特别是胡萝卜的那个小儿子，听说我二哥挣了大钱，急得跟猴抓似的，穿着大哥提亲时送给他的那套军服（已经穿旧了），就像以前我和父亲跑到他家干活似的帮我家干活。他甚至跟父亲说，如果二哥不嫌弃灯英的话，我们两家还是亲家。父亲是很讨厌他的，可是一想到他家当时是怎么欺负我家的，就故意安排他干最重最累的活。自己则站在田埂上指手画脚，像个乡干部似的。

提到乡干部，我不得不提到这样一件事：

那一年，二哥在深圳"发了大财"的事，竟连乡干部都知道了呢！有一次，几个乡干部在村里抓完了赌，然后就拐到我家来了。他们告诉父亲，乡里这段时间要派人去深圳考察，因为都没有出过远门，心里七上八下的，在那边如果有自己人接应一下，心理上总是要宽心一些。

他们走后，我记得父亲久久不能入睡，黑暗之中不停传来"值了，值了，这辈子值了"的声音。母亲呢，却在黑暗中独自流泪，叹息："唉，唉，这些人不会去深圳抓赌的，不会去的，就是去了，建城也不会被他们抓起来的，建城又没有赌博，他们跑到那儿去干什么？"

可是，这样的好日子并没有维持很久。当父亲还站在自家田埂上指手画脚，像个乡干部那样领导一些人给我家干活时，那几个来我家抄了二哥地址，决定去深圳考察一番的乡干部已经从深圳回来了。

他们才是真正的乡干部，当他们完成了一次神秘的深圳之旅后，我发现他们又胖了，更气派了，浑身上下充满了用之不尽的精力，散发出一种很奇妙的改革开放的气息。他们带回来许多值得借鉴的经验成果，还有五花八门的信息，其中有一条竟然是关于我二哥的。

他们说，他们在深圳时去找过我二哥了，可是他们按地址找到那家宾馆时，才被告知二哥已经离开了。于是父亲问他们，我二哥在宾馆时是干什么的？他们说，是干保安的。父亲不明白，又问保安是干什么的？他们说，差不多是看门的。这下，父亲很难堪，差不多是惊呆了。

我前面似乎说过，我们村的一些人是像训练有素的特务一样的。尽管父亲严令禁止我们走漏风声，但是村里一些人还是知道了我二哥在深圳从事的是"看大门"的职业。这下热闹了，他们恍然大悟道，一个看大门的，他的工资怎么可能超过县长的工资呢？不可能的啊。

这时候，偏偏二哥的汇款又来了。尽管这一次，汇款单上的地址变成了：广东省深圳市南山工业区某某保洁公司。猜测起来，保洁公司应该是做牙膏的（当时电视里有什么洁的牙膏广告），但是，又有谁愿意听父亲为儿子辩护呢。一种谣言已经传开：说我二哥是在深圳做贼，一边给人看大门，一边做贼，你想啊，一个看大门的做起贼来，那还了得？整个深圳都要被他偷空啊……

于是，当父亲还沉浸在村里人的第一轮想象中不能自拔时，村里人的第二轮想象更凶猛地来了，将父亲气得吐血。父亲说："我陈纪年活了半百年纪，直到今天才算真正看清了吴村人！保城！你给二哥写封信，告诉他：以后不管发财了，当官了，出息了，落魄了，都不要想着回来！你寄回来的钱爸给你存着！村里人嫉妒你，瞧不起你！你告诉他：无论如何也要在深圳落下个脚跟，气气这些村里人！"

我不敢怠慢，将父亲的话一一翻译成汉字，占用了半张纸。信按新地址寄出后，我们开始了等待。大概过了半个月，二哥来信了。我们从二哥的信中知道：他现在在保洁公司当"洗楼工"（不是做牙膏的？），"洗楼工"的工资比原来的工作要高一些，以后，他又可以按月往家里寄钱了。其实，他很想家，天天梦到我们，苦于自己离家之后一直没有固定的工作和住址，信写好了，不敢寄出……他说，他现在有一个理想：那就是等他在城市挣够了钱，想回老家办养殖场，等养殖场兴旺发达之后，他将带领全村人致富……

二哥的信很长，有三张纸。二哥的字工整，漂亮，念起来很流畅。当我念到二哥在广州的街头流浪，深更半夜徘徊在珠江河畔寻死不能时，母亲的哭声压过了我，我再也念不下去了。我们伤心了一阵子，然后就念到了二哥现在的理想。这个理想迫使刚刚还泪流满面的父亲粗暴地打断了我：

"啊，不行！不行的！建城！不行的！你再给二哥写一封信，保城，你听见了吗？告诉他：回来养鸡养猪不行！至于为什么不行？你问一问他当初是因为什么要离开吴村的！？他就什么都明白了！"

我迫于压力，再一次写了一封劝二哥一定要待在城市、不要回家的信。从那以后，不知道为什么，二哥在我们的生活之中，再一次杳无音讯了。

# 第八章

很长一段时间，我们再没有收到二哥的汇款，也没有收到大哥的来信。失去了他们的消息，生活又一次失去了目标。而村里人并没有因此闭上他们爱说闲话的嘴，一些人竟然拿我大哥、二哥当起了教育子女的反面教材：一个当了兵，做了陈世美；一个进了城，做了偷东西的贼……

这样的日子是毫无快乐可言的。

转眼半年过去了，就在我们一家深居简出、夹紧尾巴做人的时候，大哥那漫长的、冷热不均的恋爱却有了结果。

大哥在来信中告诉我们：经过漫长、艰苦的恋爱，那个叫"莹莹"的城里姑娘已经答应嫁给他了，前段时间，还去了他们哨所度假。

从此，我们又陷入了那可怕的、对美好生活的期盼！特别是父亲，当他听说大哥的婚事已定，那个城里姑娘立刻就成了他的精神寄托，幸福的源泉！我们的生活之中再也不能缺少那个莹莹了。

遗憾的是，父亲虽然多次催大哥寄回莹莹的照片，好使我们在谈论她的时候脑中有个概念，但苦于大哥一直没有寄回照片，于是，父亲就把他的未来媳妇想象成一个电影明星的样子。电影明星的样子当然是会让人陶醉的。可是真正让他陶醉的却是杭州这座城市。父亲一想到我未来的大嫂来自我们的省会城市，人就飘起来似的。

后来，我们又收到了大哥的一封信，大哥在信中告诉父亲：他与莹莹已经商定在这年的国庆节结婚。婚礼将在杭州举行。婚礼之后，一种可能是将军籍转至杭州军区，仍是军人；另一种可能是复员转业，做公务员。总之，他的岳父大人有些办法，就等他收拾行李，从拉萨坐飞机回杭州了。

收到大哥的这封信，我和母亲就像吃了一颗定心丸。可是父亲却像得了高血压似的，只要一想起儿子进城就情绪不稳。比如，父亲只要一想起大哥，就会让我重读他的信，有时候让我一天读上三遍还不止，读得我都烦了。父亲呢，一听我读到"坐飞机"三个字，仍然是一副诚惶诚恐、追根究底的样子。后来，他干脆将那封信用塑料袋包好，放在贴身口袋里，随时掏出来看看，有时候也拿给别人看。特别是干活干累了，坐在树荫休息，当他听我念上一遍大哥的信，力气就像流水哗哗的，干再重的活也不嫌累。

不知不觉中，父亲的腰板又硬起来了，他又敢于向村里人顶嘴或者吹牛了。他每次都用"前途无量"来形容我的大哥。并且说：进城马上就要转业到——杭——州工作了。村里人一惊，以为父亲精神出了毛病，可父亲要的就是这种效果。他接着又用"莹莹她爹是——当——官的"来形容我那未来的大嫂，并且每次还要顿了一下之后才说：他们两个已经领了结婚证了，进城将坐——飞——机回来结婚。

村里人如同遭遇三声惊雷，第一次发现：我们家的人就像打不死的蛇，使他们感到害怕。他们对我们家有那么一点敬而远之的味道了。

"10月1日，很快就要到了啊，"父亲日日算计，并且说，"咱家的房子也该修一修了。等建城和莹莹结了婚，我想去接他们回吴村住几天……城里人爱干净的。"

刚开始我们听父亲这样说并没在意，就算他们回来又能住几天？说得多了，才被我和母亲听出了父亲话中有话。原来，父亲很想修缮房子但苦于家中没钱，他想到了二哥寄回来的那几千块钱。只是，母亲感到为难，没有得到二哥的允许，我们怎么能用掉二哥的钱呢？

母亲说："孤佬，你不是说建城的钱我们不能用一分，存着给他在城里买房子吗？"

父亲不得不做母亲的思想工作："唉，你还想着建城在城里买房子哩，这边进城等着要结婚，他们就要来吴村看咱来了。咱可是莹莹的公公、婆婆了，咱给她隔一间新房是应该的……你看着吧！等进城进了城，咱家不会缺钱花的！你看咱家，已经有十多年没刷过墙了……"

既然父亲这样说，母亲还能怎样？没有任何异议。

第二天，父亲就请来了木匠、泥水匠，还有箍桶匠，来家里干活了。

木匠还行，两下子就把我家那扇泼过大粪的门拆掉了，泥水匠却补了半天才补上那个墙上的豁口。按父亲的意思，他们在干完这几样活之后，还要为莹莹隔一间"新房"。这间"新房"按父亲的意思要四面是墙，顶上有天花板，地上是铺地砖的。门窗呢，是镶玻璃的。并且还要打上一套新式家具，样式要跟城里人家的差不多。

父亲请来的木匠、泥水匠都是土生土长的山里人，听了东家的设想之后心里发虚，对父亲实话实说，打新式家具和铺地砖他们还是第一次，劝父亲家具还不如到汤溪镇买，地砖呢，他们会请一位朋友来铺。父亲表示同意。

　　至于那个红鼻子箍桶匠，是父亲请来为我未来的大嫂箍马桶的。马桶可是女人的必需品。在吴村，好像有条不成文的规矩，女人是不去村头的茅坑方便的，几百年了，都躲在自己家的马桶上方便。父亲连儿媳妇来吴村怎样方便的问题都想到了，可见他这个公公的心有多细。

　　他对红鼻子说："红鼻子，你可是给我杭州来的儿媳妇箍马桶，活儿一定要做好，做细，屁股坐上去要舒舒服服的，就像坐在云彩上一样。"

　　红鼻子故意逗笑道："我又不知道你家媳妇的屁股是大还是小，万一我把马桶箍大了，她坐上去肯定不舒服；万一我把马桶箍小了，我又怕她坐不下去……我说呀，你还得打电话让你儿子给她量一下屁股的尺寸，我按尺寸来做肯定错不了。"

　　父亲心虽细，却没想到这一点，所以当真了，他决定打电话去问一下，但一想又不妥，这个问题怎么开口呀？于是临时做出决定：叫红鼻子箍两只马桶，一只大，一只小，总有一只适合城里媳妇的屁股！

　　红鼻子本就不是好人，他箍完了一大一小两只马桶，随后就在村里传播笑话：说我大哥要娶一个有两个屁股的女人，一个屁股大，一个屁股小，生殖器呢，只有一个。一时间，这个笑话广为流传。

　　再来看看我家吧：房子已经修缮一新，大哥的"新房"就跟城里人住的"洋房"一模一样。四面是墙，顶上有天花板，地上有地砖，马桶是新做的，家具是从汤溪运回来的……

　　父亲开始往大哥那边挂电话。他那迫切盼着大哥回杭州结婚的心情，比他当年等着娶我母亲的情景有过之而无不及。

　　9月份以后，父亲就不允许任何人走进莹莹的新房了。连一只苍蝇都不允许飞进。他将它打扫得一尘不染，仿佛那是一片神圣不可侵犯的圣地。可偏偏这间新房沾了那两只马桶的光，村里人都想来看看天花板、地砖、组合柜、梳妆台、海绵沙发的样子。父亲就没好气地强迫别人换鞋（整个吴村也没有要换鞋才准进的地方），如果有人因不换鞋而踩脏了地砖，他会在那人走后骂骂咧咧，恼怒的心情持续一整天。

有那么一回，也不知道怎么弄的，父亲出门时忘了关上新房的窗户，家里的几只鸡飞了进去，它们无知地在锃亮的地砖、崭新的家具、大哥的婚床上拉鸡屎。父亲看到后简直要疯了，他满院追打那几只鸡，直到将它们一一跺成肉酱。母亲说了父亲几句，父亲就瞪起了他的牛眼睛：

"这是给城里人住的房子！你见过城里人住的房子里有鸡屎的吗！？蠢猪！蠢货！乡下女人！"

父亲骂得我们哑口无言。

# 第九章

9月20日，父亲终于接到大哥的电话，告知他已经买了机票，即将坐飞机去杭州岳父家。父亲接了这个电话，一高兴，就在代销店喝醉了酒，一通胡闹。回到家后，这个斗大字不识一个的文盲竟然跟我们讲起了普通话。当然，是那种半生不熟的普通话。更让人哭笑不得的是，他竟然强迫我们也要讲普通话。我念过书，当然能说几句普通话，可是在自己家里跟自己家里人说普通话，有多别扭就多别扭，我不愿说。这时，父亲发火了，要打我，母亲去拉，就打母亲。

父亲说："你们两个混蛋，莹莹就要来咱家做客了，你们竟然连普通话还没学会说。你们难道不知道她是杭州城里的、当官人的女儿吗！？你们要存心将她气走是不是？你们是故意让村里人看咱家笑话是不是？咱家以后可全靠她啊……"

我们还能说什么呢？父亲已经疯了。

9月25日，眼看着离大哥结婚的日期更近了。父亲开始为正式迎接大哥和莹莹的到来做准备。从我们在井下村车站迎接到他们的那一刻开始，一直到若干天以后，又送他们到井下村车站离开为止。这期间，我们要为之付出的努力，需要准备的东西，还有一些必须考虑的细节问题，并不比斥资给他们隔新房、买家具、箍马桶少。特别是吃，父亲丝毫不敢马虎。

谁都知道城里人生活条件好，鸡鸭鱼肉顿顿都有，父亲怕莹莹来吴村住上几天瘦去了，怨家里人没有招待好她。到那时，为省这几块饭菜钱就不合算了。父亲咬咬牙，又从二哥的汇款里拿出了三百块钱。第二天，父亲去了汤溪镇菜市场，买回来许多鱼，各种肉，还有木耳、香菇、大青虾甚至鳖。说起鳖，就连吴村首富都舍不得买的，但父亲买回来了。母亲心疼得咬牙切齿，一整天都盯着它，恨不得咬死它。

后来，父亲干脆就不睡觉了。反正他睡在床上，也是神神道道的，一会儿起床给自己剪指甲，一会儿又抱怨家里有老鼠，莹莹怕，就起来逮老鼠。老鼠是你逮得着的吗？他拿着棍子在阁楼上跑，简直是万马奔腾，震得我们耳朵都要聋了。好在我和母亲渐渐习惯了他。可是有一天晚上，睡到半夜，父亲的反常举止还是让我目瞪口呆，他竟然一个人待在黑暗之中说普通话！

我想不出这深更半夜他在跟谁说普通话，起来一看，吓得我浑身起鸡皮疙瘩：只见父亲如同鬼魂附体一般正襟危坐在八仙桌旁，对着子虚乌有的"对面"介绍我的家人，我家的历史，大哥小时候的趣事。最后，我终于弄明白了，他好像是在模拟大嫂来到我家之后与之交谈的情景。之后，大概实在想不出还要跟她谈些什么，他的头渐渐耷拉下去，我以为他要睡着了，不料，父亲就像被人抽了一鞭子似的突然跳起来，伸出手，说了一声：

"哎哟哟，哎哟哟，我可把你们盼来了，路上还都顺利吗？你瞧，我们一家人都来接你和进城来了。进城娶了你，真是他前世修来的福啊。"

说实话，父亲这一激灵，我这辈子都忘不了。

再后来，父亲就真的疯了。我在"疯了"之前强调"真的"，是因为我在前文中提到一次"他已经疯了"。只不过，那时候的疯是"假性的疯"，现在的疯才是"真的疯"。

说起来，事情的起因很小。

那是 10 月 1 日国庆节，也就是大哥在杭州与他的城里女人举行婚礼的日子。在这个日子里，我们家张灯结彩，一派喜庆气氛。一早，父亲就把我和母亲叫起来，在家门口噼里啪啦放鞭炮。然后，他又带我到祖坟上去放。中午时分，我和父亲才从墓地回到家。

父亲急切地问母亲："进城来电话了吗？"

母亲说没有。

父亲又问："你到代销店打听了吗？"

母亲说没有。

父亲就一巴掌拍在母亲脸上，气呼呼地跑出去了。

父亲是跑到代销店去问电话的，因为他在几天前曾与大哥约定好：10月1日，即真正举行婚礼的这一天，务必要给家里来一个电话，好使他这颗一直悬着的心放下。因为他还担心莹莹会中途变卦啊。大哥答应了。

可是父亲一直等到天黑，也没有等来大哥的电话，他就有一点急了。要命的是，父亲手上没有莹莹家的电话号码，父亲只好再等，等到深夜，代销店关门，大哥还是没有来电话，父亲的情绪看上去就很不对劲了。代销店店主见他不肯走，劝他："纪年，回去吧！如果进城打来电话，我绝对跑去叫你！我想他现在正搂着新娘干得兴起哪，放心吧！"

父亲见人家要睡觉，没有办法，就先回了家。可是他刚一躺下，就骨碌一声跳下床，他说他听到电话铃声响了，他绝对听清了。母亲已经不想再管他，任他黑灯瞎火地往代销店跑……我们总算睡了一个好觉。

天亮的时候，有几个好心人跑来告诉我们：父亲已经疯了，正在代销店胡闹。我和母亲火速赶到代销店，看见父亲果真把代销店的柜台翻了。我们叫他回去，他已不听。不，不是不听，是无法沟通了。代销店店主向我们诉苦，说父亲一晚上拍了他十多次门，硬说是电话铃响了，他只好不理他。父亲就在门外又哭又喊的，说些不着边际的荒唐话……总之，等到他早上起来开门，就这样了。

父亲被我和母亲强行拉回了家。我们发现，父亲的疯跟二哥的疯有些不同。二哥的疯是文疯，呆呆愣愣的疯，二哥唯一一次对他人的激怒就是向童秋臣追问录取通知书的那次。而父亲的疯是武疯，情绪极不稳定，具有阵发性和攻击性。他打母亲，打我，甚至强迫我们穿上干净的衣服，到井下村去迎接我的大哥大嫂，我们不去，他就拿来了斧头，要劈死我们……

他还强迫我们讲普通话、练习握手、抓老鼠、打扫卫生什么的。我们怕他病情恶化，只好依着他。他呢，一看见新房里那两只漆成红色的新马桶，就撕心裂肺地哭了。说什么竹篮打水一场空，没有指望了，他知道那是城里女人在戏弄他。他举起其中一只马桶将它摔碎在地上，并扬言要拿炸药炸平杭州，杀光城里人……可是过了一会儿，他又后悔了，打自己耳光，想把那只破碎的马桶重新箍上……

我已经不知道绝望的滋味了。父亲发疯的日子，我的大哥大嫂却不期而至。

此时，母亲被父亲折磨得生病了，家里只剩下我一个人是比较清醒的。可我已经没有精力，也没有心情去迎接这一对新人了。所以他们是在没有人迎接的情况下，从井下村一步一步走回吴村的。确切地说，我的大嫂是由大哥驮着，从井下村一步一步驮回家的。因为她穿着高跟鞋，脚跟很快磨出了水泡，她因此骂骂咧咧，从井下村一直骂到了吴村，骂到了我家。

我仍记得，为了在大哥大嫂到达吴村之前，将发疯的父亲从家里转移到闲置多年的大会堂，我是用一根竹枝赶着他走的，就像当年他用竹枝赶着我二哥走一样。可是，二哥毕竟是父亲的儿子，而父亲，毕竟是我的父亲啊！当我看见父亲的小腿肚被我的竹枝抽出了血，当我看见丧失理智的父亲被我用竹枝抽得在吴村的石板路上狂奔，一股难以抑制的难受几乎要将我击倒，我一头撞在一堵墙上，号啕大哭……

之后，我们村里的一些闲人，又有事做了：他们一会儿跑到大会堂去看我的父亲，一会儿又跑到我家来看我的大嫂……他们两头奔忙，看见我父亲在黑暗偌大的大会堂里像困兽一样挣扎、咆哮，当他们将脸靠近窗栅栏，想告诉父亲我大哥大嫂已经回来的消息，父亲竟用手中的石头、泥块和木屑回报他们：

"你们看吧！都来看陈纪年的笑话吧！我陈纪年这辈子活着，就是活给你们看笑话的！去他妈的，去他妈的命吧！我绝不屈服……"

父亲哭得很伤心，叫得更是绝望。而那些村里人呢，却感觉被父亲欺负了，并没有得到应有的快乐。于是他们抱着补偿的心理来看我的大嫂。他们看见比我大哥大五岁的大嫂，穿着素白的裙子，瘦得如同麻秆，唇很薄，涂着口红，冷冰冰的面孔苍白、僵硬，一副玻璃瓶似的眼镜后面，闪着冷光。他们本来想凑上去讨几块喜糖吃的，可是他们很快发现我的大哥泪水涟涟，一副想出来客套而又不敢的样子，他们马上明白这是怎么一回事了。

果真，他们听到了从城市自带矿泉水来吴村的老姑娘在骂，骂声尖利刺耳，如同灯英她妈：

　　"你说话呀？你说呀，你这个骗子！这就是你说的'标准间'吗？没有厕所你让我怎么方便呀？我方便得出来吗？我们的婚礼没有花你家一分钱，我爸为你转业跑断了腿，可你看看，你家的人是怎么对待我的？呜呜……回去！没什么可说的！连夜也要回去！呜呜，我一分钟都不想待了！我一个城里人……"

　　这就是我们苦苦盼来的大嫂，那个让父亲等得发疯的城里姑娘。假如父亲听到她这样骂，我想，父亲一定会很难过的。从这个意义上说，父亲是幸运的，他是这个世界上最幸福的人。

# 跋：未完的旅行

郑润良

　　应中国文史出版社全秋生之邀，主编了这套"锐势力"中国当代作家小说集，其中收录了六位青年作家近期创作的中短篇小说。随着数字化图书时代的横空出世，纸质图书的市场挑战和萎缩与日俱增，小说集的出版发行更是门可罗雀，全秋生于小说集编辑出版的执着与坚持令我感动。

　　就文学而言，借用陈思和先生的说法，这是一个无名的时代。或者说，这是一个总体性图景破碎的时代。我们无法像八十年代那样以一个个文学命名归纳和推进文学潮流。有心的读者也会注意到这套丛书的地域特色。这套书的作者中除了个别是北方作家，大多都是南方作家。评论家曾镇南先生认为这种偏向在当下文坛有其特殊意义，出版这样一套丛书，说明中国文坛并不只是几位主流评论家眼中的有限几位，说明眼下有这样一批实力作家正在成长。地域和文化资源的影响客观存在，也因此，我们的确应该对文化中心以外区域的作家的创作予以更多的关注，才能对当代文学的总体图景有更明晰的判断。

　　这套丛书共六部：陈集益的《吴村野人》、樊健军的《穿白衬衫的抹香鲸》、陈再见的《保护色》、陈然的《犹在镜中》、鬼金的《长在天上的树》、马拉的《生与十二月》。作者都是近年来活跃在主流刊物上的优秀代表，丛书中的作品在各大文学刊物发表后，有不少被各种选刊转载，入选多种选本：其中陈集益的作品曾入选中国作协"21世纪文学之星丛书"2010年卷，获浙江省青年文学之星等奖项；樊健军曾获江西省优秀长篇小说奖、第二届《飞天》十年文学奖、第二届林语堂文学奖（小说）、首届《星火》优秀小说奖，其短篇小说《穿白衬衫的抹香鲸》同莫言一起获得 2017 汪曾祺华语小说奖，可以说是当下小说创作中的一个典型事件；鬼金先后获得第九届《上海文学》奖、辽宁省文学奖、辽宁青年作家奖；马拉曾获《人民文学》长篇小说新人奖、广东省鲁迅文学艺术奖、《上海文学》短篇小说新人奖、广东省青年文学奖、孙中山文化艺术奖等奖项；陈再见的小说入选 2015/2016 年度《小说选刊》年度排行榜、2016 年度《收获》年度排行榜，并斩获《小说选刊》年度新人奖、广东省短篇小说奖、深圳青年文学奖等；陈然的作品曾入选中国作协"21 世纪文学之星丛书"2004 年卷，获江西谷雨文学奖等奖项，被媒体称为"江西小说界的短篇王"。

六位作家的创作有一个共通点，就是能够将个体的深刻体验与作家对时代的深广观察有效融合，当然在个体风格上会有各种差异：比如陈集益、鬼金作品的现代主义色彩更显浓厚，他们的小说更像是作者的精神自传，故事里的每个人物都是作者的精神碎片；樊健军、陈然的作品，从现实主义出发，试图打通现实与隐喻的界限，勘探与透视时代精神状况，以复杂反抗简化，激活了丰富多义的阐释空间；陈再见与马拉的小说，则立足于南方改革开放最早的那片土地上，都市化的现代时髦与农村本土的落后愚昧在融合过程中的人性撕裂与伤痕，是他们致力思考与探索的汩汩源泉。他们对小说文本不断的思考与探索，对精神向度的孜孜以求，成就了一场文字的饕餮盛宴。这套丛书的出版发行能够表明，他们的写作正在迈向日益宽广而厚实的境地。

文学想象时代，与时代同行，这是永远无法终结的旅行。我们能够投身其中，一起见证、参与这个过程，幸莫大焉！

**作者简介**：郑润良，厦门大学文学博士后，《中篇小说选刊》特约评论员，《神剑》《贵州民族报》、博客中国专栏评论家，鲁迅文学院第二十六届文学评论高研班学员，中国文艺评论家协会会员。《中篇小说选刊》2014－2015 年度优秀作品奖评委、汪曾祺文学奖评委；《青年文学》90 后专栏主持、《名作欣赏》90 后作家专栏主持、《贵州民族报》中国文坛精英盘点专栏主持、原乡书院 90 后作家专栏主持。曾获钟惦棐电影评论奖、《安徽文学》年度评论奖、《橄榄绿》年度作品奖等奖项。